叶上心居

新时代女性文丛　主编　张莉

滕肖澜　著

中原出版传媒集团
中原传媒股份公司

大象出版社
·郑州·

图书在版编目(CIP)数据

沪上心居／滕肖澜著. — 郑州：大象出版社，
2024.5
(新时代女性文丛／张莉主编)
ISBN 978-7-5711-1692-7

Ⅰ.①沪… Ⅱ.①滕… Ⅲ.①中篇小说-小说集-中国-当代②短篇小说-小说集-中国-当代 Ⅳ.①I247.7

中国版本图书馆 CIP 数据核字(2022)第 253358 号

新时代女性文丛

沪上心居
HU SHANG XINJU

主　编　张　莉
本书主编　马思钰
滕肖澜　著

出 版 人	汪林中
策划编辑	张桂枝　孟建华
项目统筹	陈　灼
责任编辑	王艳芳
责任校对	张英方
装帧设计	王莉娟
责任印制	张　庆

出版发行　大象出版社(郑州市郑东新区祥盛街 27 号　邮政编码 450016)
　　　　　发行科　0371-63863551　总编室　0371-65597936
网　　址　www.daxiang.cn
印　　刷　北京汇林印务有限公司
经　　销　各地新华书店经销
开　　本　787 mm×1092 mm　1/32
印　　张　9.75
字　　数　164 千字
版　　次　2024 年 5 月第 1 版　2024 年 5 月第 1 次印刷
定　　价　48.00 元
若发现印、装质量问题,影响阅读,请与承印厂联系调换。
印厂地址　北京市大兴区黄村镇南六环磁各庄立交桥南 200 米(中轴路东侧)
邮政编码　102600　　　　　　　　电话　010-61264834

杂花生树,气象万千
——"新时代女性文丛"序言

"新时代女性文丛"旨在展现十年来中国女性文学创作的样貌和实绩,由五部小说集构成:乔叶《亲爱的她们》、滕肖澜《沪上心居》、鲁敏《隐居图》、黄咏梅《睡莲失眠》、马金莲《西海固的长河》。乔叶、滕肖澜、鲁敏、黄咏梅、马金莲是鲁迅文学奖中短篇小说奖得主,也是十年来成长最为迅速、深受大众瞩目的中青年女作家,她们来自北京、上海、南京、杭州、西海固,她们的作品真实记录了幅员辽阔的中国大地上女性生活的重大变迁,完整而全面地呈现了十年来中国女性文学创作所取得的成就。

"新时代女性文丛"有着统一的编排体例,每部小说集都收录了作家关于女性生活的代表作,同时也收录了作品的创作谈和同行评论、作家创作年表，这样编排的宗旨在于通过作品展现新一代女作家的创作全貌及其文学史评价。一书在手，读者可以基本了解作家的主要特色——既可以直观而真切地了解这位作家的创作特点、熟悉她最具代表性的作品，也可以了解这些新锐女作家十年来的成长轨迹，了解中国女性文学发展的风貌。

一

乔叶的《亲爱的她们》中，收录了《轮椅》《家常话——献给汶川大地震遇难同胞及其家属》《语文课》《鲈鱼的理由》《最慢的是活着》等多部代表作。她对于女性生活的记录质朴、深情，令人心怀感慨。《最慢的是活着》是她获得鲁迅文学奖中篇小说奖的作品，也是当代文学史上深具影响力的作品。奶奶的形象具有普遍性——她年轻时守寡，活着的目的只是使孩子们活下去。她织布，忙碌，深爱自己的儿子，但儿子还是死在她的前面，儿媳也死在她的前面。奶奶一天一天老去，慢慢和孙女达成了和解……乔叶点点滴滴地记述着一个女人的身体从年轻到苍老的琐屑，正是这些琐屑构成中国普通女人的民间史。"我的祖母已经远去。可我越来越清楚地知道：我和她的真正间距从来就不是太宽。无论年龄，还是生死。如一条河，我在此，她在彼。我们构成了河的两岸。当她堤石坍塌顺流而下的时候，我也已经泅到对岸，自觉地站在了她的旧址上。我的新貌，在某种意义上，就是她的陈颜。我必须在她的根里成长，她必须在我的身体里复现，如同我和我的孩子，我的孩子和我孩子的孩子，所有人的孩子和所有人孩子的孩子。"小说有缓慢的美，这使女人的历史和人的历史成了一条生生不息的河，也使整部小说具有了气象。一如鲁迅文学奖颁奖词所言："《最慢的是活着》透过奶奶漫长坚韧的一生，深情而饱满地展现了中华文化的家族伦理形态和潜在的人性之美。祖母和孙女之间的心理对峙和化芥蒂为爱，构成了小说奇特的张力；如怨如慕的绵绵叙述，让人沉浸于对民族精神承传的无尽回味中。"

滕肖澜是新一代上海作家。《沪上心居》收录了《梦里的老鼠》《姹紫嫣红开遍》《美丽的日子》《上海底片》四篇小说。滕肖澜写上海，使用的是本地人视角，在她那里，上海是褪尽铅华的所在，上海是过日子的地方，柴米油盐，讲的是实实在在。

因此，上海人眼里的上海，并不是直升机航拍下的那个不夜城。《美丽的日子》讲述了两个女人的故事。一个上海人，一个外地人；一老，一少。"上海人的那一点点小心眼，自尊又自卑；上饶人的那股子不屈不挠的心劲，可敬又可怜。怕人欺的人，未必不是欺人的人。为了生活，谁都不见得能做到完全问心无愧。"但无论怎样过日子，都要过美丽的日子，即使这日子没有那么美丽，也要过成美丽的样子。鲁迅文学奖颁奖词说："《美丽的日子》，叙述沉着，结构精巧，细致刻画两代女性的情感和生活，展现了普通女性追求婚姻幸福的执著梦想，她们的苦涩酸楚、她们的缜密机心、她们的笨拙和坚韧。这是对日常生活中的美与善、同情与爱的珍重表达。名实、显隐、城乡、进出等细节的对照描写，从独特的角度生动表现了中国式的家庭观念和婚姻伦理。"滕肖澜的小说元气充沛，有一种来自实在生活所给予的写作能量，读来可亲。

二

鲁敏的《隐居图》，收录了她的小说《白围脖》《镜中姐妹》《细细红线》《隐居图》，这里面的大多数人物是"越界者"与"脱轨者",他们渴望着一个脱离"常规"的世界,携带着都市人身上微小的疾患与怪癖。鲁敏热衷于对暗疾"显微"的书写,很多人物都出现了某种"暗疾":窥视欲、皮肤病、莫名其妙的眩晕、呕吐、说谎。她的人物于"暗疾"处脱轨,也于"暗疾"处渴望重生。"忆宁像孩子一样放声大哭起来:爸爸,我想你。"这是《白围脖》的结尾,其中含有对父亲深情的向往与想念,但又不仅仅是单向度的。鲁敏小说中的"父女情感"要复杂得多,也许这不是情谊,而是由父亲引发的焦虑——她对父亲是有距离的疏离,一种犹疑和一种情感上的不确定性,父亲在她的作品中既强大地"在场",又虚弱地"远去"。鲁敏的小说常让人感觉有暧昧的光晕存在,是那种"可能"与"不可能"并置——小说某个场景的逼真令人感到结结实实的撞击,可是,当你意识到,她漫不经心地对诸多生活琐屑的搜集使小说的许多场景充满诱惑力时,沉浸其中的你又分明听到了叙述人那兴致盎然和并不缺少幽默的解说,这使鲁敏小说多了很多分岔,有了许多风景……一切就成了景中之景,画外之画,分外迷人。

黄咏梅的作品中，有一种令人亲近的时代感和现实感，你几乎一下子就能感觉到，这是一位能切实书写我们时代生活的写作者。《睡莲失眠》中，收录了她关于女性生活的多部作品，如《睡莲失眠》《多宝路的风》《勾肩搭背》《草暖》《开发区》《瓜子》等。在小说集同名小说《睡莲失眠》中，黄咏梅书写了一位婚姻生活并不如意的女性，尽管婚姻生活令人失望，但她并没有成为弃妇，正如批评家梁又一所评价的，这篇小说之好，"好在作家不只停留在描写女性对男性的依附关系上，而是把更多的笔墨放到了女性主体意识的觉醒。得知丈夫出轨的许戈，没有像众人所想象的那样选择谅解，只是缓慢而坚决地同这段表面光鲜、实则内里早已破败的婚姻告别，销毁掉一切不必存在的联系，重新开始自己的人生。昼开夜合的睡莲本是世间常态的显现，唯独那朵白天绽放、夜晚照旧盛开的睡莲，隐喻了她们——这群重获主体意识的女性的卓尔不凡与温柔凛冽"。黄咏梅的小说切肤而令人心有所感，她笔下的人物总能引起读者深深的共情。

很难把马金莲和我们同时代其他"80后"作家联系在一起，因为她的所写、所思、所感与其他同龄人有极大不同。《西海固的长河》收录了她的《碎媳妇》《山歌儿》《淡妆》《1988年风流韵事》《母亲和她的第一个连手》。马金莲笔下的生活与我们所感知到的生活有一些时间的距离，那似乎是一种更为缓慢的节奏。当然，即使是慢节奏也依然是迷人的。她的文字透过时光的褶皱，凸显出另一种生活的本真，那是远离北上广、远离聚光灯的生活。她持续写下那些被人遗忘的或只是被人一笔带过的人与事，并且重新赋予这些人与事以光泽。她写下固原小城的百姓，扇子湾、花儿岔等地人们的风俗世界；画下中国西部乡民的面容；刻下他们的悲喜哀乐、烟火人生——我们的时代还没有哪位青年作家比马金莲更了解那些远在西海固女人的生活。她讲述她们热气腾腾、辛苦劳作的日常，讲述她们的情感、悲伤、痛楚和内心的纠葛。她写得动容、动情、动意。马金莲写出了回族人民尤其是回族女人生命中的温顺、真挚、纯朴，也写出了她们内在里的坚韧和强大。马金莲的写作有如那西北大地上茂盛的庄稼和疯长的植物，因为全然是野生的与自在的，所以是动人的。

三

无论是《亲爱的她们》《沪上心居》，还是《隐居图》《睡莲失眠》《西海固的长河》，"新时代女性文丛"致力于为广大读者呈现我们新时代女性的生活，同时也展现了我们新时代女性身上的坚韧和强大。通读这五部小说集时，我的内心时时涌起一种感动，我以为，它们完整呈现了中国女作家越来越蓬勃的创作实力，作为读者，我们能从中感受到热气腾腾的时代脉搏，感受到我们时代的气息和调性。真诚希望更多的读者喜欢这些作品，也希望读者们经由这些作品去更深入了解这些作家笔下的文学世界。

张莉

2022 年 5 月 3 日

目 录 Contents

003　梦里的老鼠
她知道什么时候放肆,什么时候收敛,
分寸拿捏得恰到好处,有孩子的天真可爱,
却不会像孩子一样给人添麻烦。

061　姹紫嫣红开遍
是良辰美景,还是断井颓垣,只凭自己的心。
又或许,这人的良辰美景,
又偏是那人的断井颓垣。

145　美丽的日子
路是人走出来的,心一横,遍地荆棘都敢走。
那时是豁出去了。现在想来都有些后怕。
不知不觉,便已走出这么远了。

215　上海底片
她那样铁了心地拒绝毛头,是不想留下来,又或许,
太知根知底的人,她不敢接纳。她终究不是一个自信的人。
毛头也不是。这么久以来,其实两人始终在较量、权衡着。

289　创作年表

创作谈 /

我偏爱从日常生活中挖掘素材,我希望我笔下的人物都是生活中可以想见的人,不太好也不太坏,不太富有也不至于活不下去。"城市普通人物"这个名词在我看来,应该是占城市人口中比例最多的那一群人,平凡度日,为了活得更好而不断努力着,有着蓬勃的生命力,不崇高也不卑微。选择他们作为我的主人公,是因为我希望能够通过小说反映这群人的生活状态。我的小说大多写的是上海人。我觉得,绝大部分的上海人,都是勤恳的、务实的、坚强的。塑造这种个性的人,在小说里会显得很有张力,容易出故事。

《最难的就是写幸福》
《安顿灵魂》,青年报社编,李清川主编,百花洲文艺出版社

梦里的老鼠

杨艳站在洗脸池旁边，看女人们一个个过来抽取卫生纸。是卷筒纸，用一根锃亮的细铁管当中穿了，两头固定在架子上，拎住纸的头上部分往后拖，一边拖一边卷，大多是以自己的手为圆轴。那些十八九岁的女服务员，嘻嘻哈哈地奔进来，杨艳冷眼看着，看她们一圈又一圈地卷，几个人卷了大半筒，进去不到半分钟就出来，她知道是小解，揶揄一句，拉肚子啊。一次有个女人——大堂领班，骂道，你扫你的厕所，管人家草纸用多用少，无聊不无聊。杨艳拿出厕所保洁工须知，上面一条写着，必须在值班时管理好有关厕所用具，包括卫生纸、洗手液、小毛巾等等。女人说我大便，肚子不舒服，就是要用这么多。周围已站了不少人，大堂领班有些情怯，在厕所里跟临时工大吵，还吵到草纸、大便。杨艳不慌不忙，你说你是大便是吗？好，抽水马桶旁边的垃圾箱还没有倒过，我现在就去拿过来，最上面的草纸一张张翻开，看看是不是大便。女人仓皇而逃。

宾馆规定，每天卫生纸的用量不得超过十卷，实际上她最多用八卷，一卷上交，还有一卷带回家，这样一个月就是三十卷。杨艳的原则是，好处要拿，但必须心安理得。她帮宾馆省了一卷，自己再拿一卷，合情合理。一卷卫生纸一块多，家里一个月要用十卷，这样就能省十几二十块钱。剩下的，给小弟一点，吴大发的姐姐一点，要好的小姐妹再送一点。

最近家里的用量比以前大了,往往要用十七八卷,这主要是吴大发的原因,他有鼻炎,老是擤鼻涕,以前是拿那种黄黄的,一块钱三刀的蹩脚草纸擤,现在改用她拿回来的卷筒纸。他说:家里放了那么多用不掉,会发霉的。她道:你用就用吧,干吗说得好像怕发霉才用似的,叫人家听了没劲。其实她老早就让他改用这种纸了,那种草纸又黄又硬,擤完后鼻子就像被人打了一拳,红得发紫。吴茜今年十六岁了,杨艳让她不要去外面买那种小包餐巾纸,一包要一块钱,你要用就用拿回来的卫生纸,反正质地都一样。吴茜说总不能让我上学带一大筒卷筒纸去吧。不要紧的,她道,上面有齿轮线,我帮你一小张一小张裁开,装在塑料袋里,不是一样嘛。吴茜不肯,她去找吴大发。不是我小气,杨艳道,有些地方该省就得省。吴大发说算了,让隔壁邻居听见了,嘀嘀咕咕,多没意思。杨艳说,身正不怕影子斜,我又没虐待她,怕什么。吴大发说,这样吧,以后我擤鼻涕还是用草纸,省下来给小囡买餐巾纸,她姑娘家要面子,带卷筒纸去上学是不太好看。杨艳说,你什么意思,这样一做,人家更要说,爷是亲爷,娘是晚娘了,你敢用草纸擤鼻涕,我一生一世不睬你。

杨艳的父亲是郊县的一个中学老师,母亲很早就当了专职主妇。她四五岁时,到家门口那条小河浜里去玩水,站在河边，颤颤悠悠地脱得只剩一条小三角裤，扑通一声，小身体就这么跳进河里去了。虽然不会游泳，水对于她却有着一种亲和力，她不慌不忙地浮在水上。父亲在旁边笑眯眯地朝她招手。她到底还是呛了几口水，有人把她抱了上来，问她怕不怕，她说，怕个屁。稚嫩的口音吐着脏话，每个人都觉得有趣。现在想来，杨艳觉得自己本来是有条件成为一个淑女的，因为父亲是那么的温文有礼，母亲又是多么贤惠的女人。一个家庭，男人是教书先生，女人在家相夫教子，旁人看来是最传统的高尚人家，再有一个聪明可爱的女孩，便近乎完美了。父亲很早就发现，这个女孩身上有一种与杨家每个人都迥然不同的气质，有点凶，不肯吃亏，但又不是那种蛮不讲理的粗野，用上海话讲就是"结棍"。她刚上小学跟同学吵架，得理不饶人，一张小嘴灵活无比地翻动着，势不可挡。家长来告状，你们家女儿不要太厉害噢，简直就是个人精。父亲赔礼道歉，等人走了，骂杨艳几句，要注意搞好同学关系，这影响到你将来的待人处世，精要精在骨子里，表面上不要太张狂。父亲小心翼翼地，甚至是有些纵容地呵护着杨艳的"结棍"，他总觉得，杨家的才气，再有她独特的个性，这个小姑娘将来会成为一个有出息的人。杨艳就是在这种教育方针下长大了。她越来越精，不是杨爸爸想要的那种与众不同的能干，而是小市民般的精刮，表现在各种方面，她会算计，家里买了十颗糖，分给她和弟弟每人三颗，她是断然不会先吃自己这三颗的，总得把剩下的那四颗设法吃了之后，再吃自己的。她更凶了，比起小时候，反而不是那么讲道理，脸孔说板就板，即使自己理亏，也要争个你死我活。最麻烦的是，她的学习差到了不可收拾的地步，小学就留了两级，勉强进了中学，门门开红灯。到了这个局面，父亲惊恐了，但已太晚。终于，杨艳初三时，跟着一个男生到外面过了一夜，被开除了学籍。

父亲失望之余，对女儿更生出一股厌恶。他对杨艳说，我没有你这样不争气的女儿。她出去找工作，清晨扫马路，白天捡垃圾，晚上到卡拉OK厅当女招待，因为年轻，也为了跟父母赌气，并不觉得辛苦，反而感到挺有趣。她在离家不远的地方扫马路，特意把口罩拿下来，让左邻右舍看个够。她穿着奇形怪状的衣服，这里露一块肉，那里露点儿大腿，在人最多的时候走进走出，让父亲难堪。那时候她十七八岁，正是最任性的年纪。过了两三年，成熟了些，意识到终究不能这样生活，便用打工攒下的钱去读夜校，读了几个月又搁下了，这一搁就再也没有拿起过书本，她实在不是个读书的料。有人劝她到卡拉OK厅当陪唱女。那时卡拉OK厅刚刚流行，价钱很贵，小老百姓一般是不会去的，KTV包房，男男女女在一起唱唱叫叫，不知为什么歌声一通过话筒，放出来就跟音乐声混在一起，和磁带感觉差不多，觉得它很神秘，又有些鄙夷，认为这终究不会是什么正经地方。杨艳做过女招待，熟悉里面的情况，陪唱按小时收费，有时还会有小费。她歌唱得并不好，但没关系，那种场合下，客人们要的是气氛，只要会闹，让他们开心就行。面试最后，经理问，你是不是放得开？她二话不说解开大衣纽扣，露出里面的迷你裙和几乎全透明的白衬衫。不久借了一套房子，从家里搬出去住。她不怕被别人指着骂，反正名声早就臭了，已经没办法补救的事，不值得再去伤脑筋。她把精力花在了将来的日子上，赚钱。走进KTV，音响一炸，神经就随之麻木，客人高兴起来，摸一下搂一下，无所谓，她坐在客人腿上，直着嗓子唱情歌，唱着唱着就抱到一块儿去了。碰到实在太过分的，就灌酒，客人醉了，她也装醉，醉得只会傻笑。这样干了几年，她便有了一笔不错的积蓄。每天应酬形形色色的人，这种卖笑生涯让她变得世故，她不再是十几岁的小姑娘了，那种青涩果子不懂事，只知道憋口气的时代不存在了，她平静地回顾过去。杨艳觉得，父亲太高估了她，对雕刻家来说，如果是一块玉石，雕坏了当然可惜，但她不过是一段烂木头，一段雕跟不雕都差不多的烂木头。杨艳已经学会朴素地考虑问题，她想，那些来KTV唱歌的人，她尚且要奉迎着他们，哄他们高兴，更何况是自己的父亲。她这么想着想着，就觉得内疚，为过去的任性感到惭愧,说到底父亲是个文弱书生,她决定要保护父亲,保护这个家。

她挑了一个星期天,换上一套端庄的女式西服,头发烫直,松松地扎了个马尾,很干净利落的样子。到药店给母亲买了当归、阿胶,给父亲买了一瓶十全大补酒,在自由市场买了草鸡和鱼,再称了点水果,大包小包地来到家中。她有一两年没回来了,见了邻居满脸堆笑,阿婆、阿爷、伯伯、爷叔地叫起来,从包里拿出大袋的零食分给院子里跳橡皮筋、打弹子的小孩,这些孩子多半对她没什么印象,吃了糖果和巧克力,便叫了声阿姨。大人们原本是不愿搭理她的,但自家的小孩嘴里含着她的东西,无论如何要打个招呼。有些年轻识货的人看出她身上的衣服质地不一般,做工地道,像是进口货,她的皮鞋擦得很亮,小小的高跟尖头皮鞋,后跟没有磨损过,鼻子尖的还闻到她身上淡淡的香水味,不是一般人涂的花露水。这个时代的人想法已有了改变,他们不再崇拜老师,对他们来说,高尚的职业如果没有钱,那是既可笑又可悲的事。因为这个,杨家的地位在镇上一落千丈,他们看到杨艳的母亲每次买菜,篮子里的荤菜只是稍稍点缀一下,买鱼不买大的,买那种喂猫吃的小毛毛鱼,拿回家清洗肚肠就要半天,吃到嘴里两条也塞不满。群众的眼睛是雪亮的,谁有钱,谁没钱,他们看得清清楚楚。眼前的杨艳,很显然,是有点立升的,这使得那些了解她过去的邻居们,脸上的表情立刻变得丰富起来,这个拉三,好像混得不错。杨艳都看在眼里。她今天是花了一番心思打扮的,不能太张扬,怕父亲生气,但简洁不是寒酸,西服、皮鞋、香水是特意买的,就是要带点衣锦还乡的味道。有好事的人叫了声:杨家阿爸,杨家姆妈,你们女儿回来哉。杨艳的母亲奔出来,腰上系着油腻腻的围裙,两只手因为洗大肠而油得发亮,往围裙上擦,擦了半天擦不干净。杨艳甜甜地叫声"妈妈"。杨妈妈两年不曾听她叫过,激动得眼泪都快流下来了,想帮忙提东西,又觉得手太脏。杨艳将东西并在左手,另一只手腾出来,紧紧握住她油得打滑的手。母亲告诉她客堂间里有客人,是杨晨的班主任。她走进去打了招呼。这个老师是以前也教过她的。父亲没理她,做出漠然的表情,过了头,倒显得不自然,急于将谈话继续,却忘了话题,幸亏班主任提醒了,咳嗽一声说下去。弟弟杨晨站在当中,有些好奇,飞快地朝她瞟了一眼,又低下头,两只手放在背后反绞着。介长介大的人,也不怕难为情,父亲骂道。他比杨艳小七岁,身材是大人模样了,脸还是一张娃娃脸。桌上放着几张试卷,离得太远,只觉得上面乱七八糟都是大叉。两个五十多岁的男人忧心忡忡地谈了很久,杨艳听他们谈完,也说了几句:读书是唯一的出路,真的,特别是像我们这样的人家,不比那种有权有势的，只有靠真本事才行，弟弟，再苦上一年半载，考个大学，学费姐姐出。道理是小儿科，但说得简单诚恳。末了，又拿出一条"上海"，恭恭敬敬地双手递给班主任，您过去也教过我，是我的恩师，上了班总要意思意思，我弟弟还不懂事，请您多管教。老师感动之余，第二天在课堂上便叹道：我说啊，良心好的倒是那些差生，一直都还惦记着老师，反而当年一些成绩好的同学，现在有了点出息，尾巴就翘到天上去了，路上碰到老师连招呼也不打，教人心寒。送走班主任，杨艳杀鸡杀鱼，拿出看家本领，做了一桌子的菜。吃饭时，大家都不说话。杨晨塞得满嘴是菜，父亲骂道，吃，你就知道吃。把刚才的话又搬了出来，从考大学谈到找工作，又谈到将来做人，絮絮叨叨地翻来覆去，虽然糟蹋了小弟的好胃口，总算也打破了沉默。杨艳倒了半杯补酒，送到父亲面前，脸上带点贼忒兮兮的笑，羞答答，傻乎乎，嗲叽叽。爸爸，喏，吃老酒，味道老好的，补的。父亲不吭声。他是真的想过不要这个女儿的，甚至有一段时期，他确实有些淡漠了，但女儿毕竟是女儿，她乖巧地讨好他，这憨憨的模样，不禁让他想起她小时候。他故意找碴儿，是不是学会抽烟了，要不然包里怎么有烟。天地良心，她叫起来，我是专门给你买的。她凑到父亲跟前，张开嘴巴，露出牙齿。你看，抽烟牙齿会这么白吗？皮肤会这么好吗？女人抽烟老得很快的。浪费钱，父亲不屑，我买点烟叶，自己卷一卷，便宜。她笑：你在家里卷好了，总不能在课堂上也卷吧，你抽，抽完了我再买。杨晨插嘴道：爸，将来我也给你买，买"红中华"。父亲嗓门又大了，你少废话，把书读好再说。他问杨艳现在做什么工作，杨艳说在市中心一家小公司里当打杂的，就是帮别人递递文件、泡泡开水什么的。他看了看她身上的衣服，挑剔道，怎么穿得这么老气。她笑道，二十六岁的人了，又不是小姑娘，不能再穿红着绿了。朋友有了吗？母亲问她。没有，谈过一个，后来吹了。二十六岁了，不小了，父亲感慨，我和你妈也老了。他端详着杨艳。他很久都没有这么仔细地注视过女儿了，她比以前漂亮了，这漂亮不是那种丽质天生的娇艳，而是姣好的五官中透着沧桑，是被生活熏陶出的一种美，有些无奈，有些俗气，又有几分憔悴，美得让人一时之间琢磨不透，这张脸既成熟又幼稚，似真诚又似狡黠。二十多年来的点点滴滴在父亲眼前飞快地浮现，又飞快地隐去，他想重新拾起一些片断，却怎么也跟不上。女儿长大了，成熟了，已经不是小孩子了。不管过去如何，不论谁对谁错，他没有精力去理会了，内心深处，他怕她再次一去不回。许久，他对杨艳道：搬回来住吧。

杨艳私下里问母亲，父亲的脸色总是黄黄的，是不是有病？母亲说他常常肝疼。杨艳硬拖着父亲到医院做了检查，结果证实是肝癌晚期。父亲走的那天，脸色出奇的好，母亲在家里熬汤，杨晨在上课，只有杨艳一人陪在身边。他拉着杨艳的手，眼睛一直看着窗外，若有所思。杨艳问他在想什么。他说他很久以前做过一个梦，梦到如来佛送来一只小老鼠，因为它偷了佛前的灯油，要贬到人世间。杨艳笑他《西游记》看多了，连做梦都做这样的。父亲接着说：那时我才二十出头吧，不知为什么，这个梦记得特别清楚，连梦里如来佛的脸都非常清楚，后来结了婚，有了你，我忽然一下子想到，你不就是属老鼠的嘛。父亲讲到这里，有些兴奋，咳嗽起来。她轻轻拍他的背，手碰到的地方都是骨头，没有肉，忽地意识到这瘦骨嶙峋的背脊是何等的陌生，以前竟从未触及过，二十多年来，还是第一次在父亲咳嗽的时候，拍他的背。他继续说下去：从那以后我就认为，你是如来佛专门送给我的，是天赐的，如来佛身边的老鼠也是神仙嘛，对吧？你看，你从小就好动骨碌碌，又贪吃，门槛精，是不是像透了一只老鼠？父亲得意地笑起来，眼神稍稍停滞了一下，像是在回忆过去，带着些迷茫，渐渐地，笑意黯淡下去。他拍拍杨艳的手背，你有没有觉得，从小到大，我对你除了宠爱，还有一点点敬畏？她摇摇头。是真的，父亲道，就是因为这，我把你身上的缺点也看成了优点，如果我不做那个梦，好好教育你，也许你现在就不是这样了。他叹了口气，道，你很聪明，比你弟弟聪明多了。杨艳这才发觉,父亲比她想象的还要爱她、重视她。她望着手里枯瘦的手,想起很小的时候,父亲骑一辆旧自行车来回两个钟头去夜校上课,只为了赚那少得可怜的几元钱,回来时还不忘给她带一块鸡蛋糕,或是两包盐津枣,用这只手托着,虔诚地送到她面前;再大一点,她上学了,是父亲每天用这只手搀着她,小心翼翼地带她过马路,把她送到学校门口,她快要进教室了,一回头,父亲还在校门口朝她挥手;她长大了,这双手却日益干瘪苍老,是岁月的侵蚀,还有生活的压力。杨艳觉得,是自己让这双手过早地衰老了,还有父亲。乖一点,不要再玷污我心中那只小老鼠了。说这话的时候,父亲慢慢闭上眼睛,像在梦呓。她应该是有些预感的,发誓似的说:爸,你放心。这时,窗外下起雨来,像是要带走人世间的一切烦恼。走出病房,她轻轻地带上门,临走前看了一眼父亲,他睡得很安详。

父亲死后不久,杨晨高考,比分数线低了两分。一所大学允许他当走读生,但每年的学费翻倍。杨艳替他做了决定,当然读,学费我出,不管怎么样也要捞个大学文凭。她辞去卡拉OK厅的工作,这时找工作比起前几年来又更难了,外地人和上海人一起抢饭碗,她好不容易争取到在一家宾馆当厕所保洁工,每月五百元,一周工作六天。杨晨的学费花光了她所有的积蓄,一家人靠她的工资和母亲的退休金勉强度日。她整天与厕所马桶打交道，穿着皱七皱八的衣服，脚上不是解放鞋，就是布鞋，香水当然是不涂的，身上的臭气隔得老远就能闻到。邻居们又看不起她了，经过她的身边还要捏起鼻子。杨艳当着这些人的面，大声对弟弟道，争口气，杨家的希望就在你身上了，知道吗？杨晨抱怨大学食堂里饭菜不好，母亲便买那种带皮的五花肉，做成红烧肉给他带到学校里去。杨艳一把夺下，问，你知道妈在家吃什么吗？一根萝卜干吃一碗饭，你好意思啊？她在宾馆里跟厨师打情骂俏，被他们嘴巴上吃吃豆腐，占点便宜，彼此便混熟了。以后隔三岔五的，他们把酒席上剩下的菜，挑干净的打包给她，她带回家重新烧过，给杨晨带菜。卡拉OK厅的老板来找过她，希望她考虑回去工作，被她一口回绝了——她记得父亲临死前的话。她咬牙死撑着这个家，转眼四年过去了，杨晨快毕业了，她也三十岁了。有人帮她介绍对象，叫吴大发，是一家航空公司的搬运工小头目，四十多岁，前妻死了，有一个女儿。母亲说，太老了，又有小孩，找个年轻点的吧。杨艳说，年轻又不能当饭吃，吴大发工作稳定，人又老实，不错啊。她对母亲道，像我这样条件的人，要求不能太高，他有女儿，没关系，大不了我不生好了。

杨艳下了班，跟相熟的人打个招呼，溜到一间空房间洗了个澡。洗完，头发吹干，换上一套新买的衣服，打开房门，看四下里没人，飞快地跑出来。从宾馆到家不太远，公交车要坐两站，一般她都是走路回去，差不多二十分钟。今天很顺利，她只等了一会儿，就来了一辆空调车。车上还有几个空位，她挑了个靠近车门的位子，从口袋里掏出两枚硬币给售票员，把车票小心翼翼地藏好，吴大发有时候做大晚班，车票规定是可以报销的。到站下了车，她在熟食店买了点牛肉和墨鱼大烤，老板娘冲她笑：怎么今天不买猪耳朵了，你们吴大发不是最爱吃猪头肉嘛。杨艳告诉她：女儿考上重点高中，庆祝庆祝，猪头肉是打不倒的，家里河鳗甲鱼也老早买好了。哟，你对这小姑娘老好的，像亲生的一样。那有什么办法，杨艳笑笑，女儿不是亲生的，老公总归是自己的嘛。她三步两步回到家。吴大发是本地人，他父母原来的老房子拆迁后，市区分了一套房子，给了儿子，就是现在的这三室一厅，地段有点偏，但离机场近，吴大发上班方便。这套房子建筑面积有一百二十几个平方，地段说好不好，三千多一个平方也是要的。结婚时吴大发拿出四万块钱，把地板和墙壁重新漆了一遍，几件旧的家具像沙发和大橱，都扔掉，换了新的，他父母给他两只红木的床头柜做贺礼，为了搭配，又买了一张仿红木的大床。杨艳读书不多，一点自知之明还是有的，她觉得，吴大发再老再丑，光凭这套房子，也配得起自己了。

　　拿出钥匙正要开门，门已经开了，吴大发穿着汗衫背心站在门口，背微弓着，个子本来就矮，又胖，更显得像个圆球。他接过熟菜，问，是不是很累？还行，她弯下腰脱鞋，侧眼看到吴大发的姐姐吴春花和她的儿子秋秋。回来啦，今天挺早嘛，吴春花推了秋秋一把，快叫人。秋秋漫不经心地叫了声"舅妈"。他比吴茜小一岁，瘦得像猢狲，一双眼睛大得有点凸出。杨艳觉得他傻乎乎的，除了读书，什么也不会，到舅舅家里来，一只手还要拉着妈妈，十五岁了，竟连打招呼也要他妈妈教。吴春花一边帮忙摆碗筷，一边对秋秋说，快去洗手，要吃饭了。她是吴家唯一的大学生，在一家市级医院化验科工作，几年前和丈夫离了婚，一个人带着小孩，心境便随之有了变化。老公没了，傲气也淡了，以前对于父母把房子给了弟弟，只不过嘴上发发牢骚，表现在脸上的，是一种居高临下的无所谓。现在不同了，没有了依靠，医院效益也在走下坡路，形势急转而下。她到父母那里去哭诉，父母说，我们没钱啊，你们两个人结婚的彩礼和嫁妆，把我们都掏空了，总得给我们留点棺材本吧。她怪父母偏心，从此便常到吴大发家，今天吃一顿饭，明天拿点菜。男女平等嘛，一套房子要多少钱，就算半套捞不到，二三十斤钢筋水泥还是要吃回来的。吴大发是个老实头，想想毕竟是阿姐，算了。

吴春花心安理得地占着弟弟的便宜,直到杨艳进门。一开始她就劝吴大发,不要挑长相,最重要的是品德好,脾气好,会照顾人,要是讨一个很"作"的女人进来,怎么可能会对吴茜好。吴大发一想也是。相亲那天,他就一直盯着杨艳看,看她的衣着和表情,还有谈吐,这些都是吴春花教他的。杨艳在KTV干了四五年,怎么讨男人喜欢,她熟透了,吴大发只讲了几句话,她就知道他是怎么样的人。她一声不吭,听他说,一边听还一边点头,温顺得像只小绵羊,把吴大发哄得舒服极了。吴春花听弟弟回去一说,又想不过是个扫厕所的,便一个劲地促成这件婚事。等到新媳妇上门,她才知道错了。她发现,杨艳不是那种大吵大闹的蛮人,她有头脑,对吴大发好,对吴茜好,表面上对秋秋和她也是很好,但一种女人之间特有的敏感告诉她,白食不会吃太久,终有一天她会被笑嘻嘻地赶出去。杨艳压根看不起她。公房里收旧报纸的乡下女人姓于,也叫春花,五十多岁,又丑又老,满脸的麻子,每天搬个凳子坐在太阳底下,等别人送来旧报纸和旧杂志,便拿杆秤来称。这成了杨艳取笑吴春花的材料,有时候,她会拿着一大堆报纸,对着楼下大叫,春花!吴大发冲到窗口,却看到两个春花一起在朝楼上看,杨艳大笑:真巧,你姐姐也来了,我叫的是收报纸的春花,又不是她,她看什么!吴大发拿她没办法。杨艳不会开口赶她走,但就是要让她浑身不自在。不久吴茜中考，偏偏她八百米不及格，教委下达了一个新文件，允许对某些身体素质差的同学适当降低标准，这就需要医院开证明。吴大发去找吴春花，照他想这肯定是十拿九稳的事，谁知吴春花犹豫了一下，说，现在管得很紧，这种证明不好瞎开的。吴大发又是生气又是伤心，回到家里一句话也不说。吴茜赌气，道，你别去求姑姑了，我每天早上五点爬起来练跑步，拼了命，我就不信不及格。杨艳问，你不考试了？吴茜看着她。马上就考试了，你每天晚上看书看到十二点钟，早上五点钟再爬起来跑步，到时候也不用开证明了，你身体一定垮掉，信不信？杨艳看父女俩都不吭声了，给吴春花打了个电话。喂，阿姐，明天星期天，陪我逛商店好吗？第二天，她在百货公司给吴春花买了一件进口毛料西服，一千多元。两天后，吴春花亲自把证明送到了吴大发手里。吴大发心疼那件毛料西服，对杨艳发牢骚。杨艳说，现在哪件事不用花钱啊，这种钱不能省的。吴大发更想不通了：她是我亲姐姐呀。杨艳有分寸，不接口，留下余地让他自己去考虑。不久，吴茜体育过了关，七月份中考，八月份揭榜，考上了离家不远的一所市重点高中。

吴春花觉得吴茜考上重点高中，她是有大功劳的，因此这顿饭也就吃得格外理直气壮。她把甲鱼壳夹进秋秋的碗里，说：多吃点，沾表姐的光，将来也考上重点。吴大发在厨房烧菜,今天他是大厨。杨艳挑了一块大的鳗鱼给吴茜,你爸爸的红烧鳗鱼煲还是相当有水准的,趁热吃。吴茜眼珠骨碌碌转了两圈,转到秋秋那只甲鱼壳上。为什么每次家里吃甲鱼,壳总归要给秋秋吃呢?她问。吴春花一愣,秋秋脸对着甲鱼,眼睛一下子朝上翻出眼白,瞪得老大看着她,杨艳也呆了呆,道:弟弟小嘛,让让他。他还小啊,长得比我还高,吴茜不紧不慢地说下去,小时候玩飞行棋,他输了耍赖,抓起棋子往我脸上扔,弄出一道血痕,大家叫我让让他,我就让了,现在又要我让让他,那再过几十年,我们都七八十岁了,成了老太婆老头子,是不是还要我让他?她比平时提高了一个音阶,带着鼻音,有些沙沙的,但很稳,显得有底气。杨艳听这声音,再一看她的表情,就知道她在找晦气。吴春花似笑非笑地,小姑娘,我们可是专门来帮你庆祝的,讲这些做啥。哎哟,姑姑,真不好意思,让你们专程跑一趟,又是吃甲鱼,又是吃河鳗,还有那么多小菜,来都来不及吃,待会儿大概还要打包,吭哧吭哧拎回去,真是辛苦了。吴春花把筷子重重地一扔,劈手夺下秋秋的甲鱼壳,还吃,吃什么吃!

大发,大发,杨艳叫道,你过来呀。又道,阿姐你不要生气,小孩子嘛。

吴春花虎起脸,原本是冲过去准备拿包的,被杨艳硬拉着又坐了下来。吴大发在厨房里说:叫啥,我的蒜香骨快炸好了。吴春花大声道：炸什么炸，炸了我们也不吃。想想又加了一句：死也不吃！吴大发这才过来了，看见阿姐铁青的脸色，秋秋眨巴着一双无神的大眼睛，吴茜在旁边一脸不屑。怎么啦？他问。喏，秋秋吃了甲鱼壳，你女儿不高兴了。做啥啦，十六岁了，还跟小孩一样，乖点，给弟弟吃，下次爸爸再买。吴大发以为是这么简单的一件事，白了杨艳一眼，怪她小题大做。爸爸，吴茜道，有件事我想问你。什么事？讲啊。吴茜一张圆脸平时是红通通的，这时白了些，脸上的毛细血管微微凸现出来，更显得白里透红。她眉毛往上一挑，道：今天为什么要请姑姑和弟弟来我们家吃饭？吴大发笑了，又说孩子话了，你考上重点，大家热闹热闹，为你庆祝呀。吴茜嘴一噘，飞快地道：我考上重点，跟她们有什么关系？吴大发愕然，杨艳忙笑嘻嘻地接口，如果不是姑姑为你开证明，能这么顺利吗？吴春花在一旁冷笑。吴茜学杨艳的口气，反问：对呀，如果不是那件一千多块钱的衣服，能这么顺利吗？话一出口，周围的空气便凝滞了。

阿姐，算了，小孩子，不要跟她一般计较。杨艳像一台复读机，翻来覆去地讲着这几句话。吴春花一肚子火，只好拿儿子出气。都是你，嘴巴馋呀，吃啥甲鱼，吃死你算了。秋秋把眼一翻：是你夹给我吃的。我夹给你你就吃，那我给你屎，你吃不吃啊？吴大发道：阿姐，别这样。那怎么办，你的女儿我管不了，骂我自己的儿子总可以吧。吴茜在一旁重重地哼了一声，吴大发反手就给她一巴掌。小孩这么多嘴干吗，你不要以为考上重点中学就称大王了！吴茜也不哭，飞快地走进自己房间。吴春花一推儿子，走呀，再不走人家要赶我们走了。吴大发皱眉道：阿姐……杨艳到厨房拿了几只保鲜塑料袋，阿姐，带点菜回去。吴春花理也不理，把大门一开，拖着儿子就冲了出去。

　　洗好碗，杨艳去看吴茜。房间里没有开灯，也没有声音。睡了吗？没人回答。杨艳打开台灯，看见吴茜坐在床上，靠着墙，耳朵里塞着耳机。吴茜睁开眼睛，问：怎么啦？杨艳摇摇头，没事，进来看看你。你以为我会干吗，自杀？她又闭上眼睛，过了一会儿，看见杨艳还在，不耐烦起来：请你出去好吗？顺便把灯关掉。杨艳坐着不动。你今天把姑姑气得够呛，还有你爸爸，两个人的脸色都是青的。那你呢？吴茜摘掉耳机，问，你气不气？你心里肯定高兴得要命，对吧？杨艳道，我的想法跟你一样，你怎么想，我就怎么想。那我告诉你，我现在很痛快，你肯定也是很痛快喽？吴茜好像抓住了她的把柄，得意地道。杨艳微微一笑，看到她脸上那几道红印，问，痛不痛，我帮你搽点药膏。吴茜满不在乎地说：没关系，就让它留着，最好是几天消不掉才棒呢，让爸爸心疼。杨艳不禁莞尔：小孩就是小孩，讲出来的话真有趣。吴茜道：

你又没养过小孩,怎么口气听上去像养过七八个似的。杨艳道:你不就是我的小孩嘛。吴茜不说话了。杨艳便劝她:我跟你说,大人的事,小孩还是少管的好,自己吃亏,你看,这一记耳光多划不来。吴茜沉默了一会儿,道:我要睡觉了。

有时候杨艳觉得吴茜的性格挺像自己,倔强、任性。只不过,时间把自己的棱角渐渐磨平了,而她正是锋芒最露的年纪,人又聪明,用锐利的眼光去看周围,眼里容不得一粒沙子。吴茜话不多,特别喜欢画画,是素描,对着一样东西,用铅笔这么画着、刷着,家里的杯子、闹钟、台灯、冰箱,都做过她笔下的素材。一次杨艳要她画一幅她的人体素描,那时她和吴大发才结婚没多久,吴茜问:你知道什么是人体素描吗?就是脱光了衣服让人画全身,你行吗?杨艳本来就是跟她开玩笑,便道:好啊,无所谓,反正我们都是女的。吴茜的眼光既轻蔑,又好奇,把她从上到下看了一遍,冷冷地道:对不起,我对你没感觉,肯定画不好。结婚一年多来,杨艳对吴茜好得无懈可击,吴茜对她始终是不冷不热的。一次她无限感慨地对吴茜道,做后妈比亲妈难多了。吴茜道:那你再生一个好了,反正政策规定你可以生的。杨艳摇头道:我不生,你不就像我亲生的一样嘛。她深深懂得画龙点睛这个道理,知道在实际行动之后,加上几句掏心挖肺的话,更能让人触动。她也知道在什么样的人面前应该说什么样的话。

那番话，年龄太小的，听不懂，对牛弹琴，太大的，知道她三分真七分假，觉得好笑，不会往心里去。只有吴茜这个年纪刚刚好，既有孩子的天真，又有大人的成熟，会分析会辨别，却涉世不深，正好称了杨艳的意。渐渐地，吴茜对杨艳有些亲了，虽及不上亲妈，在后妈这层关系上也算是不错的了。她觉得，杨艳人不坏，也不笨，因此有些事情不跟爸爸说，倒宁可和她商量，知心话也同她讲。这样一来一往，杨艳的那三分真心慢慢增加了分量，就真的把她当成亲生的看待。吴大发是老粗，直来直去，不会拐弯抹角地考虑，只觉得这老婆是讨对了，便更加卖力地工作。杨艳是吃过苦头的，知道眼前的生活来之不易，小心翼翼地呵护着。

回到房里，吴大发躺在床上看报纸。小姑娘怎么啦？他问。她道，睡了。吴大发叹了口气。她以为他要说话，等了半天没动静，再一看，他闭着眼，嘴巴微张着，口水流到颈上，已经睡着了。她脱掉外衣爬上床，拿个抱枕靠着看电视。吴大发翻了个身，睁开眼睛，把声音开小点吧，明天还要上班呢。她调低音量，忽然叹道，今天这样闹法，下次再见面倒有些尴尬呢。吴大发哧的一声冷笑：不见面最好，大家干净。这样说法，她倒是没有料到，顿时轻松了，省掉了许多原先想好的说辞。她想起一件事：上次吴茜说的暑假素描班，还是让她参加吧。吴大发道：三百多块钱学费，你还指望她将来真的当画家啊？杨艳关掉电视，在黑暗中想了想，道：还是参加吧，到外面见见世面也好，今天她那几句话你也听到了吧，小姑娘想法很多的，已经不是小孩子了。好好好，吴大发不耐烦地挥手，别说了，参加就参加吧。

杨艳陪吴茜去报了名，是美术学院办的一个假期速成班，请的老师都是学院里的教授。结束后到商场去买了一套新的画板，乘车回家，在楼下正好碰到了杨晨。吴茜历来是不叫他的，点了点头，两人年纪差不多，硬算起来辈分却矮了一辈。杨晨爱缠着她，逼她叫"爷叔"，二十三四岁的人了，书读得一般，却学得一身痞气，是那种源自北方，大学校园里男生常有的气质，自以为浪漫不羁、别具一格，别人看来则是既讨嫌又无聊，尤其是对着女孩子，那根神经触动着就想寻寻开心，讨点便宜。对此，吴茜不生气，也不假以颜色，脸上有正经女孩的矜持，还有懂事女人的通情达理，也是她这种年纪特有的。杨艳看在眼里，又好笑又惭愧，便把杨晨叫到一边，问，什么事？吴茜道，上楼再说吧，抢在前头先上了楼，留下她们姐弟俩在后面慢慢地边说边走。

杨晨这一趟的目的很简单，就是"要钱"。不久前，一家私企到学校招人，他去面试了，也被录取了，谁知签好合同不到半个月，他又变卦，按照合同规定，要赔五千元钱。这一番话，他说出来不轻不重、不咸不淡，杨艳却是心惊肉跳。

五千元啊，这么多。这有什么，现在外面找工作都是这样的，将来赚了钱，这只不过是毛毛雨。杨艳见他一副无所谓的样子，不禁来了气：你说得倒轻松，五千元，我要不吃不喝，整整扫大半年的厕所啊。杨晨道：我以后会还你的。杨艳道：不是还不还的问题，你自己说说，马上就毕业了，人家全找好工作了，只有你，国企嫌钱少，没前途，外企嘛又嫌太累，压力大，那我问你，到底要找什么工作？杨晨眨巴两下眼睛，不说话了，微微嘟着嘴，拉住姐姐的手臂摇晃起来。这副可怜兮兮的样子倒又让杨艳不忍心了，她觉得，他毕竟还是个孩子，她应该有原谅他的义务似的。

吴大发把存折交给杨艳，杨晨又说道：这钱我以后会还的。不急不急，吴大发说。杨晨道：要不，我写张借条吧。吴大发摇头：自己人，算了。杨艳说：我送他下去，顺便到银行拿钱。吴大发再三关照：钱拿好后马上放好，不要拿在手里，现在外面强盗很多的，摩托车开过来，抢了就走，专门抢你们这种女人和小孩。杨晨笑嘻嘻地：帮帮忙，姐夫，我小孩都生得出了，怎么会是小孩呢。杨艳道：是呀，你怎么会是小孩呢，你的嘴巴老得煮都煮不酥。推了他一把：快走吧，再不走银行要关门了。

姐弟俩散步似的走着，杨艳伸出手，道：拿来！杨晨一愣：什么？杨艳道：借条呀，你不是要写借条的嘛。噢，搞了半天原来是假客气啊？杨晨叫起来：哎哟，阿姐，这么小气，我又不会赖你的。杨艳笑了笑：我不是小气，只是要提醒你，把钱看得重一点，我是你阿姐，就算我不在乎，还有吴大发呢。杨晨道：他能说什么，他自己阿姐隔三岔五地白吃白拿，他怎么不说？杨艳道：那是他阿姐，他喜欢给她占便宜，是他的事，可你呢，你算他什么人啊？杨晨道：我是他小舅子。杨艳不禁觉得好笑，又有些悲凉。有时候，她会拿他跟吴茜作比较，吴茜很敏感，对周围事物看得很仔细，只是因为年纪小，所以一开口都是孩子气，杨晨刚好相反，油腔滑调，天南地北地胡吹，听上去头头是道，其实每件事都是只懂些皮毛，不愿深究，到最后是什么也不懂，什么也做不好。她对他道：你阿姐是个扫厕所的，没文化又没钱，能找到吴大发，已经是有福了。杨晨不以为然地：帮帮忙，阿姐你这么好的长相和身材，又年轻，下嫁给他这么一个傻乎乎的男人，他才是武大郎找到潘金莲，烧高香呢，说句不该说的话，阿姐，凭你的姿色和手段，在外面找个不大不小的老板傍傍，笃笃定定。这个玩笑开得有点过分，杨艳脱口便骂：放你妈的屁！杨晨笑道：我的妈不就是你的妈嘛。杨艳虎着脸道：话不能乱讲的，给你姐夫听见就不好了。杨晨道：阿姐你放心，什么话该说，什么不该说，我心里清清楚楚，阿弟不会拆你台的。

　　杨艳走上楼梯，看见吴大发在敲隔壁的门。怎么啦？她问。吴茜站在一旁，挺尴尬的样子。老问题了，非讲清楚不可，这算什么事，吴大发气势汹汹地说。一会儿门开了，伸出一个满头黄卷毛的脑袋，文过的眉和眼大约是时间太长了，变成了触目惊心的蓝绿色，配着暗黄的皮肤，苍白发青的嘴唇。她很快地道：啥事体啦，我们阿贵要做夜班，这会儿睡了，乓乓乓乓敲啥门？啥事体，你还好意思讲，厕所又不装窗帘，又不配毛玻璃，你老公在里面拉屎拉尿，我女儿看得清清楚楚，讲过多少遍啦，你们怎么一点难为情都不怕。杨艳看了一眼吴茜，后者满脸通红。女人叫起来，我们有什么办法，谁让这大楼没设计好，把我们家的厕所正对着你们家大门，我们家条件差，没钱装窗帘配毛玻璃，你们要是有意见，就把钱拿出来呀。啥事体啥事体啦，房间里一阵踢踏踢踏的拖鞋声响起，随即一张满脸横肉的脸又伸了出来，眼珠一瞪，吵死了！喏，阿贵，女人说，都是你呀，你上厕所小便大便，又给隔壁小姑娘看见了，人家不好意思，难为情死了。哎哟，小妹妹，你怎么那么喜欢看我上厕所呀，别人都看不见，就你看得最清楚。吴大发火大了：喂，你讲不讲道理，如果我上厕所，故意让你老婆看见，你会怎么样？哈，我无所谓，看就看嘛，就当看三级片。末了，女人还朝他呸了一口，老十三点！杨艳拉住吴大发的手臂，走，回家，跟这种人多说什么。回到家，吴大发怪杨艳：你拖什么拖，我还没说完呢。杨艳道：你再说下去就更不像样子了，让人家骂十三点舒服啊。我说不好，那你怎么不说，你这个聪明人是放在旁边看的啊？杨艳知道他是一肚子气没处出，便道，我是怕你老实人吃亏，那种人是无赖泼皮，天不怕地不怕的，你要么就凶过他，要么就干脆什么也别说，打电话报警。吴茜拿起电话，问，打不打？杨艳看吴大发。吴大发道：算了算了，又不是杀人放火。朝隔壁呸了一口，恶狠狠地道：终有一天用砖头把那个窗口封死。回到房间，杨艳把存折还给他，问：你拿钱的时候，杨晨在旁边？她道：当然喽。吴大发又问：他一直看着？杨艳知道他的意思，半开玩笑半认真地道：你放心好了，杨晨是马大哈，眼睛又近视，存折上一共有多少钱他看不到的。这下吴大发倒窘了：我不是这个意思。杨艳问：那你是什么意思？两人僵持了一会儿，杨艳道：等他找到工作，一定把钱还给你。吴大发道：真是的，我又没催他还钱。杨艳把头埋进被窝里：我知道，我们姓杨的沾了你们姓吴的光了。吴大发哼了一声，道：神经病！第二天他上早班，五点半闹钟一响，跳起来。杨艳在旁边睡得很沉，他咕哝一句：你倒舒服了。轻手轻脚地起床，走到厨房烧早饭，掀开锅盖，一锅香喷喷的粥已经做好了，再一看旁边的碗里是两个荷包蛋，袋装的涪陵榨菜倒出一半装在小碟子里，还有一大碗热气腾腾的生煎馒头。晚上他问杨艳：早饭是你烧的吧？杨艳道：是田螺姑娘烧的。

他笑起来：傻大姐一样的人，还好意思说自己是田螺姑娘。

吴大发出事的那天，脸又红又紫，背弓着不停地咳嗽。杨艳劝他：感冒这么厉害，别去上班了吧。他不肯，说现在请病假扣钱很凶的。又道：无所谓，我又不要搬东西，只要动动嘴巴就可以了。杨艳下班走出宾馆大门，一阵风吹过来，飘落几片树叶，她觉出几分凉意，看这树叶是微黄的，心想不过是阳历八月，怎么就有秋天的感觉了呢。忽地想起了父亲，焦黄的脸，细眉细目，有点儿严肃，又有点儿古怪，心里酸酸的，想哭又哭不出来。又想到吴大发，矮矮的个子，胖胖的略带浮肿的脸，眉毛很粗，五官其实是带着点凶相的，因为这矮和胖，倒显得可爱了。她不再胡思乱想，看马路上的人。夏天的马路是属于年轻女孩子的，满街的吊带裙、热裤、小马甲，穿的人很多，但真正穿得漂亮的，只是少数几个。年龄是最要命的东西，二十五岁以上，再打扮，感觉也走样了，身材要适中，不能有小肚腩，也不能皮包骨头，两条都具备了，还得配上气质。这样的女孩走在大街上，难怪那些男人要说眼睛吃冰淇淋，确实是赏心悦目的，这冰淇淋也是夏天特有，搅拌了青春做成的。杨艳想自己在她们这个年龄其实是什么也不懂的，她们还知道用衣服来装饰自己，用微笑来保护自己，而她，只能一个字来形容："傻"。这傻，是迫不得已，也是咎由自取。回到家,看到桌上吴茜的留言:爸爸进医院了。

　　吴大发是在下班的路上昏倒的,头重重地撞在电线杆上。医生向杨艳阐述症状时,幽默地道:港台电视剧里经常有的,就是植物人,什么时候会醒我们也说不准,听天由命吧。病房里,吴大发静静地躺着,像睡着了一样,输液管里葡萄糖一滴一滴地滴着,杨艳陪在他旁边整整一夜,眼睛没有闭过。她看着他,只觉得一片茫然。吴大发的大脑是僵硬的,而她转得飞快,是医院的酒精味,还有药味,让她陡然间变得清醒。她一下子就想到了将来,将来怎么办?吴大发的父母在一旁哭得死去活来,先是号啕大哭,渐渐变成了抽泣,她想大叫一声:哭什么,他又没死!话到嘴边变成了不温不火的一句:别伤心了,说不定过两天就醒了。吴大发的母亲问她:你明知他感冒了,为什么还让他去上班?老太太已稳住了情绪,接下来就是痛定思痛的时候。这伤人的话,是要命的,把人往死里整,让别人难过,好像自己心里就会好受些似的。杨艳不说话,婆婆认为触到了她的痛处,便又说了下去,相干的,不相干的,平时积攒下的怨气,一点一点,新仇加上旧恨,此刻一股脑儿全倒了出来,说着说着,想到不管怎样,儿子也已经出事了,便又悲从中来,叫一声"儿啊",一把眼泪一把鼻涕。杨艳不说话,是因为根本没在听她说,等她哭够了,递给她一块手帕,道:你们回去吧,这儿有我。

杨艳拿着长长的账单去找吴大发单位。她说：又是住院费，又是诊疗费，还有乱七八糟这个费那个费，我们实在是付不起的，请领导帮帮忙，多报一点算一点。劳资科的同志回答得很爽气：不是我们不肯帮忙，你老公是劳务工，按规定就只能这样，再说现在医保改革，单位只负责把个人的账户送上去，其他都跟我们没关系了。你老公运气也差，昏倒在马路上，要是昏在机场里，不就算工伤了嘛。杨艳忙道：那就请帮帮忙，算他工伤好吗？那人笑起来：阿嫂，这不能瞎来的，航空公司有指标，工伤每年每千人不得超过一人，我们地面服务部总共只有五百多个人，算他工伤，我们这么多人的年终奖都要完蛋哉。一个月后，单位把吴大发给除名了。因为是劳务工，手续很简单，几个公章一盖，再本人签名，杨艳拿出吴大发的图章，在解除合同书上盖了章。没什么可讨价还价的，条条款款杨艳都看过了，是这样没错。到手三千元钱，这是航空公司最后的一点人情，也是绝情的。杨艳算了算，家里的几万元钱积蓄已用得差不多了，如果不包括房子，那她就是一个不折不扣的穷光蛋，跟嫁给吴大发之前差不多。她感觉好像兜了一个大圈，结果又回到原地。

　　到了这一步，杨艳反而平静了。她依然每天上班，下班后去医院，再回家买菜烧饭，整理房间。吴茜有时候也会去医院看爸爸，杨艳跟她说，你去了也没用，还不如在家看书。

吴茜道：医生说多陪陪他，他会醒得快一点。杨艳道：那随便你。吴大发出事后，两人的话一下子少了许多。除非是必需的话，那些可有可无的聊天、开玩笑，都是要好心情做底的，吴茜是伤心，杨艳则又多了些操心，勉强撑着。一天，吴春花陪杨艳去找了住院部主任，谈妥了有关吴大发出院的事，以及一些医疗设备的借用费用和手续，等一切搞定之后，已是下午四点了。吴春花让杨艳在她化验室坐一会儿，在医院小吃部买了两块冰砖，给杨艳一块，自己三口两口吃完了，又从抽屉里拿出一包香瓜子，问杨艳吃吗，见她摇头，便站在垃圾桶旁边，一边吃一边吐，有几片瓜子壳落在垃圾桶外面，用脚一踢，踢到角落里。她斜靠着墙，眼睛朝上瞟着，并不看杨艳，眉毛是画过的，又细又长，小手指高高跷着，只用大拇指和食指的边缘捏着瓜子送进嘴里，随即呸的一声，壳便飞了出来。吃瓜子虽是闲碎的事，却也讲究一个"味儿"，杨艳见过不少人吃瓜子，只有吴春花真正领悟了个中的真谛，这样的眉眼，这样的风姿，往墙边一站，两粒瓜子一吃，别人立刻便懂了：这才是吃瓜子的女人。杨艳从皮夹子里拿出三张一百元递给她，她眼一瞪：这是做啥？杨艳道：阿姐，你去求人，肯定也要花钱的。正推让着，有人进来，杨艳便飞快地把钱塞在她口袋里。走出来发觉背包没拿，只好又进去，在门口听见吴春花咬牙切齿的声音：为了省钞票，要紧把我

033

弟弟接回家去，不管他死活了，没良心的坏女人！旁边人叹道，看不出她是这样的人。扫厕所的，脑子比马桶还脏。杨艳站了一会儿，敲门进去，微笑道：我的包忘拿了。

吴茜一声不吭，看杨艳在床边搭架子，把葡萄糖和输液管装好，针头插入吴大发的手背。半晌，她道：这样可以省好多钱吧。杨艳看她一眼，问：你跟姑姑打过电话了？吴茜道：是她打过来的，让我们后天到爷爷家去吃饭，庆祝秋秋数学竞赛得了一等奖。杨艳不作声，拿块毛巾给吴大发擦身。吴茜要帮忙，被她推开：去做功课吧。吴茜犹豫着，问：这样接回来，好吗？杨艳头也不抬，把吴大发翻了个身，问：什么意思？我是说，医院里有医生护士，也许对爸爸的病会更好些。杨艳哼了一声：病，什么病，在医院里也是端屎端尿擦屁股，这点事我不会做？你知道住院一天要多少钱，有些人嘴上讲得好听，怎么不见她拿一毛钱出来？我还想轻松点呢，最好是请个二十四小时看护，我乐得屁事不管，钱呢，谁给钱？杨艳把毛巾重重一扔，大声道：睡觉，睡死了最好！

吃饭那天，吴茜早早地做完功课，杨艳回家时，她已把房间整理了一遍，吴大发的葡萄糖也换了一瓶新的，床上放的是两套出客的衣服。杨艳道：我不去，你爸爸没人照顾。吴茜忙说已经请了楼上的张好婆来帮忙，连钥匙也给了她。杨艳还是不去，吴茜拉住她的手臂，道：去吧，别让她们背后说你时，又多了一条罪状。杨艳听这话说得诚恳而实在，完全是向着自己，有些安慰，又有些得意，想你们都算是她嫡亲的人了，到最后她帮的却是一个外人。

到了那里，才发现有外客。一个四十多岁的男人，白净的脸上堆着笑，白衬衫洗得很干净，虽是夏天，却系了一条领带，紧紧地扣着脖子，因为这领带的束缚，便愈加的热，汗珠不客气地从脸上落到脖子上，又流进衬衫里。杨艳看到角落里放着的补品和水果篮，猜测这个人会是谁。吃饭时听他叫"爸，妈"，这才明白，今天这顿饭不单为秋秋庆祝，更重要的是：毛脚女婿上门。

吴春花介绍，他叫凌久昌，外科医生，四十二岁。又说他至今没结过婚，吴母惊讶道：怎么会这样，你条件蛮好的呀，一定是要求太高。这些都是虚头，已经到这种程度，怎会不知道他没结过婚，第一次上门是尴尬的场面，拘束又陌生，得以愉快地进行下去，靠的都是这些废话。房间里烟雾缭绕，吴母呛得咳嗽，便骂吴父抽个没完，说完才想到凌久昌也在抽烟。凌久昌拿着香烟抽也不是，扔也不是，僵在那儿，只好岔开话题，问吴茜：多大了，读高几，在哪所学校？等吴茜一一回答后，又对杨艳道：这小姑娘真是讨人喜欢。他早就注意到杨艳了，静静地坐在旁边，眼睛低垂着，不说话却另有一种风情。他其实是很懂女人的，在吴春花之前有过不少女朋友，其中一个还同居过，因为条件不错，所以有恃无恐，这么半真半假地，就过了适婚年龄。接下来是高不成低不就，渐渐地，连这一条也没资格了。吴春花离过婚，又有儿子，他没当真，依然是玩玩，只是这"玩玩"与当年是完全不同的，这是给自己留好后路的，即使是玩，也像真的一样。两人都四十多岁了，一开始便想到了结婚，这种心境再实际不过，凌久昌看吴春花，想这个女人以后不是自己老婆，便是仇人。他觉得，跟杨艳比起来，吴春花就是毛坯，粗糙得不堪。

吃完饭，秋秋拿出一副扑克，问：谁和我玩二十四点？吴茜道：打关牌我就玩。秋秋不肯，凌久昌问杨艳：会不会？杨艳说不太会。他说我教你，便拿了扑克，摸出四张牌放在茶几上，"二、三、六、四"。很简单的，他道，三减二是一，四六二十四，再乘以一，就是二十四。杨艳看了看：三六十八，二加四是六，十八加六也是二十四。凌久昌喜道：一看你就是聪明人。秋秋趁势催促，说我一个人斗你们两个人，输了的人买冷饮，要八喜。杨艳说好啊，凌久昌自然是求之不得。他脑筋挺灵光，有几次知道答案了，却悄悄地告诉杨艳，让她说出来，秋秋连呼赖皮，杨艳道，有什么赖皮，我们本来就是一条道上的。最后竟然是秋秋输了，问妈妈要钱买冷饮。吴春花虎着脸道：我没钱。杨艳道，我来出好了，要拿钱包。凌久昌按住她手，拿出一百块钱给吴茜：爷叔请客买冷饮，找下的钱你自己买零食。又玩了几次，杨艳的水平渐有长进，不用凌久昌提醒，也想出好些，秋秋更不甘示弱，一只手凌空举着，有时不等牌放好便拍了下去，杨艳大叫："耍赖，吃进！"笑闹声惊动了厨房洗碗的吴母，探出头来看怎么回事。吴春花骂道：介大的人了，像小孩一样。别人只当她骂秋秋，杨艳暗暗好笑，变本加厉地做出小儿女的娇态来，又嗲又媚，却不过头，这自然是假的，只是假到一定水准，便又像是真的了。看得凌久昌暗叹，这才是年轻女人的味道。一会儿大家坐着聊天，吴春花有心要显显凌久昌的家境，问他：你们家三个人住三间两厅，一百五十多个平方，空荡荡的，会不会太冷清啊。他道：不觉得呀，有什么冷清。杨艳问：听说你们那里的房子很贵的，一个平方要六千多块。吴春花道，当然了，市中心嘛。杨艳啧啧叹道，一套抵我们两套都不止。凌久昌本来是不想多谈房子的，见她感兴趣，便又说了下去：其实买房子地段好坏是次要的，只要上班购物方便就行，最要紧是房型好，还有小区建设要成熟。杨艳问他：你们小区很漂亮吧。他想描述一番，一时却想不出特别之处，情急之下便举了一个例子。有一次他到朋友的新家去，不料油漆未干弄得他一身脏，回去时在小区门口被门卫拦住，说你这个乡下人怎么乱闯啊，他百般解释都无用，最后还是打电话叫他妈下楼来把他接了回去。这件事是为了说明小区管理严格，和杨艳所问的"漂不漂亮"没有很大关系,像写作文走了题。吴父本来听不大清楚,倒是听到向门卫解释的那句,凌久昌突然提高了一个音阶,大声道:"阿拉不是乡下人,是上海人呀!"把他吓了一跳,一个劲地问,咋啦,咋啦?大家都觉得这个例子举得不伦不类,吴春花的脸色更是难看,怪他自己出自己洋相,强忍着不发作,只有秋秋一个人哈哈大笑。过了一会儿,凌久昌悄悄问杨艳,我刚才的话是不是很傻。这话是投石问路,就看杨艳怎么回答。杨艳笑着反问:你说呢?凌久昌见到她的眼神,近一步:我要你说。杨艳道:我知道你平时一定不会这么傻。你怎么知道,他问。她笑,我就是知道。他道,我一定要你说。杨艳道,是大姐告诉我的,她说你这人一向很聪明。凌久昌不死心,问,那你觉得我聪明吗?杨艳笑:我觉得你这个人挺有趣的。两人你一句,我一句,声音虽轻,装得若无其事,但屋子太小了,又全是有心人。杨艳是存心,凌久昌却是失了分寸。吴春花道,差不多了,我送你下去。杨艳对吴茜道,我们也走吧。四个人走到楼下,凌久昌拦了一辆出租车,问杨艳,你们怎么走。杨艳说坐公交车,他便要送她们一程。吴春花忍不住了,讽刺道:你倒好心。吴茜道,算了,又不顺路。杨艳一不做,二不休,钻进出租车,道:客气什么,都是自己人了,是不是啊,阿姐?吴春花看着车渐渐驶远,一口怨气再也憋不住,回到家就哭了出来：下半辈子我是指望这个男人的，她偏要来插一脚。吴父看不懂了，啥意思啦？吴母安慰女儿道，又没怎么样，何况她是有老公的，再野豁豁，她敢在外面找男人？吴春花一想也是。出租车里，杨艳和凌久昌交换了电话号码。到了家，吴茜先下车，凌久昌问杨艳，下次我如果约你出来吃饭，你肯赏脸吗？杨艳笑得很妩媚：只要阿姐不吃醋，我无所谓。凌久昌恋恋不舍地看她上了楼，才让司机开车。

　　杨艳在楼梯拐角看到吴茜，眼光冷冷的。她没理会，径直上楼去。走到家门口正要拿钥匙，一瞥看见隔壁阿贵敞着窗小便，便不声不响走过去。阿贵一抬头见是她，吓了一大跳，道：你，你做啥？她道，你不是就喜欢被女人看嘛，我都不在乎，你怕什么？他惊得说不出话来。杨艳忽地大叫：大家出来看呀，快看呀，光屁股男人，好看得不得了。一时间笑声、闹声、骂声、叫声，楼道像被炸开了，真的有人跑过来看，对着里面指指点点。杨艳回到家，道，打110报警，非整死这个混蛋不可。吴茜坐着不动。她便自己拨通电话：110吗？我们这儿有个流氓，有露阴癖，对，没错，老对着女人，左邻右舍都可以做证的，你们快来，快来啊。放下电话，她满意地笑了，听到吴茜迸出一句：不要脸。她道，是啊，那男人真不要脸。你更不要脸！吴茜说完，脸顿时涨红了，噔噔噔冲进房间。

一连三天，吴茜都不吃饭，杨艳在垃圾桶里翻到几个空饼干袋，便由着她。到了第四天，饼干吃完了，杨艳清早起来烧了一碗大排面，端到桌子上，旁边写了张字条：你饿死了，你爸爸怎么办。等她走了，过去一看，面被吃得精光。这天杨艳下班后赶去买菜，走到离家不远的马路上，见许多人围着不知看什么热闹。地上摆着一条像小轨道似的东西，有人在上面慢慢推着摄像机，旁边几个人在驱赶围观的人群，一个穿着马甲的胖子坐着吆喝：准备好了没有，好了就开始。她明白了，原来是拍戏。随着一声"开麦啦"，周围全瞪大了眼睛看。你胆子倒不小，敢到我这儿闹事！一个高大的男人拖着一个女孩往摄像机前一摔，扁你信不信？杨艳听到旁边的人笑道，一看这张脸就知道肯定是流氓。女孩把头抬起来，导演朝她做手势，表情要自然，有一点怕，又有一点倔强，眼睛里带一点泪水，但不要流出来，盈眶懂不懂？杨艳看到女孩的脸，竟然是吴茜。动手，导演道。男人一个巴掌下去，吴茜惨叫一声，翻在地上。导演叫停，一个三十多岁的女人上前，给她嘴角画了些血。男人又踢了两脚，拎起她朝地上狠狠摔去，镜头是朝上拍的，地上铺着垫子。化装师过来在她衣服上点了几滴血，再把头发披下来，揉一揉搓一搓，弄得乱七八糟。又打了几拳，导演道，昏倒！吴茜眼一闭，倒在地上。这场戏就结束了，周围的人意犹未尽地散去，杨艳见吴茜爬起来时手脚利索，神色也挺正常，这才放心了，飞快地奔回家。

吴茜打开门，见杨艳坐在沙发上，有些意外：你今天这么早就下班了？杨艳道，是啊。吴茜问，你买了菜了。她点点头。吴茜放下书包，迟疑了一下，又问：你没在后面那条马路上看到我？杨艳说没有啊，有什么事吗？吴茜忙道：没事，刚才有人在拍戏，我过去看热闹了。杨艳道，是这样啊，刚才是看到很多人围在那里，不过我手里拎着小菜，没过去。吃饭时，吴茜忽然问，我们家里是不是没钱了？杨艳说还没到讨饭的地步。那我读书的钱还有吗？杨艳看她一眼，道，你放心吧，再穷也要让你读书。吴茜从口袋里拿出四百元，喏，我这儿有钱。杨艳问她：哪儿来的？是我挣的，挨打挣的，吴茜笑道。杨艳听她把拍戏的事情说了一遍，问，疼吗？她摇头：一点感觉也没有，那些拳头其实根本没碰到我，脚都是虚踢的。杨艳笑笑，道，那人的块头倒是蛮大的，让我一直捏把汗。吴茜听了，道，原来你看见了，怎么不说？嘿嘿，我就是要你自己告诉我。冷战几天，总算和好了。吴茜不再多提那天晚上的事，只说了一句，我看见你把凌久昌的电话号码扔进垃圾桶，再一想，每个人都有情绪不好的时候，将心比心，如果我是你，也许会比你更促狭。杨艳倒不好意思了，道，你明白就好。吴茜接口道，你的为人我最清楚，你虽然不是什么好人，但也绝对不是一个坏人。杨艳听了好笑，又有些感慨，想她毕竟还是一个孩子，现在除了自己，真的没人能照顾她了。

一天，杨艳回娘家，母亲问她，吴大发怎么样了？她说还能怎么样，死不了也醒不了。母亲便道，多陪陪他，多讲讲以前的事，这样会醒得快些。她知道这些都是电视里看来的，点点头，并不搭腔。她对母亲说想再多找几份工作，譬如当保姆、钟点工什么的。第二天早上，正要去上班，杨晨就来了。她道，边走边说。路上，杨晨问，最近经济情况不太好吧。她看他一眼，道，是呀，就缺你那五千块，你把钱还过来，我们就宽裕了。阿姐，你又来了，谈钱伤感情的呀。杨艳哼了一声，不理他。杨晨偷看她的脸色，也不吭声。走了一会儿，杨艳问，到底什么事，你再不说，我就快到了。杨晨还没开口，她又道，我先声明，借钱免谈，不让你还钱已经蛮好了。杨晨朝着天空"哎哟"一声，双手夸张地一摊：阿姐，我宁可去借高利贷，给他们斩掉一只手一只脚，也不敢问你借钱了。杨艳一笑，问，啥事体啦，快讲。杨晨问，你是不是想去当保姆？是又怎么样？她道。我帮你介绍一家好吗？他告诉杨艳，他正要应聘一家合资企业，打听到这家公司老总的妻子刚刚生好小孩，准备雇一名保姆。杨艳道，亏你想得出。这是两全其美的事呀，他道，人家是大老板，出手一定不会小气，这样一来，阿姐你钞票也能赚到，再帮我讲讲好话，通通关系，大家合算。杨艳不以为然，你说话像做梦一样，你怎么知道人家一定要我，就算真的要了，保姆的话，人家大老板会听？杨晨拉着她的手发嗲，阿姐，求你了，试试看嘛。

　　杨晨就是有这把握，晚上抱了一大堆育婴的书籍过来，吴茜东翻翻西翻翻，笑个不停。杨晨道：笑啥，你也可以预习预习，将来总归用得上。杨艳脸上没有一点表情，从厨房走到客厅，又从客厅走到阳台，一会儿又烧菜做饭，忙里忙外，像存心逗他似的，就是不说当保姆的事。吃完饭，他要走了，见杨艳还是没反应，急道，阿姐，我把书放在那儿了，后天上午在新民保姆介绍所，那个老总叫江浦，个子挺高，据说做事很保险，十有八九是会亲自去的。杨艳道，你打听得倒仔细，怎么不去情报局？杨晨又道，早点去报个名，别错过了，叫出租，我报销。杨艳问，我说过要去吗？杨晨急了，阿姐……一连两个晚上，杨艳都没睡觉，把那些书从头到尾翻了一遍。她像临考前的学生，心情是既紧张，又有些期待。她也喜欢做梦，这是姐弟俩的共同之处，都有冒险精神，所不同的是，杨晨把生活当梦来过，只有憧憬，没有实际，而杨艳刚好相反，把梦当成生活，即便再虚无缥缈，也实打实地经营，一步步走。

　　她早早地起了床，梳洗整齐，化了淡妆，换上一套干净的衣服。到了那里，才刚刚开门。她是第一个，报好名便等着。渐渐地，女人多了起来，像陈列在柜台上的商品一样，让走进走出的人挑。她带着矜持的表情，不是被人挑，而是在挑人。终于等到了那个人，四十岁不到，高高瘦瘦的个头，穿一件夹克衫，扫视着周围各式各样的女人。他很快就看到了杨艳，在这些人里面，她确实是弹眼落睛的，干净利落的打扮很合时宜，她的气质在此刻显出来，是小女人的风情，有些市侩，却是老老实实的，就是眉梢间有一点不安分，也是符合这种场合的。他看杨艳，杨艳也在看他，凭她的经验，这是个老到的人，明明是居高临下，却淡淡地没有一丝张扬，谈不上欲扬先抑，这种高贵本就是深入骨髓的，无须作态，也掩饰不了。还是她先开口：先生，找我吧，我老灵的。他露出一丝惊讶，你是上海人，这里上海人很少的。没办法，单位效益不好下了岗，只好另谋出路。你以前做过保姆吗？做过两次，是在其他地方的介绍所。他噢了一声，又问，你有小孩吗？有的，她拿出一张吴茜小时候的照片，今年七岁了。他盯着照片看了一会儿，露出一丝微笑，眼睛弯成一条弧线。是蛮讨人喜欢的，他道，不过不太像你，是不是像他爸爸？杨艳跟着笑，忽然有一种感觉，好像当时跟吴大发相亲的情景，也是陌生的两个人，看似平淡的一问一答，其实都是极力想把对方看透。她不禁想，如果当初对面的不是吴大发，而是眼前这个人,最后结局不知会如何。怎么一下子想到这个,连她自己也觉得好笑。

杨艳辞去了扫厕所的工作,一心一意地当保姆。东家给的报酬是每天五十元钱,从上午八点做到晚上七点,还管三顿饭。江浦把她带回去,说,是上海人,清清爽爽的,蛮好。他妻子在床上给婴儿喂奶,朝杨艳瞟了一眼,道,你说好就行了,反正是服侍坐月子,用不了多久的。因为生产的关系,她的脸又肿又白,像发酵得极好的高庄馒头,眼睛本来应该是不小的,此刻深深地嵌进横肉里,仿佛夹缝里透出两道光来,这眼光是带着挑剔的,还有些不屑,粗略地带过,明明想看得更仔细些,又觉得没这个必要,硬生生地将这念头收住,到后来还是忍不住,将杨艳从头到脚看去,看她脸上的皮肤,她的头发,她的腰,她的胸。看完了,说,还年轻得很啊。这就是刚生完小孩的女人,自尊又自卑,可厌又可怜。杨艳拿干净的纱布去擦小毛头的嘴,笑道,看到他,就想到我自己女儿,小时候也就这么一点点大,像小老鼠一样。

照顾坐月子,真是要杨艳的命了,这种事情本无理论可言,就是靠一点点琢磨,在实践中求发展的。杨艳面不改色地帮婴儿换尿布,把尿把屎,再坏的局面,因她的从容,也平息下去了,晚上回家看育婴大全,纯粹是纸上谈兵,第二天对着小毛头,依旧是毫无章法。好在江太太也不懂,被她表面上的沉稳唬住了，孩子哇哇地哭，以为是得了什么病，急急地送进医院，不料倒真的量出几分热度来。杨艳满心的愧疚，知道这病是折腾出来的，便没日没夜地守着。孩子病好了，江浦又雇了一个保姆，却没把杨艳辞退，说是两个人更稳扎些，江太太默许了，是看在她尽心照顾的分上，想不过一两个月，就当做好事吧。杨艳心里有些明白，新来的保姆又老又丑，却有带孩子的经验，这是用来掩人耳目的，掩的就是江太太的耳目。这些日子，她与江太太在一番手忙脚乱中，却也有了同甘共苦的情谊，女人对着女人，自然有的是话说。她是倾听者，听江太太说，说的大多是江浦的事。因为面对的是个保姆，所以说得肆无忌惮，酣畅淋漓。杨艳不会插嘴，静静地听，一边听一边想。她想的也是江浦，这个男人有许多让她看不懂的地方，从来不在家里吃饭，来去匆匆，穿的衣服干净又得体，话不多，却很精致，每句都能让人回味半天。一次他去香港出差，回来时带了许多东西，有宝宝的婴儿用品，江太太的时装和化妆品，除此之外，竟还有她的份儿。东西是放在一个精巧的纸袋里的，捧到她面前。他朝她微笑，这笑容她是见过的，其中的意思也能猜个大半。回去打开纸袋，是一件粉红色的睡衣，丝质的，一看商标，她知道是名牌货。她穿上它，站在镜子前，审视着镜子里的自己，才三十一岁啊，正是花开得正艳的时候。再一想江浦的笑容，那层意思就更明朗了。终于,一个晴天的下午,虽是已入秋,这阳光依然让人昏昏欲睡,大概因为这个,江浦破天荒地在家里睡午觉。她经过时见他身上什么也没盖,只穿了一件全棉的汗衫,想被风吹了着凉不好,便拿一条薄毯走过去。他熟睡着,嘴巴微嘟着一呼一吸,发出轻轻的鼾声。薄毯接触他身体的那一霎,他睁开了眼睛。她道:把你吵醒了,我是怕你着凉,所以……他一笑,不等她说完,伸出手搂向她腰间。

一切就这么顺理成章地发生了,好像早就安排好了似的,没有一点突兀。杨艳成了江浦的情妇。隔着一堵墙,江太太抱着小毛头睡得正香。江浦问杨艳,送你的东西还喜欢吧?杨艳点点头。他问,你还需要什么吗?杨艳道,我不是为了你的钱。他笑着刮一下她的鼻子,似乎觉得很好玩,问,我说过你是为了我的钱吗?在他眼里,她像是个孩子。杨艳想这样也好,索性带着几分孩子气。她知道什么时候放肆,什么时候收敛,分寸拿捏得恰到好处,有孩子的天真可爱,却不会像孩子一样给人添麻烦。她成了江太太最好的伙伴,反正小毛头有人带,两人在一起就是聊天。江太太问她,怎么身材保持得这么好?她说,你现在不能动,等出了月子,别整天待在家里,到外面跳跳健身操,有空出去旅游,有钱还怕没好身材。她买来原料,做当归红枣汤,或冰糖炖银耳,端到江太太面前。江太太什么珍贵的没吃过,她说,那些礼盒装的补品只不过是钱,你这几碗热腾腾的才是真心。日子久了,她对杨艳更生出几分依赖,道,江浦一天到晚不在家,幸好有你。她越是这样,杨艳越是内疚,更要加倍对她好,这么你来我往,两人便像亲姐妹似的要好。

杨艳挑个时机,把杨晨的事说了。江浦挥挥手说,这是小事一桩。月子结束了,江太太倒舍不得了,说再待几个月吧。江浦知道这样下去,难保有一天不出事,很坚定地拒绝了。他交给杨艳一把钥匙,是虹口区的一套二居室。杨艳知道这代表了什么,除非江浦打电话让她去,她是不会轻易去那里的,每月最多也就一两次。这对两人都好,对他来说,不喜欢她一天到晚缠着他,而她,也不希望总是看见他,说到底,毕竟是尴尬的关系。然而,男女之间就是这样,她越是淡漠,江浦越是觉得她好。一次他对她道:你真是个适合做情人的女人。话一出口,他就后悔了。虽然相处时间不算太长,他却了解她的个性,这句话说得暧昧,也伤人,即便是他和她这样的关系,也不该说。杨艳并没生气,只是幽幽地说了句:我也不知道我是这样的人。出于补偿和安抚,他给她一张信用卡。她到银行里刷卡,看到屏幕上的金额,激动地想哭。总算又有钱了。

江太太坐月子的时候,杨晨来过一次,是上班后的第一个星期天,带了一些礼物。他只坐了一会儿,公司里有人找江浦，是他的女秘书。江浦匆匆走了，留下姐弟俩和江太太。大概是爱屋及乌，江太太对杨晨很是喜欢，问长问短，又说要帮他介绍女朋友，杨晨一张油嘴顿时有了用武之地，三言两语哄得她乐不可支。临走时，还送给他一支金笔。姐弟俩走在路上，杨晨道：阿姐，还是你行。杨艳摇摇头，不说话。杨晨问她江浦平时有什么爱好。杨艳看他一眼，做啥？知己知彼，百战百胜，阿姐你告诉我一点内幕消息，以后拍他马屁也便当些。杨艳道：你不要老把精力花在这个上面，脚踏实地一点好吗？这有什么啦！杨晨不以为然，现在谁不是这样，你看到刚才那个妖里妖气的女的吗？如果不是跟江浦有一腿，能那么快做经理秘书吗？杨艳想到那个丰乳肥臀的年轻女人，意料中的事，心里还是有些异样，又觉得好笑，想吃醋也轮不到自己。让她吃惊的是杨晨接下去说道：阿姐，这个世界，什么事都要靠自己争取，到手了，就千万不能放弃，你想想，上海滩有多少人抢着要做大老板的"小蜜"啊，抢到了就是福气，前世修来的福气。这让她猛然想起以前他对她说的一句话：凭你的姿色和手段，找个不大不小的老板傍傍，笃笃定定。晚上吃饭的时候，吴茜问，我们最近是不是有钱了？她一凛，声音都发抖了：怎么了？你看，前段日子烧的菜不是青菜豆腐，就是豆干辣椒，这几天总算有荤菜了，今天还有红烧鸭腿吃，太棒了！她又是心酸，又是好笑：

吃个鸭腿也这么激动。想到很久都没有管过她学习了，问道，最近功课怎么样？看了几本练习，还有几张考卷，我是不懂的，你是个乖孩子，全靠你自己了。又问她有没有画素描。她说没有，忽道，画你怎么样？硬拉着杨艳坐下，摆了一个姿势，拿来画纸和笔，就这么画了起来。一边画，一边道：还记得吗？以前你让我帮你画，我死也不肯。杨艳问，怎么现在又肯了呢？她想了想，道：因为你对我好。画好了，把它贴在墙壁上，问，画得好吗？杨艳看了一会儿，道，比我本人好。这一晚，她帮吴大发擦完身收拾好，在他身边坐了很久，想，倘若他突然睁开眼睛，会不会吓自己一跳。这么想着，竟真的不敢面对了，见吴茜房里灯还亮着，不去打扰她，回到房间躺在床上，脑子里乱糟糟的，心想：到底有没有不透风的墙？

世界上不透风的墙自然是有的，只是不走漏的消息却不多。那天她和江浦在一家酒店大堂里喝咖啡，走出来就碰到了吴茜和几个同学。那一瞬间，她感觉脑子里就像有无数根针在刺，刺得她几乎晕倒。吴茜看见她，惊讶的表情只停留了一秒钟，立刻又若无其事地走了。江浦觉察到了一丝异样，问她怎么了，她说有点不舒服。在家门口迟疑了许久，终于走了进去。吴茜端端正正地坐着。她也坐下，问：你看到我了？她不打算说假话，吴茜是多么敏感的人，骗也是徒劳。

沉默了一会儿,吴茜问道:我是不是还像个孩子?杨艳道,怎么这么说?她道:只有小孩子才整天把好人、坏人挂在嘴边。我知道其实世界上并不是只有这两种人,长大了,成熟了,才能看得更透彻些,人真的是很复杂的东西。杨艳听出她话里的凄凉,想她才十六岁,别的孩子在这个时候连个屁也不懂,而她却想得太多了。我知道,你是为了这个家,那个人很有钱,对吧?她笑笑。我一直在想,爸爸大概真的再也醒不过来了,你怎么办呢?更何况,我也不是你的亲生女儿,将心比心,你已经很难得了。杨艳听她又用到了"将心比心",想,是拿谁的心比谁的心,她的心还只是一张白纸、一片净土,自己的心却已千疮百孔,这样比法,她的心太吃亏了。

杨艳对吴茜不仅仅是内疚,还有感激。她对江浦说,要好好地报答这个小姑娘,江浦领会了"报答"这两字的含义,便在一天晚上,请了上海一位知名画家吃饭,让杨艳把吴茜带来。杨艳原以为这要大费一番唇舌,没料到吴茜听了,道,好啊。饭局设在一家相当不错的大酒店包房内,这固然是因为知名画家的缘故,也是看重吴茜的意思。江浦让吴茜点菜,杨艳原想帮她点几样没吃过的菜式,吴茜不待她开口,自己点了两个精而不贵的小菜,举手间落落大方,丝毫没有局促感。江浦看在眼里,心里有了底,为她与画家相互作了介绍,言语中并没把她当作孩子,既尊重又亲切,偶尔调侃两句,又不失时机地捧她一捧，说她的画在市里得过小奖，颇有发展前途。后面的话是讲给画家听的，杨艳担心吴茜说穿，坏了气氛，见她没什么反应，这才放了心。席间，吴茜静静地坐着，话不多，适当的时候说上一两句，也是很有分寸的。对于素描，她懂的只是皮毛，那画家自然明白，但听她说话稳重，是个端庄有礼的孩子，也值得点拨一二，何况还有江浦的面子，所以临走时交换了联系地址和电话。杨艳见进行得如此顺利，心里稍觉安慰。

江浦开车送杨艳和吴茜回去，到了楼下，吴茜道，你们大人有话说，我先上去了。两人在车里坐了许久，不说话，还是江浦先开口：怎么你七岁的女儿一眨眼就长这么大了。杨艳想到保姆介绍所的那天，忍不住笑了。这小姑娘厉害啊，他道，长大了会有出息的。杨艳忽然想起自己小时候，父亲也不止一次地对母亲说，这小姑娘以后会有出息的，不料几十年后，却是这番光景。每个人都有自己的机缘，她叹了口气，这是命，强求不来的。江浦看她一眼，问，你也相信命？看不出你是这样的人。她问，那你觉得我是怎么样的人？他微微一笑，道，反正不是一个信命的人。她笑笑，看天上的月亮，柔柔的光洒在马路上，夜原本是属于黑暗的，亏得这月光把整个世界包得严严实实，挡住了那片暗，更有白天所没有的静，让人觉得安心。杨艳告诉江浦自己的童年，告诉他那天晚上在医院里，父亲跟她讲的梦，她是一只老鼠，偷灯油的小老鼠。又告诉他中学里也是一天晚上，她跟着男生出去，原本是想看通宵电影的，结果没买到票，在电影院门口坐了一整夜。其实我们什么也没做，她道，那个男生也是老实人，问我冷不冷，还把衣服给我披。那你们为什么不回家？他问。好玩嘛，她道，觉得刺激。人家都骂我拉三，老天可以做证，我们之间清清爽爽，什么事也没有。她摇了摇头，苦笑：那时候人还小，不懂事，长大了才知道名声是最重要的，宁可平淡一点，也不能让人在背后骂，我爸爸是老师，他最受不了这个了。江浦伸出手，帮她把一缕头发捋向耳后。我是个不彻底的人，她道，有时候我想，糟就糟在这个不彻底上，要么是个彻彻底底的大好人，要么干脆坏得彻彻底底，倒也好了，偏偏有点好，有点坏，做好事不情愿，做坏事又不忍心，你说糟不糟？江浦笑道，你这叫天良未泯，是个有良心的坏女人。他又问，那对我呢？是真心，还是为了我的钱？她没料到他会这么问，而且分明带着一丝伤感，不像他平时洒脱的为人，想了想，说：我也不知道。这一晚，两人相拥着在车内一直到天亮。

接下来的日子里，杨艳觉得，江浦对她更好了。这好，不是一点一点，是倾盆而出，唯恐来不及似的，没头没脑，劈头盖脸地付出。杨艳是有些了解的，听杨晨讲公司里的情形，她知道江浦到了什么地步。他对她道，虹口区的房子原本是给你的,只是我怕太张扬,反而害了你。他陪她买衣服,买首饰,还特地为她订做了一只纯金的小老鼠。他道,抓紧时间吧,以后就是想要也没有了。明明是一场风月游戏,到了尽头,却也让人伤感。江浦被检察机关以涉嫌贪污罪提起公诉,那天,她去见了江太太,两人聊了很久。江太太说着说着,眼泪就掉了下来。她道,杨艳你要明白,江浦他不是个坏人。我知道,杨艳握住她的手,我知道。她把那只金老鼠拴了根红绳,挂在小毛头的脖子里。她不属老鼠的,江太太道。她笑笑:是我自己属老鼠,像我这样的人,档次低,没什么文化,就是命硬,脾气也倔,怎么样都行,好养活。你要是不嫌弃,就把这老鼠留着做个纪念,保佑这小姑娘将来顺顺利利的。小毛头像是听懂了她的话,睁着一双黑白分明的大眼睛看着她,忽然咧开嘴,笑了。江太太的眼泪也流了下来。

一切又重新归于平静,仿佛什么事也没有发生过。杨艳依旧扫起了厕所,那些小姐妹见她回来,叽叽喳喳问长问短,虽不知道她这些日子的情况,却都有些幸灾乐祸,想,你终究还是回来了。那天,她忽然听到吴茜叫她"妈妈",只是很快的一句,立刻便脸红走开了。她呆呆地站了一会儿,走到吴大发身边,看着滴管里的液体一滴一滴往下滴,是那么的有条不紊。吴大发的脸好像没有那么苍白了,隐隐有些血色,眼睛虽然还紧闭着,却不像是熟睡,给人的感觉是,刚做了个梦,很快就要醒了,是这样,没错。

我知道,你终有一天会醒的,她轻声道,一定会醒的。

原载于《小说界》2001年第6期。有改动

名家点评

《梦里的老鼠》是滕肖澜的第一篇作品,这篇小说如今看来虽然略显稚嫩,却已然能看出滕肖澜对细节的刻画能力和对世俗生活的还原力。她关注自己所关注的生活,描绘了一个洗心革面的女性身为妻子的责任、身为后妈的不易、身为弟妹的机智、身为情人的柔情和在一地鸡毛的生活中的表现。滕肖澜擅长书写女性的日常生活,她以写实的笔触把上海霓虹灯下曲折弄堂里的小人物、小日子、小生活、小碎片刻画得玲珑有致。正如滕肖澜所说的:"也许在许多人的眼里,上海是烂漫多姿的,像颗夜明珠,美艳不可方物。而在我看来,上海只不过是个过日子的地方,很实实在在的地方。绝非五彩斑斓,而是再单调不过的颜色。日出而作,日落而息。柴米油盐,鸡鸡狗狗。"

相宜 ++++++++++++++++++++++++++++

滕肖澜注重的是上海这个空间里各色生活着的人物,而人物背后都有"过日子"的哲学打底……"过日子"特指农民在经营家庭生活过程中所表现(出)来的一种精神气质,但通过滕肖澜的小说,我们会发现中国最具都市性的城市与乡村在"过日子"哲学上有异曲同工之妙……滕肖澜小说中很大一部分都是讲述核心家庭的主要形态,家庭里的生活哲学可以抽象为"过日子精神",跟"过日子"的生活伦理一致的是,滕肖澜作品中的人物基本上也都祛除了精英主义色彩,他们的生活观和生活方法论是中国最广大群体的生活哲学。

项静 ++++++++++++++++++++++++++++

创作谈

构思这篇小说时,脑子呈现出的,是一个女孩子的形象。当然是现代人,却穿着古装服饰,在那里舞水袖、走台步,"兰花指跷得漂漂亮亮",眉宇间说不尽的风情。很美,美得超凡脱俗。

"唱戏的女孩"——这原是我想好的小说的题目。女孩像幅画,定格在那里,题目也由此而来。再往下构思,便生出许多枝枝节节的东西,人物也多了起来,故事渐渐丰富了,复杂了。我忽然想到,这篇小说所描绘的,应该是两个世界。

——台上的世界,台下的世界。

我不想简单地用"雅"与"俗"来概括这两个世界。这是不正确的。我并不认为项海就比白文礼讨人喜欢。我只是试图从一个旁观者的角度,把由唱戏而展开的这么一个故事娓娓道来。让喜欢看故事的读者觉得好看,让喜欢思考的读者觉得又有些意思。这就足够了。

我不是很会为小说取名字。稿子送到《人民文学》那里时,题目是《似这般——都付与断井颓垣》,是随手从《牡丹亭》的唱词中截了一句。后来程绍武老师替我改成了《姹紫嫣红开遍》。我觉得很好,透着无穷无尽的意思,含蓄了,也更有韵味了。

谢谢程绍武老师。也谢谢《北京文学·中篇小说月报》。

《创作谈》
《北京文学·中篇小说月报》2007年第10期

姹紫嫣红开遍

一

"原来姹紫嫣红开遍，似这般都付与断井颓垣，良辰美景奈何天——"

天还未亮，项忆君便被父亲的唱戏声弄醒。她爬起来，轻手轻脚地开了门。客厅里，父亲项海把四周门窗关得严严实实，拉上窗帘。穿一身褶子，舞着两只水袖，腰肢柔柔软软，身段袅袅婷婷。头一扭，嘴一撇，眼神再一挑，跷个兰花指——便活脱是杜丽娘了。

声调压得有些低，好几个音该往上的，都硬生生吃回了肚里。项忆君知道父亲是怕影响隔壁邻居。不够尽兴了。但也不要紧，客厅不是舞台，父亲不是为了博台下的喝彩，只是自娱罢了。为的是一刹那的迷醉，像鱼儿游回大海，鸟儿重归林间。那是说不出的，深入骨髓的惬意。那一刻，是另一个世界。只需微微闭上眼，周围便是良辰美景。

项忆君关上门，重新回到床上。她不想吵了父亲，便装睡。一会儿，父亲项海在外面敲门："忆君，该起床了。"

"哦！"项忆君应了一声，起身穿衣服。到卫生间刷牙洗脸，收拾停当出来，客厅桌上已摆了早饭——白粥，腌的嫩香椿，邵万生的蟹股，还有刚烤好的吐司配煎蛋，另有一杯牛奶。项海吃东西一向讲究，即便是早饭也不马虎。他的祖父，项忆君的曾祖父早年是上海滩赫赫有名的琴师，不算大户人家，也是享过荣华的。项海受祖父的影响，从小研习京昆，嗓子好扮相也好，早年是京剧团的台柱子，专演梅派花旦。后来嗓子不行了，改唱昆曲，渐渐地便不唱了，赋闲在家。

项忆君一边吃饭，一边朝父亲看。项海胡子刮得干干净净，下巴上青灰一片。这还是演花旦时的规矩，胡子要刮彻底，胡楂也不能露个一星半点。他的刮胡刀是博朗原装进口，剃须水、须后水也都是高档货，早年养成的习惯，照镜子看到胡楂，便浑身不舒服，像生虱子般难受。每次刮完胡子，还要跷起兰花指轻抚一遍，再朝镜子里抛个眼风，定个格，才作罢。

项忆君看墙上的挂钟——七点了。上班时间有些紧。她依然细嚼慢咽。父亲说过，再急的事都要慢慢来，不能乱了身段。女孩子尤其如此。项忆君气定神闲地咽下最后一口吐司，站起来，拿上包，说声："爸，我上班去了。"

项海微微点头，举起一只手，优雅地挥了挥。

"去——吧。"也是京白的韵调。

项忆君在机场海关上班。

高中毕业时，项忆君原先想考戏曲学院，一是自己喜欢，二来也是想让父亲高兴。她长相跟父亲有些像，瓜子脸，五官不算出众，却是清清爽爽。父亲说过，这种脸型饰花旦最好，平常看着普通，妆一上，眉眼便活了。临填志愿那几天，她常在父亲面前舞个水袖，或是哼上几段，还捣乱似的"台台依台台，台台依台台"唤个不停。她以为父亲肯定支持，谁晓得舅舅来了一趟，父亲就改了主意。

项忆君母亲死得早，舅舅心疼外甥女，便常过来看她。舅舅是生意人，见的世面多，眼界也宽。舅舅对项忆君说：你这个爸爸呀，是外星人，你可千万别像他一样。项忆君听了，笑笑。项海与这个大舅子也淡得很，每次见面都只是笑笑，极少说话。茶水点心一应待客之道却是毫不含糊。离开时必定是送到楼下，直到人远去了才回家。"舅爷，慢走。"这轻轻柔柔的一声，在项海是礼貌，对项忆君舅舅来说，却是折磨了。"你跟你爸爸说，让他千万别这么讲话，鸡皮疙瘩都掉一地了。"舅舅央求项忆君。项忆君听了，还是笑。

项忆君是最懂爸爸的。这份默契，是与生俱来的，勉强不得，也做不了假。还未懂事起，她便听父亲唱戏，起初是咿咿呀呀觉得好玩，渐渐地，便融了进去。确实是好，到兴头上，整个人嗖地穿了出去，只一瞬间，便似穿越了几千几百年，到了不知名的所在。戏里的人，都活生生地在旁边呢。轻摆罗衫，眉眼含春，一颦一颦，都是美到了极致。项忆君也爱听流行歌曲，可跟京昆比起来，便完全是两码事了。一个像嘴里嚼的话梅，另一个，却是泡得酽酽的茶，光闻那香气，便已醉了三分。一个是听了便忘，一个是直落到心里，曲罢了还兀自傻傻的。

项忆君小的时候，到杂货店买酱油，手拿瓶子，嘴里哼着"海岛冰轮初转腾，见玉兔，玉兔又早东升。那冰轮离海岛——"脚下踩着碎步，眼神定定的，小嘴念念有词，痴了似的。路过的人便笑她是个傻丫头，长大了和她那傻爸爸一样。

项忆君唱戏时，项海便在一旁坐着，两指间夹支烟，随节拍在桌上轻轻敲着。项忆君嗓子比父亲亮，身段也好。男人演女人，扮相总有些别扭。项海却说，早先的四大名旦，有哪个是女人？男人比女人更晓得女人的美。项海说，如今的角儿，再没有像当年那样出众的了，总是少了些什么，也是世道的缘故，能出电影电视明星，却出不了拔尖的名角儿。项忆君有天赋，没受过专业训练，单靠父亲的指点，小学时便得了全市京剧票友赛儿童组的冠军。上台领奖时，主持人问她长大了要做什么。她想也不想，便回答说"名角儿"，她夹着上海口音的普通话，单这"名角儿"三字却是标准的北京话，清清脆脆地说出来，惹得台下大人们都是一阵笑。

高考前一个月，项忆君把填好的志愿给父亲看。那天舅舅也在，一见志愿表，便跳起来。"帮帮忙，唱戏会有什么出息，有几个唱戏唱出名堂的——你爸爸唱戏，你也唱戏，你看看你爸爸，就晓得唱戏好不好了！"舅舅确实是为项忆君好，以至于到后来都有些失言了。项海没作声，端起桌上的茶，掀开盖，轻轻撇去茶沫，吹了吹。不喝，又放下了。

"整天在天上飞啊飞，到了紧要关头还是要落下来，脚踏实地，看看外面的世界——都变成什么样了，你还以为是戏里的世界呢！"临走时，舅舅丢下一句。

那天晚上，项海没有睡觉。房间的灯始终是亮着。关着门，烟味却还是源源不断地飘出来。项忆君也是一直睡不着。躺在床上，不知怎的，眼前老是出现这么一幅情景——父亲站在门里，一只脚想要往外伸，却总是跨不出去。门外吵得很，门里却是安安静静。他双手掩耳，兰花指跷得漂漂亮亮。

第二天，父亲让项忆君把志愿改了——改成工商管理专业。那日，项忆君第一次看到父亲竟忘了刮胡子，胡楂密密麻麻，一直延伸到两颊。父亲长长地叹了口气，"哎——"音调在空气里转了几个弯，忽地一下止住，几乎都听出喉头的那口浓痰了。父亲摇摇头，转身进屋了。

项忆君穿上海关制服，在父亲前一站，项海朝她的肩章看了又看，半晌，才道：女孩子穿这身衣服，有些武气。

项忆君说：是刀马旦的路子。

项海笑了笑，不吭声了。

日子一天天地过。项忆君还是爱唱戏，每天总要抽个半小时，让父亲指点。这半个小时，与另外二十三个半小时，像是隔着几个世纪。项忆君知道，这半个小时，她其实是梳着髻化着油装呢，水袖舞得花团锦簇，周围是小桥流水亭台楼阁。一会儿"待月西厢"，一会儿又是"此恨绵绵无绝期"了。这半个小时，比那二十三个半小时都要精彩，是点睛的一笔。

舅舅给项忆君介绍过两个男朋友。第一个在银行里当科长，三十岁不到，身材魁梧，说话像放鞭炮。见面不过三次，就要亲项忆君的嘴，手还直往胸口探。项忆君吓坏了。依着戏台上的进度，这会儿还只到你瞧我我瞧你眉目传情的份儿呢，连手都碰不得，怎么就能这样呢——忙不迭地断了。

第二个在会计师事务所上班，父母都在国外，家里条件不错。项忆君和他谈了半年，感觉还行，他父母专门从国外飞回来看准儿媳。见面那天，小伙子的母亲随口问了声："平常有什么爱好？"项忆君答道："唱戏。"两个老人倒有些意外了，说："那就来一段好不好？"项忆君便演了一段《贵妃醉酒》。为了逼真，拿出一条床单披在身上当戏服。因有讨好的意思，演得比平常更卖力三分。

"——杨玉环今宵如梦里，想当初你进宫之时，万岁是何等的待你，何等的爱你，到如今一旦无情明夸暗弃，难道说从今后两分离！"

唱到最后，不知不觉竟落下泪来，眉眼间说不尽的缱绻情意。两个老人看得呆了，半晌，才鼓起掌来。项忆君以为给他们留了好印象，谁晓得过了两天，小伙子跑来说——我爸妈讲你身上有股妖气，不像好好的女孩子。项忆君是第一次被人这样说，委屈得回家就哭倒在床上。

项海听说后，也不安慰，只淡淡地说了句："管他们做甚？他们未必懂你，只要你自己懂自己就行了。你是什么人，他们又是什么人！"

项忆君愣愣地听着父亲的话，只觉得这里头有无穷的意思，却又说不出来，胸腔里被什么充得满满的，一阵阵地往上漾。鼻子竟又酸了，却与刚才的委屈又不同，是另一番情怀，自己也说不清的。

二

年底，项忆君去参加一个同学聚会，吃烤肉。毕业后大家各奔东西，许久没见面，一见之下，竟似比在校时还要亲热几分。项忆君平常是不喝酒的，这天兴致一高，喝了两杯红酒，顿时有些醉意，话也多了起来。

席间，有个穿皮夹克的年轻男人，叫毛安，并不是班上的同学，也不晓得他怎么混进来的，好像是某位同学的朋友。他不喝酒，也不吃肉，尽顾着推销保险，名片一张张地发，雪花似的。项忆君也拿到一张，看了上面的名字，忍不住笑道：

"毛安？你爸妈怎么会给你取这样的名字？"

毛安怔了怔，反问她："这名字怎么了，很怪吗？"

项忆君打着酒嗝，告诉他："是有点怪——毛安，毛安，听着像是毛府里家人的名字。以前的大户人家，都喜欢给家人取名字叫什么安的。主人姓张，家人就叫张安，姓王，就叫王安。你晓不晓得，唐伯虎为了追秋香，到华府里当家人，就改了名字叫华安。"

毛安听了，朝她看了一眼。项忆君脸颊泛着红光，越说越来劲："我可没有骗你，不信你去翻书……"说完，咯咯地笑。

毛安也笑了。问她："你叫什么名字？"项忆君告诉他："项、忆、君。"毛安说："名字真好听，像琼瑶片里的女主角——你要不要买保险？你这么年轻，又是小姑娘，我推荐你买一种我们公司新推出的女性特别险，保管你合算。"

项忆君摇了摇头。

"我不买保险——你晓得我为什么不买保险？我一个好朋友的哥哥就是保险公司的，薪水高，福利又好，年终奖有十万八万，每年都能去欧洲玩一圈——保险公司这么有钱，还不都是从投保的那些人身上赚的？你让我们买保险，就是想圈我们的钱。所以啊，我才不买保险呢。"她一本正经地道。

毛安一愣，还没说话，便听旁边一个同学道："项忆君，给大家唱段戏吧，好久没听你唱戏，都想死了！"

项忆君嘿嘿一笑，站起来，走到中间，款款低下身子，朝大家做了个万福。清一清嗓子，便唱了段《苏三起解》。因是脍炙人口的段子，她唱得轻松，大家听得也开心。唱毕，几个同学都嚷着："再来一段！"项忆君说："好啊。"又唱了段《我家的表叔数不清》，也是家喻户晓的段子。

项忆君唱完，回到座位坐下。那个毛安凑过来，问她："你京戏怎么唱得这样好——以前练过？"项忆君还未开口，旁边的同学已替她回答了："忆君的爸爸是京剧团的。"

毛安一听，忙道："京剧团的——那你认不认识一个叫余霏霏的女孩？"

项忆君想了想，说："不认识。我爸爸大概认识，我回去问问他。"毛安"哦"了一声，说："那就算了，我也是随便问问。"

当天，项忆君回到家，便上床睡觉了。第二天直睡到近中午才醒来，头疼得厉害，想到昨天的事，隐约觉得自己有些失态，酒喝多了。她记起那个叫毛安的青年，在他面前似是絮絮叨叨个没完，有些话好像还挺过分。项忆君这么想着，便有些懊恼。父亲最不喜欢女孩子在外面喝酒。她起床洗了澡，仔仔细细刷了一遍牙，怕留下酒味，不放心，又刷了一遍。走出来，见父亲在沙发上看报纸。

项忆君叫了声"爸"，便坐下吃饭。吃了两口，忽然想起来，问道："爸，你晓不晓得京剧团有个叫余霏霏的女孩？"

项海摇头说："不晓得。新进来的年轻人，我大半都不认识。"

吃完饭，项忆君陪父亲去买菜。打开门，刚好罗曼娟也从隔壁走了出来，穿一条米色的羊毛裙，扎个马尾。项忆君叫了声"罗阿姨"。

罗曼娟的丈夫原先是京剧团的丑角，两年前得肝癌去世了，留下一个读初中的儿子。罗曼娟四十来岁，长得蛮秀气，只是眉宇间常年带着一丝忧伤。她见了项海，也不多话，微微点头，唤了声"项老师"，便下楼了。

到了底楼，罗曼娟打开防盗门，正要关上，见项海父女也跟了下来，便扶着门等他们。项海赶上一步，说声"谢谢"，闻到她身上淡淡的香气，心里一动，不禁朝她看去——恰恰她也在看他，目光一接，忙不迭地分开。

"再会。"罗曼娟轻声道。

"再会。"项海也道。想再说些什么，又觉得说什么都不好，反而累赘，便看着她的背影渐渐远去。阳光斜斜地落在她身上，瞬时添了一抹金色，柔柔地向外晕开，整个人似是浸在雾里，影影绰绰的。

项海在家通常不看电视，即便看，也只看两个频道——戏曲频道和文艺频道。戏曲频道是老本行，白天一般是整场戏，傍晚放几段精彩的折子戏，到了八点以后，竟然是电视购物，锅碗瓢盆一大堆。再看文艺频道，大多是滑稽戏，讲上海方言，说些无趣的干巴巴的笑话。要么便是杂技、电视剧什么的。闹闹哄哄，没多大意思。项海越看越失望，心想，不是文艺吗？怎么净是这些玩意儿？

文艺频道每晚都有档滑稽戏情景剧《老爷叔外传》，讲一个小区里的故事，家长里短。演员大都是滑稽剧团的，当中夹着一个京剧演员，隔三岔五唱上那么一段两段，倒也蛮热闹。项海认得这个人是白文礼——当年拜的同一个师父，算起来是自己的师弟，现在是京剧团的副团长。项海听他唱得并不出色，比起从前反倒是退步了。这些年，他演小品，演滑稽戏，反串——在老本行上没什么建树，名头反倒比那些获梅花奖的演员还要响亮得多，几乎是老少皆知的。

楼上传来一阵乒乒乓乓的吵闹声——五楼那户人家，夫妻俩都在团里工作，本本分分的人，偏偏生了个不争气的儿子，年纪轻轻便迷上了赌博，自己的钱输掉不算，还成天拿父母的钱去赌，弄得家里鸡犬不宁的。

砰！似是玻璃碎在地上的声音。隐约还有吵架声。过了好一会儿，才渐渐平息下来。安静了。

项海摇了摇头，打开电脑，上网——聊天。这还是项忆君教他的。在家闲着没事，时间都凝结成块了。上网聊天，时间便液化了，一下子就流了过去。

项海有个固定的网友——柳梦梅。半年前，项海第一次上网聊天，给自己取了个网名——杜丽娘。也是图个新鲜好玩。一会儿，"柳梦梅"便出现了。

"你是女的吗？""柳梦梅"问。

项海打下这么一行字。"在梦里，我就是杜丽娘。你何必管我是男是女？你叫柳梦梅，你是男的吗？"

"柳梦梅"说："我同你一样，也在梦里呢。你又何必管我是男是女？"

这么一来一去，两人便成网友了。项海打字很慢，一行字要打半天。"柳梦梅"从不催他，是个耐心的聆听者。项海说出的话，一点也不像网上聊天，倒跟散文似的，抒情得很：

"昨天，一片叶子飘到我家阳台上，我捡起来，看到都有些微红了，我便晓得，秋天到了。一叶知秋，应该就是这个意思吧。"

"柳梦梅"接着道："秋风也起了。你闻过风的味道吗——其实春夏秋冬，各个季节，风的味道都是不同的。春天的风有泥土气；夏天是潮潮的水汽，带点腥气；秋天有一股烧尽的枯土的味道；冬天则是冷冷的水门汀的味道。"

项海说："你倒是研究得透彻。下次我也仔细闻一闻——我猜你该是个挺细致的人。你爱听戏吗？"

"柳梦梅"回答："爱听，尤其是京昆，喜欢得不得了——你自称杜丽娘，想必也是个爱听戏的人吧？"

项海犹豫了一下，说："我岂止爱听——我唱了几十年的戏。"

这一聊，便是半年之久，每隔几天都要聊上几句。项海觉得这也是缘分，他叫"杜丽娘"，偏偏就有人叫"柳梦梅"。都说网络乱得很，没想到居然能遇到一个谈得来的人，真是很难得了。

今天，项海告诉"柳梦梅"："我喜欢上我家隔壁的一个女人。"说完，心怦怦乱跳，脸都有些红了。"现在，你该晓得了，我是个男人。"

"柳梦梅"停顿了一会儿，问他："那女人也喜欢听戏吗？"

项海说："这个我不晓得，但她前夫是京剧演员，耳濡目染，想来她应该也不会讨厌。"

"柳梦梅"道："那很好啊。你去跟她说。"

项海愣了愣，半晌，才道："这个，你让我怎么说呢。"

打完这行字,项海便下线了。心兀自跳个不停,盯着电脑屏幕,都有些后悔说这些了。原以为说出来,心里会轻松些,谁晓得反倒更彷徨了。

项忆君上班时接到一个电话。

"你好,我是毛安。"一个男人的声音。

项忆君先是一怔,随即才反应过来。"哦,你好,"想起那天的失态,微微有些局促,"你——找我有事吗?"

"我想跟你学唱戏。"

"什么?"项忆君还当自己听错了。

"我说——我想跟你学唱戏。"毛安提高音量,又说了一遍。

下班后,两人约在咖啡馆见面。项忆君进去时,毛安已等在那里了。分别点了咖啡。毛安直奔主题。

"我说要向你学戏,可不是开玩笑。我是非常非常认真的。"他看着她。

项忆君觉得很好笑:"我自己也是半桶水,哪里会教人啊。我们院子里有许多专业演员,我介绍几个给你认识好不好?"

毛安摇头道:"不用很专业,我又不指望上台表演——我要求不高,只要像那么回事就行了。"项忆君朝他看看,忍不住问道:"你为什么要学戏?"

毛安拿起咖啡喝了一口，笑笑，说：

"也不为什么，说出来你肯定会笑我的。不过你现在成我师傅了，被你笑两句也没关系——还记得我上次跟你讲的那个余霏霏吗？嘿，我不用说下去，你也猜出来了，是吧？"他摸摸头，咧嘴一笑，似有些不好意思。

项忆君一愣，随即"哦"了一声，明白了。朝他看了一眼，笑道："你这人倒蛮有趣的。"

"不是有趣，是认真，做事认真，"毛安强调道，"我这人就是这样，不管做什么事，要么不做，要做就一定要做到最好，准备工作做足，不打没把握的仗，知己知彼，百战不殆，争取一击即中。"他越说越兴奋。

项忆君忍不住又笑了。

"你把追女孩当成打仗啊？"她道。她本来是想拒绝他的，现在一下子改了主意，像是马上要投入到一场游戏中去的心情，是以前从未有过的，有些新奇，又有些跃跃欲试。她眼珠一转，问他："那个余霏霏，是不是很漂亮？"

毛安不加犹豫地说："那当然！"

项忆君下班回到家，看到楼下停着一辆白色的本田雅阁。她认出这是白文礼的车。她上楼，开门进去，果然见到白文礼坐在沙发上，穿一套休闲西装，手拿茶杯，笑吟吟地在和项海聊天。项忆君叫了声:"白叔叔。"

"忆君回来啦?"白文礼笑道,"几个月不见,越长越漂亮了。"

不久前,白文礼筹办了个戏曲学校,生源不错。这次他过来,便是想请项海出山,到学校教戏。

项海推辞了:"这么多年不唱,都生疏了。"

白文礼一笑:"师兄啊,这话搪塞别人可以,搪塞我可就不行了——说句实话,除了你,我谁都信不过。要是能请到你,我这个学校啊,就有九成把握了。"

项海摇摇头,淡淡地道:"师弟这是抬举我了。我现在不过是个糟老头子,什么也不懂。你让我去教学生,可别砸了你的金字招牌。"

白文礼微微一笑,说:"师兄又何必太谦虚?你啊,就是亏在退得太早,要不然唱到现在,谁还能强得过你——就当给我个面子,一来是为了我,二来也是为了那些学生,发扬国粹,功在千秋的事,啊?"

项海嘿了一声,不说话了。

项海留白文礼吃晚饭,白文礼高高兴兴地答应了,又说要进厨房帮忙,被项海推了出来。白文礼便踱到项忆君房间,见她正在翻一本厚厚的《京剧大戏考》,奇怪道:"怎么想起看这个了?"

项忆君告诉他："不是我要看——是有人要向我学戏，我在备课呢。"

白文礼笑了："倒是蛮巧，我请你爸爸教课，别人又跟你学戏——父女俩都成老师了。"

项忆君摇头笑道："我算什么老师啊，只不过是闹着玩儿。那个学生动机也不纯，嘿，你晓得他为什么要学戏——"说到这里，忽地想起一事，便问："白叔叔，向你打听个人——余霏霏你认识吗？"

白文礼愣了愣："哦，认识的——去年刚分到团里，程派旦角——怎么，你认识她？"

项忆君一笑："我不认识，不过我的徒弟认识。"

吃完饭，又坐了一会儿，白文礼起身告辞。项海说要送他，白文礼忙道不用。项海便让项忆君代他送到楼下。两人缓缓走下楼梯。项忆君走在前面，白文礼走在后面，停了停，忽地说了句："你走路的样子真像你妈。"

项忆君回头一怔："像吗？"

"像。"白文礼看着她，道，"不光走路的样子像，长相也很像呢。"

项忆君笑笑，道："我舅舅也这么说，不过他说，我没有妈妈好看。我妈妈是鹅蛋脸，鼻子很挺。我鼻子塌塌的，像个洋葱。"

白文礼也一笑:"你比你妈还要文静些——放在戏台上,她是花旦的路子,你就是青衣。"

项海打开电脑。"柳梦梅"也在网上。

"吃过饭了吗?""柳梦梅"问。

项海说:"刚吃完——今天,我师弟来了。"

"柳梦梅"说:"是一起学戏的师弟吗?他唱得好,还是你唱得好?"

项海说:"这个不好说。不过,以今时今日的境遇来看,他比我要好得多。我和他是两种人——我只是个戏子,他却是个人物。"

项海打到这里,停了停,又接下去道:"这番话,我从没和别人说过——我没有半点贬他的意思,只是有些感慨。"

"柳梦梅"说:"我明白的。"

项海怔怔地看着屏幕上这四个字,一时间竟不知该再说些什么,心头倒是积得满满的,百感交集的,想不出合适的话,便道:"柳梦梅,你喜欢现在这个世界吗?"

"柳梦梅"说:"喜欢不喜欢,都要在这个世界过。难道你有时空穿梭机?"

项海想了想,道:"我不用时空穿梭机——窗帘一拉,戏服一穿,眼睛一闭,就变成另一个世界啦。"他说到这里不禁一笑,是笑自己傻的意思。摇了摇头。

"隔壁那个女人,你和她说了没有?""柳梦梅"忽然问道。

项海一愣,反问:"说什么?"

"柳梦梅"道:"当然是坦露心迹了。"

项海迟疑着,没吭声。半晌才道:"我要去睡了。下次再聊吧。"匆匆下了线。呆呆坐了片刻,便踱到阳台上,抬头望天上的星。头一侧,瞥见隔壁阳台上有个人影,借着月光,一看,竟是罗曼娟。两人目光一接,都是一怔。

"还没睡啊?"项海干咳一声,问道。

罗曼娟"嗯"了一声。一甩手,将刚洗完的羊毛衫挂在衣架上。

"晚上晾衣服,不怕沾了露水吗?"项海又问。

罗曼娟道:"羊毛衫干得慢,放到明天再晾,一整天干不了。"

项海哦了一声,一时找不到话接下去,便依然抬起头,两手撑在栏杆上,看天上的星——其实是在想话题。又怕她晾完衣服便要进去,心里忐忐忑忑,脸上却是带着微笑,悠悠闲闲的。

"项老师今早又唱戏了吧。"罗曼娟忽道。

项海说:"嗯——吵了你睡觉是吧?"

"没有,"罗曼娟道,"我早醒了——就算没醒,在这样好听的声音中醒来,也是件美事呢。"她一边说,一边整理着羊毛衫。

项海心里一动,想再说些什么,罗曼娟已转身进屋了。"再会。"——她是苏州人,这声"再会"甜中带糯,听着说不出的惬意。

"再会。"项海看着她背影,一时间,胸中有东西在涌动,一波一波的,又似被什么撩了一下,浑身轻轻打个激灵,思路都有些跟不上了。

三

项忆君把授课地点定在她家附近的一所中学。周六周日,学校的操场上到处可见打球的学生,教室里却几乎空无一人。项忆君挑了底楼的一间教室。

"我们先来了解一下京剧的起源,"第一堂课,项忆君说,"京剧的前身是徽剧和汉调。清朝乾隆年间,徽班进京,与汉调的艺人合作,又吸收了昆曲、秦腔的曲调和表演方法,渐渐就发展成了京剧——"

毛安道:"老师,能不能不学那些理论知识,直接教我唱戏?"

项忆君问:"你想学哪段?"

毛安嘿了一声，说："我不懂的，反正只要好听就行，再有就是别太难，你晓得，我一点基础也没有。"

项忆君想了想，说："那就学《苏三起解》吧。"

毛安说："这个我会唱。"说着，便抢在前头唱了一遍。唱完，朝项忆君看了一眼，笑笑："我晓得我唱得不好，你别这么看我，我会自卑的。"

项忆君摇了摇头，道："不是好不好的问题——你运气的方法不对，应该用丹田运气，那样唱出来的音才浑厚，你这么唱，就像唱流行歌曲似的，轻飘飘的。"

毛安问："丹田在哪里？怎么用丹田运气？"

项忆君说："丹田就是小肚子，你试着深吸一口气，把气从那里升上来，喏，就是这里。"她指指自己的小肚子，深深吸了口气，又吐出来："感觉到没有？平常你是用肺呼吸，现在是用丹田呼吸。唱戏时一定要用丹田的气。"

毛安学她的样子，呼吸了一遍。

"项老师，"他笑着道，"我记得以前生物课老师说过，人是用肺呼吸的。我实在想不通——小肚子里只有大肠和盲肠，怎么个呼吸法？你倒是说说看。"

项忆君愕然，不晓得说什么好了。她想起自己从前跟父亲学戏的情景，是何等的屏息凝神，连喷嚏也不敢打一个。现在这个人，居然嘻皮笑脸，浑然不当回事。项忆君觉得，学戏不该是这个样子。她有些不快,朝他看了一眼。转念又想,反正他也是闹着玩儿的,自己又何必太认真。

"那你还是继续拿肺呼吸吧。"项忆君淡淡地说,"《苏三起解》你已经会唱了,我们再学段别的,嗯,《智取威虎山》好了。"

白文礼专门派车去接项海上课。司机按门铃时,项海刚刚熨完衣服。他原先预备穿中山装,已经拿出来熨好了。谁知穿上后才发现,袖口那里居然有个洞,也不知什么时候破的。只得另拿一套西装,急急地熨了。穿上,随司机走下楼。他站在一旁,等司机开门。谁晓得司机自顾自地上了车。项海一愣,想这人真是不懂规矩,只得自己开门,上了车。

学校大楼新建不久,教室里的玻璃窗和课桌椅都是崭新的。项海走进去,见下面坐了五六成学生,一个个眨巴着眼睛朝自己看。项海暗暗提了口气,竟也有些紧张。"大家好,"他道,"自我介绍一下,鄙人姓项名海,现在开始上课。"

项海教授《霸王别姬》。他先唱一遍:"自从我随大王东征西战,受风霜与劳碌年复年年。恨只恨无道秦把生灵涂炭,只害得众百姓困苦颠连……看大王在帐中和衣睡稳,我这里出帐外且散愁情。轻移步走向前荒郊站定,猛抬头见碧落月色清明……适听得众兵丁闲谈议论,口声声露出了离散之心——"

项海许久没在公众场合唱戏了,额头渗出细细的汗珠。他唱完,朝台下看去,见这些学生一个个表情木木的,毫无反应。项海正有些失落,忽听见角落里响起欢快的手机铃声,一个女学生拿着手机,飞也似的奔了出去,一会儿再进来,大咧咧地坐回位子,招呼也不打。项海被她的高跟皮鞋声弄得好一阵发愣。

第一堂课上得索然无味,手机声此起彼伏。听电话的,上厕所的,进出教室旁若无人。后排一个男生边听课边吃口香糖,手插在口袋里,靠着椅背,对着项海吧嗒吧嗒嘴巴灵活地翻转着。前排的一个女生,赫然在项海眼皮底下看一本画报,翻页时毫不避忌,弄出哗啦哗啦的声音。项海对着她发了一会儿呆,还没想好该说什么,女生却抬起头看他,还朝他笑了笑,继而又低头看画报。

项海没说话,心里却有些糊涂——难不成现在学生上课都是这个样子?几十年没进课堂,都变得让人看不懂了。

上完课,项海微一欠身,朝台下道:"今天就到这儿吧。"说着慢慢地收拾东西。他静若处子,学生们却是动若脱兔,只一会儿工夫,便走个干干净净,只留下项海一人。教室内顿时空空荡荡。

司机告诉项海,车坏了,不能送他回去。"你坐校车吧,到人民广场。喏，就在那边！"司机叼着烟，手朝校门口一指。

项海只得走过去，上了大巴。车上座位已满了。零零星星有几个人站着，坐着的都是些学生，说说笑笑，有些是刚才班上的学生，见到项海，也不理会。项海挑了个位置站着，一手拿包，一手抓住上面的行李架。一会儿车开了，起步时不大稳，项海没抓牢，整个人朝后倒去，"啊哟！"幸好后面有人，扶住了他。

"谢谢。"项海重新抓住行李架，这次抓得牢牢的。

"项老师，我帮你拿包吧。"旁边座位上一人道。项海一看，见是刚才上课时吃口香糖的男生。男生一抬臀，再一伸手，将他的包拿了过来。

"这趟校车人最多了，每天都有人站着——项老师你累不累？"男生嘴里嚼着口香糖，问他。

"嗯，还好。"项海听他这么说，还当他会给自己让座，谁知他纹丝不动，并没有让座的意思，便有些后悔，该说"很累"才是。再一想，整车的学生只有他一人提出给自己拿包，已经是出类拔萃的"仗义"了，不该再奢求什么。

好在路上不堵，不到半小时便到了人民广场。项海从男生手里拿过包，说声"谢谢"，下了车，换乘一辆地铁，很快到了家。

项海走进门洞，被迎面冲下来的一人撞得险些跌倒，他跟跟跄跄看去，那人已冲出十来米之外。"小赤佬，你给我死回来——"与此同时，一个上了年纪的女人的尖叫声，在项海头顶响起。项海抬起头，五楼的女人见到他，顿时有些不好意思，讪讪地："项老师，这个——回来啦？"忙不迭地把头缩回去。

这女人以前唱裘派，是京剧团里唯一的女花脸，一度前途远大，后来跟着老公炒期货，心思全放在赚钱上，把家当输个精光才回头。几年不唱戏，全撂下了。现在拿着一份死工资，日子清苦得很。项海猜想，她儿子刚刚必定又是拿了家里的钱去赌，她才会如此失态，不由得叹了口气，慢慢地走上楼。

"项老师。"忽听见一个轻轻柔柔的声音。

项海抬头，见罗曼娟站在面前，手里端着一碗馄饨，正望着自己："自己包的馄饨，虾仁馅的，拿一碗给您尝尝。"

项海哟的一声，连忙放下包，双手接过。"这怎么好意思，多谢多谢。"他正要开门，才发现自己端着馄饨，竟腾不出手拿钥匙。罗曼娟微微一笑，又从他手里拿过馄饨："您先开门吧。"

项海也笑了笑，掩饰脸上的窘态，打开门。"进来坐会儿，"他对罗曼娟道，"我昨天刚买了些上好的普洱，请进来尝尝。"

罗曼娟推辞道："不了。家里的衣服还没收，小囡马上就放学了,还要烧饭。"

项海哦了一声,兀自不死心,道:"只是喝杯茶,耽误不了多少工夫的。"说完朝她看。又觉得自己死缠烂打,有些过头。正踌躇间,听见罗曼娟道:"这个——好吧。"

项海泡了杯酽酽的普洱茶,端过来。罗曼娟坐着,在看旁边镜框里的照片。有项海父女的合照,还有早年项海在舞台上的戏照。

"项老师这几年都没怎么变呢,保养得真好。"罗曼娟道。

"哪里,"项海笑笑,"老了,脸上的褶子拿熨斗也熨不平了。来,请喝茶。"

罗曼娟接过,放在一边。朝项海看了一眼,停了停,忽道:"项老师,我们家小伟昨天在学校里闯祸了。"说完眼圈一红,几乎要落下泪来。

项海见她这副模样,先是一惊,随即问道:"怎么了?"

罗曼娟说:"他和同学打架,把同学的头打开了,送到医院缝了十几针。校长对我说,要给小伟记一次大过。我晓得记三次大过就要退学。项老师你说,这可怎么得了?"急得又要哭。

项海劝慰她道:"小孩子打架,也是难免的事。男孩子嘛,自然调皮些。再大几岁就好了,你不用担心。"

罗曼娟摇头,道:"项老师你不知道,这个小囡啊,我当妈的心里最清楚，要是不好好管教，将来就跟五楼上那个宝贝差不多。"

这是罗曼娟第一次跟项海谈起家里的事。项海没料到她会说这么琐碎的话题，楼里有的是三姑六婆，她大可以找她们去谈，远比跟自己说要有用得多。项海朝她看了一眼，见她眼睑低垂，鼻尖微微耸动，心里一动，忽然觉得从这样的话题谈起，家长里短的，更显得亲近，倒也不错。项海劝她："人生不如意十之八九，儿女的事，只有尽力而为——"他说着，又觉得不妥，斟酌着："嗯，这个，男孩子不像女孩子，开窍得晚，到十五六岁的时候，一夜之间，说懂事就懂事了。"

罗曼娟嗯了一声，忽道："我倒是挺喜欢你们家忆君，又文静又听话，工作又好，还会唱戏——项老师你是怎么培养的女儿？有时间一定要教教我。"

项海笑笑："也谈不上什么培养。这孩子和我一样，有些呆气，在如今这个社会里，可不见得是什么好事。"他端起茶，让了让罗曼娟："请喝茶。"

罗曼娟喝了一口，赞道："这茶真香。应该很贵吧？"

项海回答："还好。"

罗曼娟又坐了一会儿，便走了。项海送她到门口，直到她关上门，才进来。他收拾茶杯，见罗曼娟喝的那个杯子上有浅浅的口红印。项海一愣，才晓得她并不是真的素面朝天，也是修饰过的。

项海回想刚才的对话,一句一句,放电影似的掠过。他每一句话,都是脑子里过了一遍才说的,生怕有哪里说得不妥当,又担心是不是过了头,反倒着了痕迹,那就尴尬了。项海这么想了一遍又一遍,不禁笑自己忒傻,像个毛头小子似的。转念又想,戏里头那些多情种,张君瑞、柳梦梅,又有哪个不是傻到了家?其实也不是傻,是痴。项海这么想着,都有些脸红了,却不是害羞,而且隐隐透着激动,心口那儿一波一波的,有什么东西冒着泡,不断漾着,都快溢出来了。

四

项忆君上班时,被科长说了一通。事情是这样的——海关规定机场员工不可在免税店里购买烟酒和化妆品。那天项忆君值晚班,抓住一个买免税烟的员工,谁晓得这人竟是指挥处的副总,科长忙不迭地让项忆君把烟送回去。"你抓谁不好,偏偏去抓他!"科长恨恨地说。

项忆君便很想不通——那人脸上又没写字,她怎么晓得他是副总?再说了,规定又没说只能抓老百姓,不能抓当官的。项忆君那几天一直闷闷的,见了科长,也不搭理。她其实是个倔脾气,脸上藏不住事的。科长不跟小姑娘计较,一笑了之。坐在项忆君对面的年轻女人叫丁美美，二十七八岁，瘦瘦高高的个子，最擅长跳国标舞。大领导喜欢跳舞，出席大场面常带着她，丁美美最受宠不过。大家都猜下届领导换任，这个小女人有希望升一升。丁美美平常跟项忆君话并不多，这天居然朝科长横了一眼，凑近了，对项忆君说："别睬那种马屁精！"项忆君一愣，倒有些意外了。再一想，换了丁美美是她，自然不会把科长放在眼里，该怎样就怎样。项忆君想到这里，便有些懊悔——当初该去学跳舞才对呀。

舅舅又给项忆君介绍了个男朋友，小伙子家里是做饭店生意的，大学毕业后，在一家玩具公司当销售员。见面前，舅舅再三关照项忆君："别跟人家说你喜欢唱戏。"项忆君反问："为什么？"舅舅眉头一皱，道："让你别说就别说，又不是到京剧团面试，跟人家说这个干什么？"

相亲地点定在麦当劳。小伙子叫赵西林，个子不高，不胖也不瘦，戴副眼镜。两人有一搭没一搭地聊了几句，赵西林问项忆君："平常有啥爱好？"

项忆君脱口而出："唱戏。"说完才想起舅舅的嘱咐，暗暗伸了伸舌头。赵西林见了，问她："怎么了？"项忆君忙道："没什么——嗯，你有啥爱好？"

赵西林想也不想，便道："打牌。大怪路子、八十分、斗地主、红五星、捉猪猡，我都很拿手。"

项忆君哦了一声,又问:"那你喜欢听戏吗?"

赵西林摇摇头,很爽快地道:"听不懂,不喜欢。你喜欢听戏?现在还有喜欢听戏的年轻人?真是蛮少见的。"

项忆君觉得这人倒也有趣,便告诉他:"我不是喜欢听戏——我是喜欢唱戏。"

这时,项忆君一抬头,竟然看到毛安从窗外走了过去,旁边是一个女孩,二十岁出头,披肩长发,侧面看去五官很精致。项忆君一愣,猜想这女孩应该就是余霏霏。可惜还来不及细看,人已经走远了。

项忆君低头吸杯里的果汁。赵西林朝她看了一眼,道:"其实这个,我妈也蛮喜欢听戏的,还会唱,《天上掉下个林妹妹》《沙漠王子》什么的,蛮好听。"

项忆君笑笑,说:"那是越剧。我只会唱京剧,越剧可不会。"

"反正差不多,都是戏嘛。"赵西林道。

项忆君又笑了笑。

赵西林看看她,犹豫了一会儿,忽道:"嗯——下礼拜你哪天有空,出来打牌怎么样?"

周末,毛安又来向项忆君学戏。他脸色闷闷的,也不怎么说话,一改往常的嘻嘻哈哈。项忆君原先还想问他那天的事,见他这样，倒不好意思开口了。

毛安问项忆君："《牡丹亭》会唱吗？"

项忆君说："昆曲我不大拿手，勉强会一点点。"

"那你唱一段给我听听，好吗？"毛安掏出烟，点上火。

项忆君愣了愣，随即说："好的。"

"原来姹紫嫣红开遍，似这般都付与断井颓垣。良辰美景奈何天，赏心乐事谁家院……"

项忆君唱完了，见毛安怔怔地看着自己，动也不动，似是在发呆，便拿手在他面前晃了一晃："你怎么了，不舒服？"

"嗯，是有点不舒服——这里，"他指指心口，"这里不舒服，难受得要命。"

"胃不舒服吗？"项忆君道，"要不要我陪你去医院看看？"

毛安瞟了她一眼："亏你还是唱戏的，怎么这么直来直去的？这是胃吗？是心！我跟你讲，我的心很痛，痛得一塌糊涂。"

项忆君朝他看看，笑了笑，没说话。

毛安叹了口气，道："你唱得真好听。我还是第一次觉得戏这么好听，好听得不得了。该怎么形容呢，好像唱到我心里去了，像是有一双手，把我整个人给拽了进去。我现在才晓得，为什么以前的人那么喜欢听戏，原来真是有点道理的。嗯，真的，不服不行。"他说着，重重地点了点头。

毛安告诉项忆君——他和余霏霏吹了。

"其实也不是吹，应该说，我们本来就没真正好过，"毛安苦笑了一下，"我追了她整整一年，她从来就没把我当回事。她心里想什么，我清清楚楚。她怎么肯随随便便找个男人呢，她条件那么好，能找到比我好一百倍的男人。"说到这里，他狠狠吸了口烟，随即便把头转开，看向窗外。

毛安鬓边一撮头发有些泛白发亮，或许是阳光落在上面的缘故。他手插在裤袋里，眼朝着窗外，嘴微微动着，似是在自言自语。

"嗯，我跟你讲，人间何处无芳草——"项忆君说着，停下来，觉得这样安慰人实在太傻，便笑一笑，道，"喂，你到底还要不要学戏啊？你喜欢《牡丹亭》，那我就教你这一段，好不好？"

毛安也笑了笑："好是好，不过这段太难了，我怕我学不会。"

"学不会就多学几遍，有什么关系？我这个做老师的都不怕烦，你还怕什么？"项忆君说完，从包里变戏法似的拿出两个袖套，"来，把这个戴上。"

毛安朝她看："干什么？"

项忆君一笑："水袖啊——戴上这个就有感觉了。"一边说，一边给他套在手腕上，甩了两下："你眼睛看着这里，袖子就往那边甩，眼神要妩媚一点……"

毛安叫起来："帮帮忙，我可不想变成娘娘腔。"

项忆君嘿了一声，道："放心吧——你离娘娘腔还远着呢。"说着，把他的烟夺下，往旁边的垃圾桶里一扔："别抽烟，烟会把嗓子熏坏的。我爸就很少抽烟。你呀，要是想继续跟我学戏，就得把烟戒了。"

毛安笑了笑，又朝她看了一眼，想说什么，忍住了："好吧，你是师傅，听你的。"他甩甩两个袖套，不禁又笑："要是给我的客户看见，保管以后再也不敢买我的保险了。呵呵。"

白文礼最近很忙。又是学校，又是团里，加上同时有两个情景剧在拍，还有一个汇报演出要排练，忙得陀螺似的。倘若光是忙，倒也算了，偏偏还有一件更烦人的事。余霏霏几次打电话过来，说想当《牡丹亭》的女主角。《牡丹亭》是香港人投资的昆曲电影，白文礼只是经朋友介绍，跟这个香港老板吃过两顿饭。香港老板托他帮忙物色演员，其实也是客气，随口一说。偏偏就让余霏霏知道了，天天缠着他，软的硬的，一副不达目的不罢休的模样。

一年前，白文礼带团去新加坡公演。那次，余霏霏半夜里敲了他的门，还上了他的床。白文礼每次想起这个，就后悔得要命。余霏霏很漂亮，戏唱得也不错，因此，很自然地，下一个年度大戏里，他推荐她当了女二号。团里有不少人提出异议：让一个刚踏出校门的小女孩担当重任，是不是合适？白文礼力挺余霏霏。最后团长还是同意让余霏霏上了。演出后，反响不错。余霏霏也一跃成了团里数一数二的年轻花旦。

白文礼没料到余霏霏胃口这么大，居然还想演电影。他拒绝了她。她没说什么，过了两天，从网上发了一张照片过来。白文礼看了，整个人差点跳起来——是他和她在床上亲热的照片。白文礼才晓得了这丫头的厉害。他马上打电话给她，说可以替她把香港老板约出来，但最后是否能谈得成，就是她自己的事了。

"白老师，谢谢你哦。你最好了！"电话里，余霏霏的声音又柔又嗲。

白文礼擦了把汗，正想进去洗个澡，这时电话又响了。他接起来，是项海。

"我这阵子身体不大舒服，上课的事，你还是另请高人吧。"项海道。

白文礼一听，便有些烦，但他没流露出来，反而笑眯眯地道："师兄啊，你这不是为难我嘛，你又不是不知道，好多学生都是冲着你才去听课的，你一走，我找谁给他们上课去？你千万帮我这个忙，就一个学期，行不行？这样，我把讲课费再给你提高一成——"

项海说:"不是钱的问题。"

白文礼说:"我晓得师兄你不是看重钱的人,再说,你也不缺这几个钱——师兄啊,我求求你,小弟给你作揖了!"

白文礼放下电话,哼了一声。那天司机跟他报告,说车坏了,没送项海回去,他一听,就晓得这个师兄心里肯定不舒服了;又问了几个学生上课的情况,就更清楚了。项海唱得再好,终究不是名家,现在的学生势利得很,根本不把他放在眼里。白文礼早料到他会打这个电话。

"你又何必请他上课,"白文礼的妻子在一旁说,"他那个人呀,脑子不清不楚,你这么求他,他还真当自己是个人物,学校缺他不可呢。"

白文礼没说话。

"那么高的讲课费,请谁不好,偏要请个拎不清的傻子。"妻子撇嘴道。

白文礼道:"也不能这么说,他还是有几手真功夫的。"

"什么真功夫,我还不晓得你们唱戏的,说穿了就是熟练工,日日唱夜夜唱,就是傻子也会哼上几句。他都搁下那么久了,还能有什么真功夫!"

白文礼皱了皱眉头,借口抽烟,到阳台上去了。他站了一会儿,却没点烟,倚着栏杆,歪着身子朝远处看。不知怎的,竟想起当年和项海一起学戏的情景。两人都是二十来岁的小伙子，天蒙蒙亮便开始吊嗓，接着是扎马步、拉腿、盘头。那时，旁边总有个清秀的小姑娘跟着他们，她喜欢笑，一笑眼睛就弯成月牙。她喜欢荀派，最爱唱《卖水》："清早起来菱花镜子照，梳一个油头桂花香，脸上擦的桃花粉，口点的胭脂杏花红。"——后来，她成了项海的妻子。项忆君出生没多久，她便去世了。白文礼至今还记得，她生病的那段日子，他去医院看她。她很郑重地对他说："我们项海只会唱戏，别的什么也不懂，以后要靠你多照顾了。"白文礼当时只是笑笑，没说话。她去世后，项海从来不喝酒的人，竟然连着几个月天天喝得酩酊大醉，不排练也不演出，渐渐地，把个大好的前途都放下了，谁劝也不听。

白文礼叼上一支烟，点上火，朝天喷了个烟圈。

耳边似是响起一串笑声。他晓得，其实并没有人在笑，是他在想着某个人，才会有这样的幻觉。他还晓得，他之所以请项海去上课，就是为了这人的一句话。这些年来，多次有人提出要停发项海的工资，都被他竭力顶住了。这些事情，项海并不知情，他也不在乎项海知不知道，反正他也不是为了他。

项海打完电话，便上网与"柳梦梅"聊天。

"他说,好多学生都是冲着我才来听课,我晓得他这是逗我高兴。其实,我又不是梅兰芳,哪会有人冲着我的名头来听课!"项海说到这里,苦笑了笑。

"最近和隔壁那个妇人有无进展?""柳梦梅"似乎很关注这件事,每次聊天都要谈及。换了两个人面对面,项海是死也不肯说的,可是网上百无禁忌,反正谁也不认识谁。而且项海也想找个人倾诉,好把心里的话透一透,便一五一十地都告诉了他。

"那天,她给我送了碗馄饨,我请她到家里坐,喝了杯茶,聊了一会儿。"

"聊什么?""柳梦梅"问。

"也没聊什么,东一句西一句的,都是家常话。"

"她主动找你,莫非她也有意?"

项海看着屏幕上这行字,心加速跳了跳,随即道:"我不知道。我也不敢猜。我宁可她不明白我的心意,也不说穿,就这么打哑谜似的。柳梦梅,你说我是不是有点傻?"

"柳梦梅"说:"换了别人,或许会笑你傻,我不会。我是最了解你的——不说穿才有意思呢,就跟戏台上似的,你看我一眼,我再偷瞟你一眼,这么一来一去地,把想说的话都藏在心里,就算说了,也只是短短一两句,却能让人回味半天——是不是这样?"

项海细细琢磨这番话,觉得有些近了,又有些不好意思,道:"柳梦梅,你是个什么样的人?我猜你年纪应该不会太轻,从事的也是艺术行当,对不对?"

"柳梦梅"在屏幕上打出一个笑脸。

"我不告诉你,"他道,"说穿了就没意思了。"

项海也打了个笑脸。这是"柳梦梅"教他的,在动画栏里,单击就可以了。

"柳梦梅"忽道:"那个女人漂亮吗?"

项海想了想,道:"不算漂亮。但看着比较舒服。"

"你怎么会喜欢上她的?""柳梦梅"问。

项海一愣,迟疑了一会儿,随即打下几个字:

"因为,她长得有点像我去世的妻子。"

毛安连着两个礼拜没找项忆君学戏——意料中的事。项忆君没放在心上,他本就是为了追女孩才学的戏,现在两人吹了,他当然也不会再来了。项忆君倒是每周都去那个学校,等上半小时,见他不来,便回家。她也没打电话,怕触痛他的伤心事。谁知到了第三个周末,他又笑嘻嘻地出现在她面前。

"项老师,你好啊!"毛安手里拿着一个汉堡,边啃边说,"刚陪一个客户签完单,就到这儿来了——您还是老样子,没怎么变嘛。"

项忆君看了他一眼，本想板起面孔吓吓他的，想想还是算了，便一笑，说："您也是老样子，没变哪！"

毛安嗨了一声，有些不好意思，说："还以为你不会在这儿——真对不起，上两次忘记打电话给你了，害你白等了，是吧？"

项忆君耸耸肩，说："没关系，就当过来散步，反正离家近。"

毛安忙道："晚上我请你吃饭，当是赔罪。"项忆君一笑，说："好啊，刚巧我爸爸去见老同学了，家里没人做饭。"

毛安说要继续学戏，就学那段《牡丹亭》。项忆君怔了一下。毛安摸摸头，似有些害羞，忽道："这个——我们又好了。"

项忆君哦了一声，暗骂自己迟钝，早该想到的。"恭喜你哦！"项忆君道，瞥见他眉宇间抑制不住的喜悦，不知怎的，竟有些淡淡的失落——只是一闪而过，自己也没知觉的。她对他微笑，取出一套戏服——是从父亲那儿偷拿出来的。她猜他多半不会过来，却还是把戏服带来了。项忆君想到这里，便觉得自己有些奇怪，白等了两个礼拜，一点也不生气，看到他来了，竟是开心得很。

毛安笑呵呵地把戏服往身上一套，甩了甩长长的袖子："现在道具齐全了，学起来劲道十足呀！"

毛安唱昆曲的模样有些滑稽——嘴巴微微噘着，眉毛上扬，两只眼睛凑得近了，有些斗鸡。四肢都是硬邦邦的，一个个动作连起来，像木偶。项忆君在一旁看着，也不笑他，晓得他已是很难得了。她教他跷兰花指，拇指与中指搭着，小指向上，脸也朝上。眼观鼻，鼻观心。手到哪儿，眼神便跟着到哪儿。

毛安一边做，一边笑。

"这没什么好笑的，唱戏就是这样，"项忆君道，"你记住，你现在就是杜丽娘，大家闺秀，父母管得很严，足不出户，好不容易来一趟园子，看到园里那么美的景色，觉得自己青春年华，都耽搁了，便生出许多感慨来。你好好地体会一下，等你整个人融进去了，你的表情、眼神、动作，就会自然而然地到位了。"

毛安嗯了一声，跟着项忆君做。项忆君唱一句，他也唱一句，项忆君转身，他跟着转身，动作不够灵巧，几乎要撞到项忆君身上。项忆君纠正他道："转身不是这样的，要这样……"她又做了一遍，毛安做了，还是老样子。项忆君扶住他的手臂，教他转身，另一手轻轻拽牢他的腰："先是头，再是眼神、肩膀，最后才是腰，慢慢地，慢慢地……"毛安做了，这回进步了不少。项忆君点点头，说："有点意思了。"她松开手，见他笑着朝自己看，心里一动，也报以一笑。

毛安学了一会儿，忽道："我好像有点体会到了。"项忆君问他:"体会到什么?"毛安沉吟着说:"戏里的那种感觉——我也说不上来,很奇怪,好像穿上你这套戏服,就有感觉了。"他停了停,又笑道:"唱戏真的蛮有意思的。"

项忆君点了点头,想说些鼓励的话,话到嘴边,竟成了一句:"等你跟你女朋友结了婚,达到目的后,肯定就不会再学戏了。"话一出口,自己都觉得不伦不类,讪讪地朝毛安看了一眼,又道:"你啊,是三分钟热情。"

毛安摇头说:"不会的。我真的开始喜欢唱戏了。我晓得,项老师你怕我每个礼拜都来烦你,最好我早点打退堂鼓。"他笑着看她。

项忆君嘿的一声,把目光移开。"这个——我是无所谓的,你高兴就学,不想学我也没意见,反正我又没好处……"说到这里,顿时觉得不妥,想自己是怎么了,竟接二连三地说傻话。毛安果然道:"哎呀,是我疏忽了。项老师,我送你件礼物吧,你喜欢什么?"

项忆君愣了愣,说:"我什么都不喜欢,你别买。"——这话口气又重了。说完,她窘得脸都有些发烧了,低下头,佯装把刘海朝耳后捋去。"我饿了,咱们吃饭去吧。"毛安看了看表,奇怪道:"才四点不到,饿了吗?"她很郑重地点了点头,说:"是啊,不晓得怎么回事,这么早竟然饿了。你说怪不怪?"

五

上午，项海在阳台晾衣服。他晾得很慢，一个夹子就要夹半天，一边晾，一边朝罗曼娟家的阳台张望。他估摸这个时候，她也该出来晾衣服才对。衣服晾完了。项海又拿水壶浇花。一会儿，花也浇完了。他想干脆先进去，等她出来了，再出来。又怕这样被她看穿，便还是在阳台上等着，伸伸腿，扭扭腰。

等了十来分钟，罗曼娟出来了，却不是晾衣服，而是晾一些香肠、咸肉、酱牛肉，吊在丫杈上，伸到阳台外。项海先开腔："早啊！"她抬头见了，也道："早。"项海问："腌了这么多东西啊？"她回答："嗯，儿子喜欢吃，今年已经腌晚了，也不晓得春节时腌不腌得好。"

项海口袋里揣着两张戏票，是团里发的，美琪大戏院的老生折子戏专场。他朝她看了一眼，揣摩着该怎么开口。一时拿不定主意，便又去摆弄那些花，一边修剪那些枝叶，一边偷偷瞧她，生怕她又要进去。犹豫了半天，才装得若无其事地道："昨天团里发了两张戏票，本来想跟忆君去看的，谁晓得她有事去不成，唉，这下要浪费了。"说完，朝罗曼娟笑了笑。

罗曼娟先是一愣，随即道："那项老师你一个人去看吧。"

项海说:"一个人看没意思——算了,浪费也只有浪费了。"他话一出口,便觉得不对,这样岂非自己把路封死了?正懊恼间,只听罗曼娟说:"星期五我家小赤佬去同学家庆祝生日,家里就我一个——项老师,我也爱听戏的,要不然,我和你一起去?好好的票子,别浪费了。"她说完,朝项海看。

项海听了,又惊又喜,差点就要叫出声来:"这样也好。"他兀自强作平静:"我们是邻居,一块儿去,再一块儿回来,路上说说话,也有个伴儿。"

"没错。"罗曼娟笑了笑,便进屋了。

项海回到房里,想了想,便觉得刚才的态度似乎过于冷淡了。人家一个女人,主动提出陪你去看戏,你倒是一副无所谓的样子,岂不让人家尴尬?做戏做过头了,都有些不近常理了。

项海从抽屉里拿出一枚紫色的胸针,呈贝壳形状,旁边一簇簇蔓延开去,像是树枝,很别致。这原本是项忆君买的,买回来又觉得老气,想退。项海觉得不错,便要了过来,说留着送人。他准备看戏那天送给罗曼娟。这胸针秀秀气气,配罗曼娟刚好合适。项海想着罗曼娟戴上它的模样,不禁微笑了一下。

星期五晚上吃过饭,项海和罗曼娟便出发了。罗曼娟穿了件绛紫色的大衣,下面是灰色的羊毛裙,头发烫了烫,盘起来梳了个髻。手里拎一个淡咖啡色的小包。项海朝她看一眼，赞道："很漂亮。"罗曼娟有些不好意思，道："项老师，你取笑我了。"项海再看一眼她的紫色大衣，心想配那枚胸针刚刚好。

路上有点堵，两人到戏院不久，便开场了。都是团里的一线演员，一大半项海是相识的，都是差不多时间入团的。演的是几段经典老生戏：《文昭关》《空城计》《徐策跑城》《甘露寺》……老生戏好听，调子朗朗上口，因此观众也最多。剧场里几乎都坐满了。项海一边看戏，一边瞟罗曼娟，见她看得很是认真，眼睛眨也不眨，便觉得她的模样有些逗，轻轻拍了拍她，问她要不要喝水。罗曼娟摇了摇手，说声"谢谢"。

看完戏出来，两人在路边等了半天，也不见出租车。罗曼娟说："我们还是坐公共汽车吧，又省钱，也不见得慢多少。"项海想着这样能多和她待一会儿，便同意了。两人走到公共汽车站，很快车来了，上去一看，还有两个位置，却是一前一后。罗曼娟坐在前面，项海坐在后面。

晚上天黑，车窗便成了一面镜子，将里面的人照得一清二楚。项海见罗曼娟从包里拿出手机，似是在发短消息。一会儿发完了，她又掏出粉盒，给脸上补了点粉。项海有些好笑，想，女人就是女人，都快到家了，还不忘补妆。

到站了。两人走下车，慢慢地往家走。项海问她："晚上风大了，你冷不冷？"罗曼娟道："还好。"项海说："今天谢谢你了，陪我看戏。"罗曼娟微微一笑，说："客气什么，照理我还该谢你呢，请我看这么好的戏。"项海也笑了笑，说："也谈不上请，团里发的，顺水人情。"手插在口袋里，心想挑个什么时机把胸针送出去，又怕太突兀，她不肯收，反倒不好。这么患得患失的，不知不觉已到了楼下。罗曼娟拿钥匙把防盗门开了。"也不晓得小赤佬回来没有？"她说着往楼上看，"灯暗着，玩到这么晚还不晓得回来。"

项海嘴里胡乱应着，刚上了两格楼梯，便听到一个孩子清清脆脆的声音："妈！"回头一看，是罗曼娟的儿子小伟。歪背着书包，手里拿着一串羊肉串，嘴上抹的全是油。项海忙撑住门，让他进来。

"怎么又吃羊肉串，说了多少遍了，别吃，脏！"罗曼娟埋怨儿子。

小伟嘴巴一咧，说："我肚子饿死啦。"罗曼娟朝项海看了一眼，道："怎么会饿？没吃晚饭啊？"小伟还没说话，罗曼娟便拽着他上楼："快点回家，洗个澡，早点睡觉，都这么晚了。"

走到门口，项海晓得今天胸针是送不出去了，有些惆怅。罗曼娟对小伟说："跟伯伯说再见。"小伟朝项海招了招手，说:"伯伯再见。"项海朝他笑了笑,也说了声"再见"。罗曼娟带着儿子先进去了,临关门那一瞬,项海听见这孩子嘴里咕哝:"奶奶家的菜一点也不好吃……"话没说完,门便关上了。项海一愣,想,不是同学生日嘛,怎么去奶奶家了。

回到家,项海把那枚胸针放回抽屉。掏口袋的时候,带出两张票根。他看到上面盖着"内部票"的图章,忽地脑子里电光一闪:这票是团里发的,罗曼娟是职工家属,当然也有——项海回忆那天的情景,他还没告诉她时间,她却已先说"星期五我家小赤佬去同学家庆祝生日,家里就我一个"。她自然是有票的,否则也不会知道是星期五。项海怔了怔,没想到事情竟是这样,不禁呆了半晌。

项海对"柳梦梅"说:"女人真是难以捉摸啊。早知她这样,我就大大方方请她去看了——也省得猜来猜去的。"

"柳梦梅"打出个笑脸:"你不是就喜欢这样嘛,若即若离欲迎还却的。人家晓得你喜欢这个调调,所以就陪你玩玩喽。"这番话说得很是轻佻。项海听了,有些不悦。

"柳梦梅"停了停,说:"她应该也有些喜欢你,是吧?"项海一愣,回答道:"也许吧。""柳梦梅"又问:"她要是想跟你结婚,你肯吗?"

项海又是一愣,说:"她未必想跟我结婚。"

"柳梦梅"说:"她未必不想。"

项海瞧着这几个字,怔怔地,有些吃惊,又有些异样的感觉,说不出的,心里顿时便有些乱。这时,听见有人敲门。项海走过去开门,一看,是罗曼娟。

罗曼娟手里端着一碗热腾腾的汤。"鸡汤,正宗苏北老母鸡,煲了一下午了,拿一点过来给你尝尝。"她微笑着,把碗递到项海面前。

项海看着黄澄澄的鸡汤,愣了愣,接过来——这个动作不如几天前接馄饨那么麻利。罗曼娟感觉到了,看了他一眼,随即笑了笑,说:"天气冷,喝点鸡汤补一补,能御寒。"

项海说了声"谢谢你",拿着鸡汤,有些怔怔的。鸡汤拿久了烫手,他嘴里哞的一声。罗曼娟忙道:"快放到桌上去吧。我走了。"说罢,便回去了。关门时,见项海还看着自己,脸微微一红,朝他笑了笑。

项海见到她脸红,心里竟莫名地跳了跳,忙不迭地把门关了。他走到电脑前,想上网再聊一会儿,一看,"柳梦梅"已下线了。

项忆君到赵西林家里打牌。她原本没想打牌,但赵西林约了她几次,不去有些不好意思。赵西林来接她,上了车才告诉她,是去他家打牌。项忆君觉得这人有些自说自话,心想反正就这一次，也就不放在心上了。

他家里人倒是很和气，说了一会儿话，便直奔主题："打牌，打牌。"赵西林的父母，赵西林，项忆君，刚好凑成一桌。斗地主。项忆君不会打，赵西林便教她，什么是农民，什么是地主。他父母一边听他说，一边看着项忆君微笑。项忆君对打牌不是很在行，勉强懂了规则，却不得要领。这么打了一会儿，赵西林笑呵呵地对她说："幸亏不来钱，要不然你就输惨了。"

项忆君也笑了笑。电视机开着，在播娱乐新闻。她听见主持人说"昆曲电影《牡丹亭》即将开拍，这是国内目前为止投资最大的一部戏曲电影，女主角由青年京剧演员余霏霏饰演……"项忆君听到这句，不觉回头看了一眼，屏幕上一个穿紧身黑色小礼服的靓丽女孩，笑吟吟地，对着台下此起彼伏的闪光灯。项忆君记得她便是那天在麦当劳门前看见的女孩，与毛安走在一起的。有记者问她："你不是京剧演员吗，怎么会想到演昆剧电影？"她嫣然一笑，将长发朝后捋去，说："我在学校里学的就是昆曲，昆曲是我的老本行，再说，京昆是一家嘛，许多京剧演员都会唱昆曲的呀。"她说话声音甜甜的，嘴角的酒窝若隐若现。

项忆君怔怔地看着，这才明白了毛安为什么要学《牡丹亭》。她有些走神，打错一张牌。赵西林的妈妈一边打牌，一边问她："你为什么没去唱戏呀？"项忆君一愣，随口道："我嗓子不好，唱着玩可以，真唱可不行。"赵西林说："唱戏没啥意思，又苦，又累。"项忆君朝他看看，忍不住道："你是不懂唱戏的好处，其实还是很有意思的。"

赵西林嘿了一声，说："有意思的事情多着呢，何必吃这碗饭？喏——"他指指电视，"唱戏的都出来拍电影了，这下更没人唱戏了。"

吃过饭，赵西林送项忆君回去。路上，项忆君本想跟他挑明说以后别见面了，再一想，又何必让人家难堪，自己也尴尬，下次电话里说就是了。

项忆君回到家，洗了澡，躺在床上，脑海里浮现出电视里余霏霏如花的笑靥，又想起毛安逼尖喉咙唱的那几句"原来姹紫嫣红开遍，似这般都付与断井颓垣……"有些好笑，又有些感慨。这么想着想着，竟又有些难过。项忆君关了灯，在黑暗中坐了一会儿，忽然跷起兰花指，对着自己额头，念着京白，道："你呀，真是傻——"最后那个"傻"在空中转了几个弯，缠缠绵绵的，忽地一下，戛然而止。

这天，项海下了课，司机吃坏了东西，拉肚子，几趟厕所出来，脸色都白了。项海便主动提出坐校车回去。上了车，依然是坐满了。项海正要找个位置站着，却听旁边一人道："项老师,您坐吧。"项海一愣,见是课堂上吃口香糖的那位男生,有些意外,便说声"谢谢",坐了下来。

"要不要我给你拿包?"项海问他。

男生忙道:"不用,您坐着吧,包不重。"项海嗯了一声,见他把包吊在脖子里,双手攀住头顶的扶手,像只荡秋千的猴子。又问他:"你住在哪里?"男生回答:"五角场。"项海说:"哦,那你住得倒是蛮远。"男生嚼着口香糖,吧嗒有声,说:"还可以,校车下来,再换两辆车——项老师您住哪里?"项海说:"浦东。"男生说:"那您住得更远了。"项海笑笑,说:"远是远,不过坐地铁蛮方便。"

项海有些累,原本是想小眯一会儿的,因他在旁边,便不好意思不和他说话。男生说着说着,聊起了京戏,说自己从小就喜欢唱戏,高考都上一本分数线了,还是决定考戏曲学校。"我爸妈都不同意,说好好的学什么戏啊,可到头来还是拗不过我。"男生笑道,"我说,要是不让我唱戏,我就去大街上扫垃圾去。他们怕了,就同意了。"项海也跟着笑了笑。

下了车,两人有一段是同路,便一起走。男生问项海要了手机号码,把自己的号码也留了。快到站的时候,男生道:"项老师,以后您家里要是有什么力气活,就找我,我知道您有个女儿,干力气活不方便。"项海听了,倒有些感动了,说:"谢谢你。"两人又说了好一会儿话才分开。

项海走上楼,因心情不错,便一边嘴里哼着戏,一边拿钥匙开门。忽地想起隔壁的罗曼娟,生怕她又端碗什么馄饨、鸡汤出来,立即收了声,轻手轻脚地走了进去。又觉得自己像做贼似的,竟连进自己家门也要偷偷摸摸。

赵西林又打来电话,约项忆君去看电影,说几个朋友一起,看完电影再去打牌。项忆君婉拒了,犹豫着,正要和他说清楚,赵西林已挂了手机。只得作罢。

下班时,有同事过生日,大家提议去吃火锅庆祝。科室里十来个同事都参加,只有丁美美说家里有事,不去了。吃饭时,大家谈及这次领导班子换届,老总因为内部原因被调走,还降了半级,丁美美一点光没沾上,连个副科也没捞到,因此心情不好,也属正常。据说新来的老总不喜欢跳舞,是个舞盲。

"丁美美这下没戏了,彻底打入'冷宫'了。"有人道。

一个同事开玩笑道:"不晓得新老总喜欢什么,打听到了就赶紧去学,还来得及。"另一人道:"要是他喜欢打高尔夫,或是听歌剧什么的,那开销就大了。"旁边一人笑道:"开销大也要学,下半辈子飞黄腾达就靠它了。"

项忆君并不参与众人的议论,只在一旁听着,不断拿羊肉、牛肉下锅去涮,涮好了再夹到旁边人的碗里。邻座的顾大姐是科室里年纪最大的,也最热心,说要给她介绍男朋友。项忆君笑了笑,没说好,也没说不好。顾大姐见状,又问她喜欢什么样的。项忆君说:"谈得来就行啊。"说完,又笑着加了一句——最好是喜欢唱戏的。顾大姐哟的一声,说:"这个可难找了。"

吃完饭,项忆君叫了辆出租回去。路上,手机响了。接起来,是毛安。周围似是很嘈杂,乱哄哄的。他问她:"我想去唱歌,你来不来?"项忆君听了一愣。毛安又道:"在卢湾钱柜。你来不来?"项忆君问他:"几个人?"毛安说:"就我和你。"项忆君又是一愣,半晌才道:"好啊。"

半小时后,项忆君赶到卢湾钱柜,走进包厢,毛安一个人趴手趴脚地坐在沙发上,扯着嗓子唱《老鼠爱大米》:"我爱你,爱着你,就像老鼠爱大米……"见项忆君来了,他指指旁边的位子:"项老师来啦?喝点什么?"

"柠檬茶。"项忆君脱下大衣,坐下来,"怎么想起请我唱歌了?"

毛安说:"没什么,就是想请你唱歌。"项忆君问:"怎么不叫你女朋友陪你?"毛安一笑,说:"她忙呀。"项忆君朝他看了一眼,也笑了笑,说:"哦。"

毛安把歌本递给她。项忆君随意点了几首。她唱歌时,毛安一动不动地听着，每首歌唱完，便很夸张地鼓掌，说："项老师，唱得好，唱得好！"项忆君闻到一股酒味，问他："你喝酒了？"他摇了摇头，说："没喝多少，那一点点能叫喝酒？过过嘴还差不多。"他说完咧嘴一笑。

项忆君看了他一会儿，想说什么，终究没说出来。

毛安忽道："我唱段戏给你听，怎么样？"项忆君还没开口，他已站了起来，一只脚向后跨去，身子微微下蹲，手指翻转，轻轻巧巧地做了个兰花指。

"原来姹紫嫣红开遍，似这般都付与断井颓垣。良辰美景奈何天，赏心乐事谁家院？朝飞暮卷，云霞翠轩，雨丝风片，烟波画船，锦屏人忒看的这韶光贱！"

项忆君静静听着。他没受过专业训练，声音都是毛的，好几个调该往上提，都被他硬生生地拉下来。他眼睛明明看着项忆君，却似什么都没看，眼神是空荡荡的，像是整个人进了戏里，又像是没心没肺地唱着。项忆君听的戏多了，专业的、业余的、好的、差的，却还是第一次听人这样唱戏。也说不出是什么感觉，被他唱得心里竟有些难受，也不知怎么回事。

毛安唱完，顿了顿，坐下来，一句话也不说。过了一会儿，他道："我记得第一次碰到你那天，你说我的名字像用人。"项忆君纠正他："不是用人，是家人。"他摆手道："都差不多——你说唐伯虎追秋香，改了个名字叫华安。唐伯虎最后还是把秋香追到手了吧？他叫安，我也叫安，他的运气可比我好多了。"

他说着嘿了一声，问项忆君："项老师，你说我唱得好不好？"

项忆君点点头，说："蛮好。"

毛安打了个酒嗝，说："我昨天也唱给她听了——你晓得她怎么说？她说，你再讨好我也没用，你就算把所有的京剧昆剧段子都学全了，我们俩也不会合适——项老师，早晓得这样，我就不学戏了。"他说完一笑，随即低下头，从怀里取出烟。

项忆君看着他，没说话。

他点上烟，沉默了一会儿，又道："不是都说唱戏的人都有点傻气吗？她可一点也不傻，傻的是我。"他朝项忆君笑笑，道："真的，最傻就是我了。"

他吐了个烟圈，烟雾把他的脸缠绕起来，加上灯光昏暗，便有些隐隐的怖人的感觉。项忆君瞥见他眼圈都有些红了，心里顿时便觉得不好受。项忆君迟疑着，脸上忽地堆满笑意，在他肩上拍了拍，故作轻松地道："帮帮忙，你傻吗？你才不傻呢，你自己说，你骗了我们同事多少保险？吃了多少提成？你这个人啊，门槛不要太精喔……"她正要往下说，毛安抬头朝她看,她被他看得有些不好意思,顿时卡了壳。毛安笑了,忽道:"项老师,你是个好人——"

项忆君不知该说什么,也只得跟着笑。毛安又道:"我现在看出来了,喜欢唱戏的人,还是有点傻乎乎的。"项忆君装出生气的样子,道:"咦,你骂我傻?"

毛安摇了摇头,道:"不是傻,是可爱——项老师,你很可爱。"

项忆君看着他,心里似被什么轻轻击了一下,脸不由自主地红了,只得侧过身,从包里拿出一面小镜子,佯装照了照脸。不料,镜子里映出毛安的脸,笑眯眯地看着自己,她这下脸更红了,连掩饰也掩饰不了。愣了半晌,只得道:"以后别叫我老师了,这个,叫得我脸都红了,你——以后就叫我名字好了。"说完这句,她一颗心扑通扑通直跳,竟似要跳出胸膛来。

六

机场海关一年一度的冷餐会,在市中心一家五星级酒店的宴会厅举行。这也是新上任的谭总第一次和全体员工见面。照例先是领导讲话,这位谭总四十来岁,长得白白净净,看着很和蔼的模样,说话也细声细气的。

席间，主桌那边有人站起来，大声道："大家不知道吧，谭总的京戏唱得很棒，我们现在就请他上台给大家来一段，怎么样？"

大家都说好。掌声中，谭总走上台去，笑眯眯地抱拳示意，站定了，对着麦克风道："别让我一个人唱啊，还有谁会唱京剧的，上来一块儿唱。"台下有人跟着起哄："就是，一块儿唱才有意思，来段《夫妻双双把家还》什么的。"另一人笑道："帮帮忙，那是黄梅戏，我们谭总唱京剧，档次不一样的。"

项忆君夹起一块面饼，把烤鸭摆在上面，又放了大葱，蘸了酱，正要往嘴里送，忽听科长在旁边道："项忆君，愣着干吗，上去啊！"她听了一怔，还没反应过来，旁边几个同事已对着台上说道："这儿，我们这儿有个会唱京戏的！"

项忆君几乎是被同事拽着离开座位的。站起来，见厅里几百双眼睛都瞧着自己，顿时便有些不好意思。上了台，手都不知往哪儿摆了。谭总笑着问她："小同志，咱们唱什么？"项忆君说："听您的吧。"谭总道："那咱们唱《四郎探母》'坐宫'，行吗？"项忆君点了点头，说："好。"

"非是我这几日愁眉不展，有一桩心腹事不敢明言。萧天佐摆天门两国交战，老娘亲押粮草来到北番。贤公主若得我母子相见，到来生变犬马结草衔环。"

"你那里休得要巧言舌辩,你要拜高堂母是咱不阻拦。"

"公主虽然不阻拦,无有令箭怎能过关?"

"有心赠你金钑箭,怕你一去就不回还。"

"公主赐我的金钑箭,见母一面即刻还。"

"宋营离此路途远,一夜之间你怎能够还?"

"宋营间隔路途远,快马加鞭一夜还。"

"适才叫咱盟誓愿,你也对天就表一番。"

……

两人唱毕,台下便是掌声雷动。这段戏全是"西皮快板",节奏快,又要咬字清晰,没有点基本功是不行的。项忆君倒有些惊讶了,朝谭总看了一眼,见他也在看自己,目光中满是欣赏,两人都微笑了一下。

项忆君回到自己座位,几个同事都对她道:"原来我们新老总喜欢唱戏。项忆君你运气好到天花板了。"项忆君嘿了一声,反问:"老总喜欢唱戏,我就运气好了?"她拿起杯里的橙汁喝了一口,忽地瞥见旁边的丁美美看着自己,脸上冷冷的,没一点表情。

很快便是春节。除夕,楼前楼后响了一整晚的鞭炮声,几乎都没怎么停。关着窗,还是能闻到一股味。初一早上起来,吃口香糖的男生便打电话来拜年,说些身体健康万事如意的吉祥话，又问项老师要不要换煤气买米什么的。项海很是感动，说年前都预备好了，不劳费心，多谢了。挂掉电话，项海想去花市逛逛，见项忆君还在睡，便不叫醒她，自己一个人穿上衣服，走出来。还没关门，便听到嗵嗵嗵一阵脚步声，五楼的少年从楼上冲下来，到项海面前，顿了顿，也不打招呼，便冲了下去。紧接着，他母亲也奔了下来，一边奔，一边叫："小×崽子，给我死回来！"楼道里顿时像炸开了锅，热闹得很。

项海被这对母子弄得一愣，半晌才回过神，摇了摇头。正要下楼，隔壁门打开了。罗曼娟从里面走了出来，见到项海，便道："新年好！"

项海忙道："新年好。出去啊？"罗曼娟嗯了一声，道："去菜场逛一圈，买点蔬菜回来。"项海点点头，道："我去花市，一块儿走吧。"

两人慢慢走在路上。才九点不到，路上人很少，稀稀拉拉的。气温是低，不过太阳好，便不觉得冷，反而暖洋洋的。项海问她："过年要不要走亲戚？"罗曼娟说："我亲戚都在外地，孩子他爸一死，他那边的亲戚也不大往来。这几天就待在家里。"项海说："我也不用怎么走动，也就是忆君舅舅那里去一次。"罗曼娟道："平常倒没什么，到了春节，才觉得有些冷清。"说着轻轻叹了口气。项海觉出这声叹气中透着些凄凉，不敢搭腔，停了停，道："冷清也有冷清的好处，走亲访友这个拜年那个应酬，乱糟糟一团，其实没啥意思。"罗曼娟嗯了一声，说："是吗？我倒是挺喜欢热闹呢。"项海笑了笑。

很快到了花市，项海说："我进去了。"罗曼娟说："再见。"两人正要走开，罗曼娟忽道："项老师……"项海停下脚步，朝她看："嗯？"

罗曼娟捋了捋头发，道："这个，你和忆君要是没事，晚上就到我家一块儿吃饭吧。反正是邻居，住得近，也省得你再烧。"她这番话语速极快，竹筒倒豆子似的，一股脑儿冒了出来，脸顿时有些微红了，露出局促的神情来。

项海也有些局促了："嗯，就是麻烦你了，多不好意思……"心里是一半想去一半不想去，这么支支吾吾的，听在罗曼娟耳里便是答应了。罗曼娟说："也没什么麻烦，现成的几个荤菜，再炒些蔬菜就是了。"项海更不好拒绝了，便道："好啊，我带瓶红酒过来。"罗曼娟点点头，嗯了一声。

晚上，项海带了瓶1994年的干红，和女儿一起来到罗曼娟的家里。罗曼娟系着围裙，在茶几上摆开几盘开心果、话梅、牛肉、瓜子："你们坐会儿，吃点零食，马上就开饭了。"项忆君要去厨房帮忙，被她笑着推了出来："又没什么菜，我一个人忙就行了。"罗曼娟的儿子小伟手里抱着游戏机，躲在角落里玩，见项海父女来了，草草说了声"伯伯姐姐新年好",便不管不顾了。

桌子上碗筷已摆好了,几碟冷菜是她自己腌的香肠、咸肉、酱牛肉,还有木耳烤麸、香炸小黄鱼、拌黄瓜。一会儿,罗曼娟端着一盘碧绿生青的西兰花出来。于是四人上桌,项忆君在每人的杯子里都倒了些红酒,罗曼娟说小孩子不能喝酒,给小伟倒了可乐。四人碰了杯。项海对罗曼娟说:"让你受累了,我敬你一杯。"

罗曼娟道:"哪有什么受累——你们过来吃饭,我高兴得很呢。又热闹。光我们母子俩,这个年过得冷冷清清。"她一笑,对项忆君道:"小姑娘,过年了,又大一岁了。"项忆君摇头,说:"不是大一岁,是老一岁了。"

罗曼娟哟的一声,道:"你这个年纪叫老,那我可怎么办呀?"项忆君道:"阿姨是年纪越大,就越有味道,年轻小姑娘都比不上的。"罗曼娟笑着对项海道:"项老师,你这个女儿啊,说话真是讨人喜欢。"项海微笑道:"有什么讨人喜欢?戆戆的,什么也不懂。"说着,从口袋里拿出一个红包,塞到小伟的手里。罗曼娟见了,忙不迭地道:"这个不行,不行!"拿过儿子手里的红包,要还给他。项海道:"新年新势,讨个吉利嘛,你就别跟我客气了。"说着,摸了摸小伟的头,朝他笑了笑。罗曼娟这才不坚持了,对小伟道:"快跟伯伯说谢谢!"小伟正在啃一个鸡翅膀,头一抬,张嘴便道："谢谢伯伯！"

吃完饭，又坐了一会儿，项海父女便说要回去。罗曼娟忽道："项老师，你白天买了什么花呀？"项海说："百合。"罗曼娟哦了一声，说："百合清清秀秀的，又文气，我也蛮喜欢百合。"项海说："我买了几枝，都是多苞的，要不要过来看看？"罗曼娟说："好啊，我洗了碗就过去。"

项海父女回到家，一会儿，罗曼娟便过来了，看茶几上的那簇香水百合，边看边说好，说家里的布置本来就雅致，配百合刚刚好。项海微笑，又问她家里怎么不买些花。罗曼娟说，小伟对花草过敏，只能养些文竹、仙人掌什么的。项海便又笑了笑。

罗曼娟说要拿点酱牛肉、香肠过来。"腌了好多，放到天热要发霉，项老师你就当是帮个忙，分担一点。"项海忙说不用。罗曼娟道："都是邻居，有什么好客气的，浪费就造孽了。"项海不好再拒绝，便说一会儿过来拿。罗曼娟点了点头，回去了。项海上了个厕所，便又到罗曼娟家。自己想想都有些好笑，只一会儿工夫，你到我家，我到你家，两人已跑了两个来回。

罗曼娟把酱牛肉、香肠塞进一个塑料袋，说："项老师你让忆君来拿就行了，又何必自己跑一趟？"项海一想不错，该让女儿来的。一瞥眼，见罗曼娟眼波在自己脸上一转，又移开，眉目间带着淡淡的笑意，竟像是逗他似的。项海愣了愣，接过她递来的塑料袋，说："谢谢啊。"罗曼娟没说话，给他开了门。项海走到门边，听见电视里放的"恭喜恭喜恭喜你呀，恭喜恭喜恭喜你"，罗曼娟站在一边，身上淡粉色的唐装，发际斜斜地别了枚金色的小发夹，整个人都是暖暖的。看了心里又是一动。罗曼娟说："好吃就再过来拿，我这儿反正有多。"项海嗯了一声，又说了声"谢谢"，回家了。

临睡前，项海上了会儿网，告诉"柳梦梅"去罗曼娟家吃饭的事。"柳梦梅"说："不错啊，都有点像过日子了。"项海说："人家盛意邀我，不好意思不去。"

"柳梦梅"说："干脆你们就到一起算了。也挺合适。"

项海怔怔瞧着屏幕上的字，不说话。"柳梦梅"又道："杜丽娘，你多大年纪，五十岁有吗？"项海说："五十二了。"

"柳梦梅"说："那还不算老——这个岁数，那方面应该还有需要吧？"

项海一愣，半晌才明白"柳梦梅"的意思。他脸顿时红了，朝旁边看了看，生怕女儿过来。不晓得该怎么回答，心想这个人讲话真是越来越过分了。虽说是在网上，你看不见我，我也看不见你，可还是得留些余地，不该这么赤裸裸的。

项海迟疑了一下，岔开话题问道："你过年过得好吗？"

"柳梦梅"说："年年过年都是这样，有什么好不好的？

我不喜欢过年。只有小孩才喜欢过年。"项海说:"是啊,年纪越大,越不喜欢过年。"

"柳梦梅"说:"杜丽娘,我敢打赌,那个女人肯定想跟你上床。"项海又是一怔,犹豫着,道:"你怎么晓得?""柳梦梅"说:"她要是不想跟你上床,怎么会那么热情,又是请你吃饭,又是给你东西?杜丽娘,这可是个好机会,这出戏都唱到'惊梦'了,也该有些实质性的进展了。"

项海给他这么一说,胆子索性也大了,半是认真半开玩笑地道:"那你倒是教教我,接下去该怎么办?""柳梦梅"说:"还用教?你都五十二岁了,还用我教?"项海说:"我是真不知道,不骗你。"

"柳梦梅"打出一个大大的笑脸。"杜丽娘和柳梦梅在梦里怎么样,你和她也就怎么样喽,呵呵!"说完,便下线了。

白文礼最近总觉得喉咙不舒服,像有口痰堵在那里,吐不出来也咽不下去。他去药房买了些金嗓子喉宝,也不见效。过年几天,天天都有人来拜年,应酬这个应酬那个,忙得不可开交。渐渐地,觉得喉咙那里像火烧似的,又发起烧来。

到医院里去看病,医生给他喉咙拍了个片子。白文礼见医生看片子的脸色有些凝重,便问是什么病。医生说,喉咙里长了个小瘤。白文礼心里一沉,又问是良性恶性。医生说,现在还不能判断，要做进一步检查，下周才知道结果。

白文礼回到家，并不告诉妻子，怕她担心，也怕她惹自己更烦。做什么事都没精神，剩下的几天休息，天天都窝在家里。几个朋友约他出去吃饭，都被他婉拒了。原先拍的那个情景剧，还剩下几集，通告时间都定了，只得勉强去了，却总不在状态，一个镜头拍了十来遍，老是卡词。相熟的几个演员跟他开玩笑："白老师是不是过年酒喝得太多，舌头有些不听使唤？"他只能苦笑。

白文礼接到余霏霏的拜年电话："白老师，新年好呀！"电话那头掩饰不住的意气风发："老想请您吃顿饭，可又忙得没时间。您是我的恩师，我有今天，离不开您的提携，我祝您身体健康，事事顺心！"

挂掉电话，白文礼忽然想去项海那儿走一趟。他买了两瓶邵万生的蟹股——项海最爱吃这个，又拎了个水果篮，来到项海家。

项海见到他，有些意外，说："干吗不先打个电话，万一我不在家怎么办？"白文礼笑笑，说："我晓得师兄不爱应酬，多半是在家里。"项海也笑笑，随即又嘿了一声，说："我不像你，应酬多，到家里来找我总是没错的。"

白文礼又笑了笑，坐下，问："忆君不在家吗？"项海说："同学聚会，出去了。年轻人，不像我一把老骨头，动也不想动。"说着，打开电视，是《老爷叔外传》春节特辑。屏幕上，白文礼穿着大红的唐装，手里拎着一个水果篮，到朋友家拜年。脸上油彩涂多了，显得油光光的。一会儿，又来一段京剧，词是现编的："你看那——东方明珠豪光万丈，洋山水港弯弯长长，我怎能不心怀激荡，正当这好时光……"

项海静静听着，忽道："你嗓子最近不好吗？"白文礼一愣，随即道："有点感冒。"心里顿时涌起一阵暖流，想毕竟是师兄，换了别人肯定是听不出来的。项海道："做我们这行的，嗓子顶顶要紧，感冒就多在家里休息，何必到我这里来。"白文礼听出这话里的关切，又是一阵感动，说："师兄，昨天晚上我做了个梦，梦到我们以前的那段日子，一起练功，一起吊嗓，一起到山上打麻雀。现在条件好了，可回过头想想，还是那段日子有意思。"

项海说："你这么说，是因为什么都经历过了，倘若早个二十年，你就不会是这个想法了。"白文礼点头说："也对。过年过得好吗？"项海说："没什么好不好的，老样子。"白文礼又问："忆君有男朋友了吗？"项海说："还没有，小姑娘过年也二十四了。你手头有合适的吗？"白文礼说："现在没有，不过我会留心的，保管给忆君找个家境人品都好的。"项海说："家境倒是其次，关键是人品。"白文礼说："家境也是要紧的，贫贱夫妻百事哀，光人品好过不了日子。"

项海点头，说："那就拜托你了。"

师兄弟俩说了一会儿话，不觉已到了中午，白文礼手机响了，接起来，是妻子，说下午有两个外地亲戚要来，让他回去。白文礼只得起身告辞。项海开了门，叮嘱一句："感冒别忘了去看病，耗着可不行。"白文礼嗯了一声，朝项海看了一眼，说："师兄，有空就去我那儿坐坐。我们说说话。"话一出口，竟觉得鼻子那里酸酸的，转身便下了楼。

项海关上门，想起白文礼刚才的神情，和平常似有些不同。大过年的，竟透着一丝伤感。项海坐着又看了一会儿电视，朝窗外看去，见离得最近的那棵树的枝干隐隐冒出一两点新绿。今年春节迟，其实早已是立春了。项海过去打开窗户，嗅到空气里带着微微的草木清香，和着泥土的温润气息，还有些暖意。

又是一年过去了。像翻书似的，一年就这么翻了过去。人的一生，不过是本薄薄的书，禁不起翻几次的。

有人敲门。项海过去打开门，一看，是罗曼娟。两人对视，也不说话，就那样呆呆看着。半晌，项海把她让进屋。他闻到她身上淡淡的香味，一点一点的。她嘴角带着些许微笑，看着他，目光会说话。他一下子便读懂了。不知怎的，便有些局促起来，呼吸也不自然了。他给她倒了杯茶，她接过，手指不经意间触到，两人都是微微一颤。目光再一对视，便更不相同了。

项海把那枚紫色的胸针给她,亲手替她戴上。这个动作有些过分亲昵了。戴胸针时,很自然地碰到了她的胸。他脸一红,她脸也红了。又是别样的感觉。

接着,两人便进屋了。上了床。也不知是谁先主动的,好像就是水到渠成,没有一丝牵强,像是老夫老妻,按部就班。稳稳当当的,似是熟悉得不能再熟悉的。

两只麻雀停在窗台上,踱着碎步。风从外面飘进来,将窗帘微微吹起一角,扬啊扬的,像是撩拨着什么。周围静静的,只剩电视机里不断放着"恭喜恭喜恭喜你呀,恭喜恭喜恭喜你——"

春节很快便过去了。

项忆君想着那天晚上在 KTV 的事,心里便七上八下的。她等着毛安把话挑明,可自那天起,毛安连着几个星期没音讯。不来学戏,连电话也没一个。项忆君想给他打电话,又犹豫着,想这事怎么好女孩子先主动,便一天天等着。满肚子的话都憋着,一颗心陀螺似的转啊,有些盼头,却又没底。

直到过完元宵,毛安才打来一个电话。项忆君拿着手机,心怦怦跳个不停。毛安问她:"年过得有意思吗?"项忆君说:"还行,你呢?"毛安说:"天天到客户那儿拜年,忙得要死。"

项忆君说:"过年都这样。"

项忆君一边说,一边揣测他打电话的用意,便故意只顺着他的话头,不往下说。一会儿,毛安说:"我想跟你说件事。"项忆君竖起耳朵,心也跟着提了起来。毛安说下去:"我要去成都工作了。"项忆君一愣,问:"是出差吗?"毛安道:"不是出差,是调到那里的分公司。我们领导找我说了,工资加三成,还给我分套房子。我想蛮好,就同意了。"

项忆君怔了半晌,哦了一声。

毛安停了停,继续道:"到那边去也蛮好。找个成都小姑娘谈谈恋爱,蛮好。他们说成都小姑娘一个个水灵灵的,皮肤又好,性格又好。不像上海小姑娘——我想,要是一切顺利,就在那里安定下来算了。"他说到这里,轻轻叹了口气,"就是一点,到了成都,没人教我唱戏了。项老师,我挺舍不得你呢。"

项忆君心里一酸,差点就脱口而出:"那就别走了,留下来吧。"终是忍住了。她不是傻子,晓得他去成都工作的真正原因。她不是余霏霏,留不住他的。项忆君呆呆的,忽地一笑,说:"你要是真舍不得我,那我休假的时候就去成都看你,不过机票钱可得你出。"毛安说:"好,一句话,你来成都教我唱戏,我们再唱那段《牡丹亭》。"

项忆君心里又是一酸,说:"好啊。"

挂掉电话，项忆君怔怔地发了一会儿呆。半晌，竟又笑了笑，走到卫生间，对着镜子里的自己，眉眼间尽是恹恹的。一动不动地看着，忽地，手缓缓升起，朝镜子里那人跷个兰花指，嘴角带着嘲弄。念着京白："你啊你，实在是忒傻啊——"眼角竟不知不觉涌出泪来。

七

转眼已是初夏，吃了端午的粽子，外套便怎么也穿不住了，草木渐渐郁郁葱葱起来，鸟儿们欢快地四处窜着，活蹦得很。

自春节那次后，罗曼娟便不给项海端馄饨、鸡汤什么的，见了面也不怎么说话。项海晓得她的心思，是想让自己先开口。可项海心里犹犹豫豫——"惊梦"都唱完了，这出戏接下去该怎么唱呢？项海心里一点底也没有。便一直拖着。觉得说什么都不好，做什么都不合适。这么拖着拖着，渐渐地，便僵了。两人偶尔在楼道里遇见，想做得亲切些，觉得没到那个份上，又怕生嫌疑，只能一味地客气，自己看着都假得很。到后来，反比陌生人更拘谨了。

好像只是一眨眼的工夫，也没什么铺垫，就这么断了。

罗曼娟把紫色胸针还给项海。项海想让她留着，又不知该怎么说，便收下了。那天是下雨天，外面雨淅淅沥沥的，落在窗上,滴滴答答个不停。

罗曼娟说:"项老师,别人给我介绍了个男人。在证券公司当会计。"

项海先是一愣,随即不住点头:"蛮好蛮好。现在股市好,证券公司肯定赚钱。蛮好蛮好。"

罗曼娟摇了摇头,说:"好不好都没什么,关键是人蛮老实,是个过日子的人。项老师,我就是想找个过日子的男人啊。"话一出口,只觉得声音有些暗哑,竟似要落下泪来。她瞥到项海干干净净的袖口,没有一丝瑕疵。她想,这个男人把自己料理得这样周全,他哪里是要找个过日子的女人啊?这么简单的道理,她暗怪自己竟到现在才弄明白。茶几上那束百合,开得袅袅婷婷,弄得满屋子都是沁人的清香,幽幽的,一点点地散开来。阳光从窗外直透进来,落在地板上。这间屋子,似是腾在云雾中,泛着光,看不甚清。罗曼娟想起家里的阳台上还吊着咸肉、香肠,天气潮热,已长了白白的霉点。"项老师,我走了……"她几乎说不下去,低下头,转身走了。

项海手里握着那枚紫色胸针,怔怔地瞧着她的背影。有那么一瞬,他想叫住她。但随即又想,叫住她又能怎样呢?项海拿自己的心,去比照她的心,觉得终究不是一样的。项海琢磨着她那句"过日子的男人",便有些惭愧,隐隐又有些鄙夷,也不晓得是对她,还是对自己。

吃口香糖的男生给项海送来一箱葡萄,正宗马陆葡萄,说是他大伯家里种的。项海拒绝不过,只得收下了。他留男生吃饭,男生说还有事,不了。临走前,男生向项海提及学校下一季度排戏的事,想让项海求求白校长,看是否能让他演个角色。项海听了一怔。男生神情坦坦荡荡,项海倒有些不好意思了,说有机会看看。男生匆匆走了。项海瞥见那箱葡萄,心里顿时有些不是滋味。

不久,项忆君调至"总经办"。调令下来,同事们都半开玩笑地说:"项忆君你高升了,以后可不能忘了我们啊!"项忆君谦逊地说:"这哪是高升啊,不过是换个岗位。"整理东西时,对面的丁美美一声不吭。项忆君对她道:"美美,有空我来跟你学跳舞。"话一出口,便后悔了。不该这么说。果然,丁美美嘴角一撇,道:"学跳舞干什么呀,我还想跟你学唱戏呢。"

项忆君有些窘,笑笑,没说话。三月间,海关举行了一次戏曲演唱比赛,其实是投谭总所好。项忆君和谭总合作了一段《西厢记》,谭总演张生,项忆君演红娘,拿了第一名。拿奖时,谭总笑眯眯地对项忆君说:"和你唱戏挺过瘾的,可惜你在一线工作,要不然就能常常过把瘾了。"项忆君一笑,说:"那您就把我调到机关来呀。"其实依着她平常的脾性,这句话是无论如何说不出口的,那天也不知怎么了,一张嘴,便说了出来。谭总朝她看了两眼,也笑了笑。

项忆君收拾好东西,走了出去。瞥见众人的神情,便想到他们当初背后嘀咕丁美美的情形——现在该换成她了。项忆君有些不好意思,又有些说不出的滋味。她从未想过唱戏会有这样的效果,很错愕了,而这也并非她所期盼的。心里别别扭扭,忍不住又有些好笑。想这世上的事真是难捉摸,不像戏台上,总是那些才子佳人因果报应的套路。现实其实比演戏要复杂得多,奇怪得多。

毛安从成都给她发来一张照片——他穿着戏服站在阳台上,摆了个造型,身后隐隐看得见一排排的小房子。毛安说,这套戏服是在一家小店买的,才一百多块钱,没想到成都还有卖这个的。"留作纪念吧。"邮件末尾,他这么对项忆君说。项忆君对着照片端详半天,想,不晓得是谁给他拍的,莫非是个水灵灵的成都姑娘?项忆君忍不住苦笑,再想起那阵子学戏的情景,不禁感慨万分。

白文礼被确诊为喉癌,住院接受治疗。项海去医院看他,他刚做完化疗不久,身体虚弱得很,连说话的力气都没有。项海叮嘱他好生休息,说等他好了,就陪他唱一出《群英会》,

师兄弟俩好好地演一回，就像当初刚学戏那阵。

白文礼艰难地笑笑，说："怕只怕我等不到那个时候了。"

项海皱起眉头，说："你讲这个话很没有道理。现在医学这么昌明，换个肝换个心都不在话下，还怕你这点小病？你要鼓起劲来，要是连你自己都没信心了，那真是大罗神仙也没用了。"项海故意作出很气愤的模样，瞥见他憔悴的面容，不禁暗暗伤心。

白文礼望向窗外，半晌，说："师兄，别看我这些年风风光光，其实我还是更喜欢以前的日子。我很想像过去那样，和你一起唱戏。真的。"

项海叹了口气，点头说："我也是。"

白文礼忽道："师兄，君妍去世差不多有二十年了吧？"项海说："不止，都快二十三年了。"白文礼又道："她走的时候，也就和忆君现在差不多大吧。"项海嗯了一声，说："差不多。"

白文礼接下去便不说话了，躺在那里，愣愣地看着天花板。过了一会儿，嘴里竟轻轻唱道："清早起来菱花镜子照，梳一个油头桂花香，脸上擦的桃花粉，口点的胭脂杏花红……"声音越唱越低，到最后已是轻不可闻，如同梦呓。

项海静静听着，眼前渐渐浮现出一个女孩的模样，碎花袄子青布裤，眼睛笑得弯成月牙。清晨，第一抹阳光映在她的脸上,她整个人都是金色的,笑容和阳光一样灿烂。项海想着想着,也不由自主地跟着哼道:"清早起来菱花镜子照,梳一个油头桂花香,脸上擦的桃花粉,口点的胭脂杏花红……"

从医院回到家,项海在楼下遇到五楼的赌博少年。少年叫了声"项老师",项海嗯了一声,正要上楼,少年又道:"项老师,跟您借点钱行吗?"

项海一怔,还当自己听错了。回过头看他:"什么?"

少年瘦长的脸庞浮上一丝有些狡黠的笑意。"也没什么,这么说吧,柳梦梅想问杜丽娘借点钱。您听明白了吗?"

项海听了,浑身一震:"你——"

少年嘿的一笑,说:"不用很多,给个三万块就行。您把钱给我,我马上就回家把杜丽娘和柳梦梅的聊天记录给删了。您要是不给,我也没办法,反正早晚被那些高利贷砍死,破罐子破摔,索性把您的聊天记录发到网上,再注上姓名地址,让您临老了也红一把。"少年讲话不快不慢,咬字清清楚楚,节奏控制得不错,颇有京白的韵味。

项海只觉得浑身的血一下子溢到头顶。眼前一黑,差点要晕过去。

"原来是你。你、你怎么能——"项海说不下去,牙齿在发抖,整个身子都在发抖。他惊恐地望着少年,简直不敢相信。

少年又是一笑："三万块钱也不是很多啊，你女儿在海关工作，效益一定不错。项老师，我听说楼下那个女的要结婚了，是吧？其实我老早就晓得您不会和她来真的。您是当自己在戏台上呢，您看那些才子佳人，一到成亲结婚，戏就结束了，所以您也结束了。那女的和您不是一路人。要是放在过去，您就是风流才子、老克勒，那女的只不过是弄堂里的大妈。我下午还有事，您现在能不能告诉我，什么时候给钱，啊？我要现钞，别转账什么的。"少年笑眯眯地望着他。

项海怔怔地，一句话也说不出来，整个人傻了似的。

夏去冬来。很快，又是年底了。

赵西林打来电话，项忆君只当又是约自己打牌，没等他说话，便道："我没空。"赵西林接着说："我想约你一块儿去看昆剧电影，刚上映的，《牡丹亭》。"

项忆君愣了愣，同意了。

电影院里，座无虚席，七成倒是年轻人。这部影片宣传力度极大，电视、报纸、杂志，铺天盖地的，一夜间红遍申城。

大屏幕上，青春靓丽的杜丽娘来到花园。

"原来姹紫嫣红开遍，似这般都付与断井颓垣。良辰美景奈何天，赏心乐事谁家院？朝飞暮卷，云霞翠轩，雨丝风片，烟波画船，锦屏人忒看的这韶光贱……"

项忆君耳边响起父亲项海唱的《牡丹亭》。不知为什么，她竟觉得，两人唱的，好像不是一个《牡丹亭》。这个杜丽娘和那个杜丽娘，似是完全不同的。项忆君不禁又有些笑自己傻。明明都是汤显祖写的本子，哪里会不一样了？

项忆君又想起了毛安——不晓得他会不会去看这部电影？想到他唱《牡丹亭》的模样，嘴角不自觉地露出微笑。那一瞬，项忆君忽然有些明白了，其实人人都可以唱《牡丹亭》，项海、余霏霏、毛安、白文礼，还有她自己，都可以唱。人人的《牡丹亭》却又不尽相同。"游园"时，各人心里怎么想，杜丽娘便是什么样。是良辰美景，还是断井颓垣，只凭自己的心。又或许，这人的良辰美景，又偏是那人的断井颓垣。

看完电影出来，赵西林说："蛮好蛮好，原来戏还蛮好听的。"

项忆君知道他刚才在电影院里睡着了，不说破，只笑了笑。赵西林又道："以后有好看的戏，我们再来看。"项忆君还是笑笑。

一路上，项忆君都在想该怎么提出分手。快到车站时，赵西林忽道："你教我唱戏怎么样？"项忆君听了一愣。

赵西林飞快地说："我晓得我这个人是老粗，只会打牌，高雅艺术一点也不懂。不过我这个人很虚心，又好学，脑子也不算笨。只要你肯教，我一定能学会——你肯不肯教我？"

他望着项忆君，竟似有些紧张。

"嗯……"项忆君有些手足无措了，分手的话已经在嘴边，却一个字也说不出来。她看着他的眼睛，也不知被什么驱使着："嗯，好——不过你嗓子不是很好，这个，有点沙，只能唱老生……"

项忆君说完，一抬头，瞥见对面高楼的楼顶上，巨大的宽幅屏幕在放《牡丹亭》的宣传片——雕栏玉砌，亭台楼阁，一个妙龄古装女子踱着碎步走着，袅袅婷婷，镜头朦朦胧胧，影影绰绰。

"原来姹紫嫣红开遍，似这般都付与断井颓垣——"

无数人抬头看。一时间，这座城市的上空都回荡着幽婉凄转的唱腔，像层薄薄的纱，笼罩着整座城市。随风轻轻摆着、摆着，这边扬起一些，那边又落下去。柔柔地，一点一点地，似波纹般，微微漾了开来。

原载于《人民文学》2007年第9期。有改动

名家点评

滕肖澜的《姹紫嫣红开遍》(《人民文学,2007年第9期》),是火候刚刚好的中篇小说。作者有一种沉着的气度,由作品可知作者花了功夫去领味戏曲的古韵与唱腔。小说中,游园惊梦与滚滚红尘形成令人惊异的对照,如其编者所言,《姹紫嫣红开遍》"写的是红尘滚滚之中,人如何存着梦想,保持着矜持、有礼的姿势"。滕肖澜也隐约写了性,但在她那里,性是一种让步,让步于内心的尊严与美德,这种克制的书写,在当代文学作品中,相当少见。

胡传吉 ++++++++++++++++++++++++++

滕肖澜却绝不琐屑,她写小市民,但又毫无小市民气,小说里自有一番超凡脱俗的情致。比如《姹紫嫣红开遍》(《人民文学》2007年第9期),讲的就是普通人优雅的内心生活与外界世俗社会的冲突。京剧是这篇小说中的一个符码,是象征着内心精神生活的一个世外桃源。父女两代人,都将自己的人生、爱与友谊,托付给了京剧,然而,京剧作为一种隐喻,在小说中并不是大而化之的,而是具体可感的,这让我感受到了其中来自张爱玲、白先勇的血脉,也让我想到了李安的电影《饮食男女》。就如同一种古典的优雅生活方式,在嘈杂的现代……已难以为继一样,有关京剧的种种情结,也注定了一种边缘化的生活方式。项海与项忆君父女,便是心中怀抱着这种优雅而在现实中生活低调的人。值得注意的是,《姹紫嫣红开遍》没有把优雅与世俗写成二元对立式的激烈冲突,而是以一种非常优雅而平和的心态,在现实生活的夹缝中展开了故事的想象。人生如戏,项家父女以及他们周围的人,也都戏里戏外地忙活着,但也并不都是优雅。父女俩各自有着各自的罗曼史,而结果又都出乎意料,但父女俩的生活态度却仍是波澜不惊、从容淡定、荣辱皆忘。与其说戏剧是他们人生中的一个重要组成部分,还不如说他们已经成为了戏剧中的一部分,他们的生存状态就像戏剧中生、旦、净、末、丑中的某一角色,他们的人生也像戏剧中的既定情节。

臧策 ++++++++++++++++++++++++++

创作谈

我在上海长大。也许在许多人的眼里,上海是烂漫多姿的,像颗夜明珠,美艳不可方物。而在我看来,上海只不过是个过日子的地方,很实实在在的地方。绝非五彩斑斓,而是再单调不过的颜色。日出而作,日落而息。柴米油盐,鸡鸡狗狗。上海人眼里的上海,并不是直升机航拍下的那个不夜城。真正的上海人的日子,航拍是不屑于拍摄的,是略过的。只有身在其中,才能体会到上海人的不易与艰苦。上海人常被笑话成"小家子气""门槛精"——其实这都是过日子的算计与心思,也作孽兮兮。若真是居高临下,光鲜到了极点,又何需如此?上海的日子,与别处并没什么不同。如小说里所写的——

"东方明珠与金茂大厦又不能当饭吃。小老百姓过日子,其实都是差不多的。"

《美丽的日子》讲述了两个女人的故事。一个上海人,一个上饶人;一老,一少。卫老太为瘸腿儿子征婚,千里迢迢招来了姚虹。两人都没什么坏心思,但也谈不上多么高尚。说到底都是为了度日。上海人的那一点点小心眼,自尊又自卑;上饶人的那股子不屈不挠的心劲,可敬又可怜。

怕人欺的人，未必不是欺人的人。为了生活，谁都不见得能做到完全问心无愧。

"昨天是今天，今天便是明天，明天又是昨天。日子是打着圈过的。"

当卫老太念着昔日对厂长女人的愧疚，在花园里扶起姚虹——那一瞬，其实已不止是将心比心了。更是一种情感的升华。女人与女人的惺惺相惜、长辈对晚辈的莫可奈何、上海人对异乡人的理解与怜惜。

日子一天天地过。是妥协，还是坚强，看的是各人的信念。上海也好，上饶也罢，只要肯付出努力，日子一定会越来越美丽的。

谢谢《人民文学》与《小学选刊》让我有机会说这番话。

《〈美丽的日子〉与一番话》
《小说选刊》2010 年第 6 期

美丽的日子

一

吃饭时，卫老太发现，姚虹的手搭在卫兴国的大腿上。

桌子是正方形的，桌布四个角垂下来，刚刚好，垂到人的大腿那块，有些屏障的作用。可桌布到底不是屏风，又是纱质的，透光，卫老太一眼便看穿了那头的景象。卫兴国没事人似的，吃饭喝汤，只是一个劲地抿嘴，很不自然。姚虹真正是个小狐狸，面上还给卫老太舀汤呢，"姆妈，吃汤——"只一眨眼的工夫，手便到下面去了，像抹了油，动作都不带格愣的。

卫老太的眼睛是把尺，一瞟，一测，便晓得那只手在儿子的膝关节上两公分处——倒也不算顶顶要紧的位置，离警戒线还有些距离。卫老太心里盘算，姚虹进门不到一个月，手就摆到这个位置了。前阵子卫兴国看见她，说话还舌头打结呢，她呢，也是端着举着，卫老太让她和他握个手，"就算是认识了"，她死活不肯把手拿出来，老实得跟黄花闺女似的。现在倒好，一步到位，手直接上大腿了。

卫老太咳嗽一声，那只手顿时松开了，又摆到桌面上来，给她舀汤，"姆妈，再吃一碗汤——"卫老太心里哼了一声。她自然不会说穿，但适当的警示还是要的。跟大人一桌吃饭，多少该收敛些。卫老太朝姚虹看。来上海没多久，已经晓得化妆了，可惜眉毛画成一边高一边低，搞得神情也跟着有些怪异，像有事想不通似的。卫老太想笑，又有些鄙夷。想乡下人到底是乡下人，干脆清汤寡水倒也罢了，一打扮，就露了怯了。

姚虹是弄堂里张阿姨介绍来上海的。张阿姨是热心人，卫老太把意思跟她一说，她便张罗开了。卫老太不太喜欢北方人，说最好是江浙一带的。可江浙一带有点难度，模样周正的，瞧不上卫兴国，模样差的，卫老太也不要。张阿姨劝卫老太，不妨把范围扩大些。说到底人家还是图个上海户口，越是偏远的，越是把这个看得重，别的条件就上去了。好比做乘法，X 乘上 Y 等于 Z，Z 是常量，不变的。X 越是小，Y 就越是大。这是个道理。卫老太想想也没错。

张阿姨动作也实在是快，没几天便把照片带来了，是江西上饶人。卫老太一看，模样还过得去。便问几岁。张阿姨说三十四。卫老太问，结过婚没？张阿姨说，结过。卫老太问，有小孩没？张阿姨说，没。卫老太又问，前面那个男的，是离了，还是没了？张阿姨回答，两年前病死的。

火车票的钱是卫老太出的。两下里一敲定，人就来了。卫老太关照张阿姨，别把话说死了，好不好还不知道呢。张阿姨晓得卫老太的顾忌，隔着几百里，火车都要开一整天呢，又不是知根知底的，好自然不用说，倘若不好，连个退路也没有。张阿姨想来想去，教了卫老太一招——先把她安置下，付她工资，让她做些家务，相中了当然最好，要是相不中，再让她走，只当是找个保姆，大家都不吃亏。卫老太觉得这法子蛮好，就怕人家不愿意，伤自尊。张阿姨说，外头找工作还有试用期呢，她不愿意，有的是人排队。再说了，你们家兴国要是腿不瘸，上海女人哪里寻不着了？提着灯笼都难找的好事，她这是上辈子烧高香了！

姚虹来的第二天，卫老太便带她去医院体检。这么做有些直白了，但别的可以马虎，唯独身体是头一桩，半点玩笑开不得。依着卫老太的想法，没有孩子自然是好，省得累赘，但又怕她生育有问题。卫老太是快七十的人了，做梦都想抱孙子，卫兴国也四十好几了，拖不得。这女人要是生不出孩子，就算是天仙也要请她走人。

体检报告一切正常。卫老太放下心来，对着她只说是上海有这风气，定期要体检。

回去后，把朝北的小间腾出来给姚虹。说是小间，其实只是拿板隔出的一块豆腐干大的地方，再拉道帘子。放个三尺的小床，连走路都累。卫兴国改睡阁楼。姚虹拿余光偷偷打量——改造过的老房子，小归小，厨卫倒是独立的。

姚虹整理东西时，卫老太一旁看着。一个旧的尼龙包，里面几件换洗的衣服，都是旧得不能再旧的。胸罩是的确良的，那种没有钢托，最最原始的式样，洗得都出毛边了。连卫老太这个年纪都不戴的。毛巾和洗漱用品也没带全。卫老太找了两块新毛巾给她，让卫兴国去楼下小超市买了牙刷。又从抽屉里翻出一套真丝的睡衣睡裤给她。早些年买的，一直没穿，倒放旧了，也算是见面礼。

姚虹千恩万谢地接过，说，阿姨你真是好人。卫老太让她改叫"姆妈"——这里头有层意思，毕竟不是真的保姆，人家千里迢迢是来找婆家的，道理上不能太亏待。反正上海人"姆妈"也是混叫的，以前卫兴国的同学到家来，都叫她"姆妈"，并不见得真有什么。让人家叫一声"姆妈"，看着不拿她当外人，好歹也是份心意。

当然了，也因为不是真的保姆，卫老太有心理准备，不指望她能把家务干成一朵花来。姚虹是江西人，吃口重，卫老太特意关照她，不要放辣，不要放太多油和盐。也是应了"矫枉过正"这个词，姚虹做的头一顿饭像是直接从水里捞起来的，端上来时还说，姆妈，上海人吃得这么淡，怪不得皮肤好，水灵灵的。卫老太告诉她，上海人吃得淡是淡，但也不用这么淡，家里又没人得腰子病。于是第二顿，正宗的江西菜就上桌了，辣得母子俩一把鼻涕一把眼泪的。卫老太倒也不生气，晓得她还是太紧张，分寸把握不好，便亲自下厨示范。从菜场买菜，到择菜切菜配菜，再到烧菜，手把手地指导。

一道水芹肉丝，水芹菜是最麻烦的，要一片片剥开，小心挑去里面的污泥，半斤水芹菜总得择个一阵子，洗个三五遍才行，而肉丝则必须配合水芹菜的宽度，切得极细，头发丝似的，否则装盘不好看。开油锅一炒，水芹菜里的水便出来了，滗去水，盛到盘里才半盘。却是极费功夫的。还有香煎小黄鱼，便宜东西，也是折腾人的，一条条鱼要开膛剖肚，把内脏拿掉，水龙头下冲洗干净，拿盐腌了，晾个大半日，再放到滚油里煎，一条条进去，香味顿时便出来了。煎的时候不能急，一急受热不均，肉质就不是外脆里嫩了。火也不能太大，否则皮焦了，卖相便差了。卫老太故意烧这两道菜，像新学期给学生上的第一堂思想教育课，把主旨提到一个高度。上海人过日子的意思，精致的简朴，絮叨的讲究——全在里面了。

　　关于家务活，卫老太对姚虹说，以前在老家怎么干，现在就怎么干，不用有压力。姚虹记下了——但毕竟是不同的。单说拖地吧，姚虹倒是勤快，趴在地上擦，抹布太湿，像写毛笔字，一笔一画都在那儿呢。卫老太说，不用这样，拖把不就在旁边？干拖把上稍微蘸几滴水，拖起来又干净又省力。窗户每个月擦一遍，用报纸。冰箱每两个月除一次霜。阳台要每天打扫。还有洗衣服，内衣分开洗是不消说的了，还要分颜色深浅，不能一股脑儿全扔进洗衣机，串色。床单被套每两个礼拜洗一次，晒干后最好是熨一下，服帖。卫老太自己的衣服是不用熨的,反正老太婆一个,也不用见人。卫兴国的衬衫外套是必须熨的,虽说在工厂传达室上班,算不上什么好工作,但男人的衣服领子要是软塌塌的,精神也会跟着软塌塌,就不上台面了。

姚虹拿纸笔一字一句地记下来。这个动作让卫老太挺满意,好坏姑且不论,态度首先要端正。态度对了,接下去的事情才好办。卫老太把第一个月的工资放到她面前。她微微一怔,迟疑了几秒钟,随即收下了,脸也跟着红了红。这个表情让卫老太有一丝内疚,多少是有些看轻人家了。倘若是上海女人,怕是早扭头走了。卫老太想到这里,话便软下来了:"也别有啥负担,就当是自己家里一样——"

姚虹叫卫兴国"阿哥",卫兴国头次见到她,眼睛里什么东西一闪,倏忽便飘了过去,像道光。姚虹对着卫老太说话没啥,可对着卫兴国,鼻音就出来了,像重感冒。好多音在鼻子里转,每次都要转好几个圈才出来,不肯爽爽气气的。卫兴国被她一通鼻音搞得一愣一愣的,也传染上了,话在嘴里打转,半天才出一个字。卫老太看在眼里,有些不爽,但再一想也好,儿子喜欢是第一条,否则她老太婆再张罗也没用,到底不是包办婚姻。

弄堂是通风的,还是穿堂风,藏不住事的。几天工夫,谁见了卫老太,都要关切地问一句:"人来了是吧?"

卫老太点着头，嘴里解释："先看看，先看看——"那些人还要细问，卫老太已快步走了过去。八字还没一撇，她不想多谈。那些人的嘴，说多了，假的也成真的了。卫老太最怕这样。

姚虹倒是比想象中大方得多，见了人，总是客客气气地打招呼，既不多话，也不装聋作哑。碰到楼上楼下，搭把手帮个忙，买个小菜晾个衣裳，也是没二话的。时间一长，卫老太慢慢看出这小女人的好来——没有小地方人的扭捏，待人接物还是蛮得体的。原先担心那层不上不下的关系，怕彼此尴尬，倒也没有。姚虹嘴上叫她"姆妈"，却也拎得清，并不真把自己当儿媳，还是试用期呢，是学徒。媳妇也要学的呀，学会了，才能真的上岗。人家管吃管住，还给钱，比老家的师傅不晓得好多少倍呢。姚虹这么想着，心里便舒坦些。

临来之前，姚虹把卫家的情况问了又问，大大小小的事，查户口似的。她晓得介绍人是有些烦了，可嫌烦也没办法，这是大事。她问，卫兴国是生出来就瘸，还是咋的？介绍人说，生出来不瘸，得小儿麻痹症瘸的。姚虹问，传达室一个月能挣多少钱？介绍人说，千把块吧，也就上海最低工资线。姚虹又问，他家那套房子是自己的吗？有多大？介绍人说，弄堂晓得吗？就是电视里那种上海老弄堂，东家一个阁楼，西家一个亭子间，你自己想吧。这介绍人是张阿姨的一个远亲，撮合这事时并不十分热情，而是有些居高临下的，手底握着十来个女人，扑克牌似的，让谁去不让谁去，这可是天大的恩典。"他要是四肢健全，长得像许文强，家里住别墅，一个月赚几万块——他吃饱了撑的，找你？"介绍人最后这么说。姚虹并不生气，停了停，从桌底下递了个红包过去："您多关照——"

到上海那天，卫老太母子去火车站接她。人群中，卫兴国举了块牌子——"江西上饶，姚虹"，很醒目。姚虹看到卫老太，第一印象便是，这老太把自己拾掇得挺干净。稍稍放了些心。怕就怕碰到那种生活不能自理的老人。再看卫兴国，原地站着看不出瘸腿，鼻子很大，眼睛有些眯缝，不是那种很有男人味的长相，但也不太丑——姚虹又放了些心。火车站离家不太远，回去时叫了辆出租。卫兴国坐前排，她和卫老太坐后排。她是第一次坐出租，有些局促，一路上都紧贴车门，生怕碰着卫老太。卫老太身上有一股淡淡的雪花膏的香气，端坐着不看她，也不说话。她听介绍人说过，卫老太退休前是会计，也算是有文化的人。她只得朝前看。卫兴国后脑勺有些秃，顶上白花花的一小块，泛着光。姚虹想，这男人原来还是个癞痢头。

母子俩专程来接她。这个细节让她觉得挺窝心。后来向卫老太讲起这事时，姚虹用了非常夸张的语气："感动啊，姆妈这么大年纪,阿哥腿也不方便——真是很感动的。"卫老太还要客气:"你大老远地跑来上海,总归要接的。这是道理。"姚虹说:"所以呀,所以真的是很感动,感动极了。"她一连用了四个"感动",说到后面,眼圈还红了红——三分好说成十分好,人家听了开心,自己也不吃亏,皆大欢喜——这也是道理。姚虹给家里人写信时,说她叫卫兴国"阿哥",那边人听了都笑,说,怎么叫阿哥呢,是男人呀,不是阿哥。

她便解释,"阿哥"其实就是男人,是"情哥哥"的意思。叫"阿哥"也好,不生分也不尴尬,朴朴素素的,是个好称呼。

姚虹到的第二个礼拜,卫兴国就邀她去看电影了。是上午场,半价。走进去,整个场子就他们两个人。电影刚开场,灯一关,卫兴国的手就活动开了。起初像搔痒,不经意似的,蜻蜓点水,是在试探。姚虹朝旁边让,可再让也只有那么点地方,总不能离开座位。让到不能让的时候,姚虹就不再让了。于是卫兴国动作幅度更大了。姚虹朝他看,见他眼睛盯着电影屏幕,煞有介事的,手却很不老实。姚虹忽然想笑了。但这个时候不能笑,一笑就臊了,没意思了。

关键还是家里房子小。倘若只有两个人倒也罢了,可多了个卫老太,就相当不方便了。这一带的旧房子,老早就说要拆了,可雷声大雨点小,拖到现在都没动静。看早场电影这个法子,卫兴国还是跟厂里几个小青工学的,花几十块钱,坐上两小时。外面点杯咖啡都不止这个数。附近那家电影院搞噱头,每天早上十点场只要十元钱,很划算。

再划算,总归也是笔开销。卫兴国向母亲要钱。他的工资,还有残疾人补贴,都是卫老太替他收着。他不抽烟不喝酒,平常没啥花销。最多是剃个头,买张DVD片子什么的。卫老太掏了一百块给他。卫兴国说:"妈,再多给点。"卫老太又加了一百,卫兴国还是嫌少。

卫老太朝他看,问:"要这么多钱干吗?"卫兴国说:"用呀。"卫老太问:"干什么用?"卫兴国红着脸,说:"看电影。"卫老太其实是明知故问,当着姚虹的面,给他们个钉子碰。隔三岔五便往电影院跑,卫老太看不惯。可儿子这么老老实实地说出来,卫老太又有些不忍了。到底是四十多岁的男人,也作孽。卫老太又多添了一百。至于再嫌少,那是无论如何也不行了。

卫老太说儿子:"公园里坐坐不也一样?电影院里坐还要花钱,公园里坐上一天,也没人问你收钱——"卫兴国嘴巴咕哝一下,没说话。姚虹插嘴说:"姆妈讲的有道理,我本来也是这个意思——"卫老太斜她一眼,心想,你倒会充好人。

有了第一次,就有第二次、第三次。数目越要越多,周期越来越短。卫老太的脸色也越来越难看。到后来，卫兴国索性提出——由自己保管工资。厂里工资一千三百块，加上残疾人补贴两百多，总共一千五出头。"我又不是小孩，老是伸手要钱，傻兮兮的。"

卫老太一口回绝，理由很简单："没结婚就是小孩，钱放在我这里，要用的时候问我拿——你有什么不放心的？"卫兴国说："不是不放心，是没必要多此一举——姆妈年纪大了，管钱也老辛苦的。"卫老太嘿的一声："管钱有啥辛苦？多动脑筋，不会得老年痴呆症，多点钞票，手也不容易生冻疮。"卫兴国吃瘪，下意识地朝厨房看。姚虹在厨房烧饭，关着门。房里只有母子俩。卫老太晓得姚虹是避嫌疑，可越是这样，越是露了痕迹。

一会儿，姚虹端着饭菜出来，招呼两人吃饭。她厨艺最近有所长进，一道葱烤鲫鱼有模有样，只是味精还是放得多，吃的时候还行，吃完便不停喝水。卫老太前年腰椎间盘突出那阵，请过一个保姆，也喜欢放味精——其实这是保姆的通病，毕竟不是大厨，怕东家嫌自己手艺差，只好使劲放味精，吊鲜。卫老太跟姚虹说过几次，她答应了，可临到装盘又是一把味精撒下去，习惯性动作。

卫老太说，味精不好多吃的，要得肾结石的。卫兴国说："姆妈帮帮忙，哪有这么吓人，味精呀，又不是毒药。"卫老太白儿子一眼,说:"凡事都要有个度,过了这个度,就算是仙丹也要吃死人。"姚虹不吭声,心里晓得这话是说给自己听的——卫兴国三天两头要钱,现在又提出自己管账,在老人家眼里,是过了这个"度"了。

收拾完碗筷,姚虹把阳台上的衣服收进来。卫老太拆一件旧毛衣,让她帮着撑线。姚虹问:"姆妈,织毛线啊?"卫老太说:"给兴国织条围巾。"姚虹说:"姆妈眼睛不好,还是我来弄吧。"卫老太嗯了一声,将绕好的线头给她。姚虹把毛线缠在膝盖上,一边绕,一边看电视。是韩剧《澡堂老板家的男人们》。看着看着,卫老太冒出一句:"还是韩国好啊,有规矩,老人说一句话,小辈连个屁都不敢放,哪里像中国,都反过来了。"姚虹忙说:"中国也是一样的。"

卫老太叹了口气,道:"上海有句俗话,叫'若要好,老做小',我现在就是老做小。小的都爬到老的头上去了。"

卫兴国在一旁看报纸,像是没听见。卫老太讲得激动,呛了一口,顿时咳嗽起来。姚虹放下毛线,到厨房倒了杯茶过来:"姆妈,喝茶。"卫老太接过,瞥见她诚惶诚恐的神情,想,搞得跟童养媳似的,扮猪吃老虎。卫老太又朝儿子看,痴痴憷憷的模样,跟那小女人相比,真是有些马大哈的。卫老太想到这儿,更觉得不能把钞票交给儿子,交给儿子便是交给那小女人。好也罢了,倘若不好,那是要出事情的。

卫兴国放下报纸，用塑料袋包了一堆竹片上阁楼了——卫老太晓得他又要搞那些花样了，到外面捡些破竹片，编些小篮头、小车、小人什么的。房里堆得到处都是。卫老太不懂儿子怎么会喜欢这些名堂，劝过几次都没用，只得由他去了。说也奇怪，卫兴国对别的事不上心，唯独对这个例外，中了魔似的，一弄就是大半天。卫老太原先还以为有了姚虹，他会收敛些，谁晓得还是老样子。一次卫老太向儿子提起这事，说男人整天搞这些没用的，女人要看不起的。卫兴国笑起来，说："怎么会呢，她很支持的。"卫老太倒有些意外了。

"姚虹说了，"卫兴国有些兴奋地告诉母亲，"这是艺术，她老崇拜我的。"

卫老太把"崇拜"这两个字琢磨了半天，觉得这小女人门槛太精，专挑儿子喜欢的话讲，是个厉害角色。卫老太把这层顾虑说给张阿姨听，张阿姨倒是不以为然："小两口自己开心就好，你想这么多做啥？再说了，她捧着你儿子不好吗？难道你希望他们整天吵架？"

卫老太说自己不是这个意思："现在是还没到手呢，所以捧着顺着，等将来到了手，谁晓得会怎样？"张阿姨听了直笑："你儿子是人又不是东西，什么叫到手？你啊，想得太多，自己累，人家也跟着累。她要真有这种手段，又何必——"

张阿姨说到这里笑笑，停住了。卫老太晓得她后半句是什么。想想也是,现在这个世道,上海户口也不像过去那么吃香了,全国上下遍地是黄金,哪里挣不到钱了,何况小女人长得也不难看。卫老太想到这里,稍稍放了些心,可又有些不甘。想儿子又哪里差了,要不是幼时那场病落了残疾,现在怕是小孩都读中学了,唉。

一次闲聊时,卫老太问姚虹,上饶是什么样子?她道:"就是个小地方,没上海这么多高楼大厦,马路要窄一点,车子也没上海多。"卫老太有些惊讶了,说:"那里还有车子?"姚虹也惊讶了,随即笑道:"姆妈,上海人是不是都这样,以为除了上海,其他地方都是农村?"卫老太给她说得挺不好意思,忙道:"不是的不是的。"姚虹说:"上饶是个地级市,还没有上海一半大,不过绿化挺好的,空气也好,这两年房价涨得很快,市区那块也要一万一平米了。"卫老太啧啧道:"那不是比上海好?绿化好空气好,房价也便宜。"姚虹笑了笑,说:"不一样的,总归还是上海好。有外滩、东方明珠,还有金茂大厦,多漂亮啊——哪里也比不上上海。"

她说到这里停下来,叹了口气:"姆妈,'上饶'和'上海'只差一个字,怎么就差那么多呢?"

卫老太朝她看,半晌,也叹了口气,道:"其实都一样。上海睡大马路的人也多的是呢。外滩和东方明珠又不能当饭吃。小老百姓过日子,其实都差不多的。"

姚虹动作很快，一天工夫便把围巾织好了。交到卫老太手里。卫老太戴上老花镜，看了一遍，让她去给卫兴国。姚虹说："这是姆妈的心意，姆妈自己给他吧。"卫老太说："你给我给不是一样？我给又不会多块肉出来。"姚虹便拿去给卫兴国。一会儿，卫兴国戴着围巾出来，兴冲冲地向卫老太打招呼："姆妈，围巾老漂亮的，谢谢哦。"

卫老太晓得儿子平常大大咧咧，才不会这么讨喜，必定是姚虹关照的，心里不自禁地暖了一下，嘴上却道："谢什么，把你养这么大都没说过一声谢谢，一条围巾有啥好谢的！"

卫老太带姚虹去剪头发。姚虹一头长发毛毛糙糙，扎起辫子来像把扫帚，还是那种老式的笤帚，硬邦邦的。卫老太建议她剪成短发，清爽些。理发店的人说姚虹这种脸型，剪个BOBO头倒蛮合适——就是那种厚厚的一刀平。等剪完了，卫老太一看，说，这不就是蘑菇头嘛。理发店的人笑起来，说："阿婆，你老懂经的，BOBO头就是蘑菇头，是改良过的蘑菇头。"姚虹照镜子，自己觉得蛮好。理发店的人又说："阿婆，你们家阿姨这么一剪，最起码年轻五岁。"

上海人统称保姆为"阿姨"。卫老太听了，忍不住朝姚虹看去，见她抚着刘海在研究，应该是没听见，便问多少钱。回答是四十块。卫老太一边掏钱，一边啧啧道："剪个头可以买三斤大排骨了。"那人笑道:"我们这里还算便宜的,外面找个什么沙宣专门店,手艺还不见得比我们好呢,几刀下去,十斤大排骨就没了。"

回去时经过菜场,卫老太说顺便买点小菜,问姚虹想吃什么。姚虹说:"随便。"卫老太便开玩笑,说:"那就买点大排骨。"姚虹也笑,说:"好啊。"卫老太说:"兴国喜欢吃油煎大排,味道好是好,就是胆固醇太高。"姚虹说:"偶尔吃一顿,没事的。"

小贩拿了几块大排,放在秤上:"一斤半多一点,二十块。"卫老太正要拿皮夹,姚虹已抢着付了:"姆妈,我来。"给了小贩二十,又给卫老太二十,"剪头发的钱。"

卫老太一愣:"这是做啥?"

"我自己剪头发,不能让姆妈出钱。"姚虹说着,拿了排骨便走。卫老太在原地怔了一会儿,跟上去:"计较这个干啥,你出钱我出钱不是一样——"姚虹回头笑道:"所以呀,我出钱不也一样?"卫老太要把钱还给她,她让开了:"姆妈你先走吧,我找老乡聊聊天,一会儿就回来。"

姚虹的老乡叫杜琴,三十来岁,在隔壁弄堂做保姆。姚虹空闲的时候会去找她,两个女人一起说家乡话,聊聊心事。杜琴的东家是个孤老,无儿无女的,脾气很古怪,不好伺候。杜琴常向姚虹倒苦水,说死老头子又怎么了怎么了。姚虹劝她，干得不开心就换个人家，哪里不是赚钱。杜琴很羡慕姚虹，说天上掉馅饼，恰恰就砸中了她。姚虹撇嘴道："什么馅饼，你看卫兴国那满脸麻子，倒像个麻饼。"说着忍不住笑。

杜琴说姚虹新剪的发型很不错："这下真的像上海人了，卫老太要定你了。"

又问："老太婆啥时候给你们办事情？"姚虹说："谁晓得，八字还没一撇呢。"杜琴道："都好几个月了，还没一撇？"姚虹叹道："不是'八'字没一撇，弄不好连我这个'姚'字都没一撇。"杜琴忍不住道："老太婆也太把自己当回事了，房子比鸽子笼还小，儿子还是个瘸子，她就这么吊起来卖？"姚虹嘿的一声。

回家时，在弄堂口见到卫兴国，在跟面粉摊头的小英聊天，眉飞色舞的。小英两只手上都是面粉，聊到兴头上，就往卫兴国脸上一刮，两道白花花的印子。卫兴国笑得牙龈肉都出来了。姚虹待在角落里，等他走了，才跟着上楼。卫老太看到儿子脸上的印子，问怎么回事。卫兴国说是不小心沾了石灰。姚虹拿毛巾给他擦拭。他说："谢谢哦。"姚虹在他脸上抹了一把，幽幽地说："又不在工地上班，怎么沾的石灰？"卫兴国道："就是说啊，奇怪了。"

第二天，卫兴国又说要去看早场电影。姚虹没答应，说要洗被单。卫兴国道："被单什么时候不能洗？明天再洗吧。"

姚虹道:"天气预报说了,明天是阴天。"她故意说得很大声,卫老太听见了,过来说:"去吧去吧,今天天气不错。"姚虹说:"就是因为天气不错,才要洗被单啊。"转向卫兴国说:"等哪天下雨再去看吧。"卫兴国哑然失笑,说:"哪有专挑下雨天去看电影的?"姚虹不理,拆了被单去阳台了。卫老太本来还想做好人,没想到竟吃了个软钉子,有些胸闷,想这小女人怪得很。问儿子:"你们吵架了?"卫兴国说:"谁吵架了,莫名其妙的。"

姚虹洗被单时,想着刚才的情景——是杜琴教她的,说也别太低眉顺眼了,有时候也得稍稍摆些谱,耍些小脾气,这才是过日子的样子。"你自己要摆正位置,你是他们家的媳妇,不是保姆。保姆要事事顺着东家,媳妇不用这样。时不时要对男人发发飙,给婆婆点脸色看,这才像是媳妇了——"姚虹听到最后一句,忍不住笑,说:"你懂得倒多。"

姚虹把卫兴国叫到阳台上,让他帮着绞被单:"我没力气,你帮个忙。"卫兴国一边绞被单,一边问她:"好处费呢?"姚虹朝他白眼:"是你家的被单哎,还要好处费?"

卫兴国说:"这条是我姆妈的被单,不是我的。"姚虹说:"那你问你妈要好处费去。"卫兴国嘿的一声,见旁边没人,凑上去在她脸上亲了一口,"啵!"姚虹忙不迭地躲开,卫兴国一手搂住她的腰,一手在她胸上抓了一把。"下流!"

姚虹骂道。

卫兴国笑得贼忒兮兮。姚虹从盆里湿淋淋地捞起一条枕巾，用力一抖，水花溅了他满头满身。趁他睁不开眼时，姚虹抓住他顶上一撮头发，用力一拉。他痛得大叫。与此同时，她凑到他耳边，轻声说了句："天气预报说了，明天会下雨。"

二

居委会组织市内观光一日游。卫老太早早地便去报了名，一人八十块，包午餐和东方明珠的门票。她问姚虹想不想去——其实也是随口一问，钱都交了，哪有不去的理？姚虹来上海这些日子，除了去南京路逛过一圈，还没怎么出过门，卫老太觉得不妥当。姚虹时常写信回家，猜想亲家那边必然会问——城隍庙去了吗，东方明珠去了吗，金茂大厦去了吗——来了大半年了，统统没去，总归讲不通。现在好了，一次性搞定，虽说是走马观花，但胜在效率高，短短一天工夫，上海滩该去的地方都去了。

八点钟准时集合。在小区门口的空地。卫兴国原先也想去，被卫老太拒绝了："都是女人家，你一个男人挤在里面算怎么回事。"姚虹说卫兴国："你要是真想去，我把名额让给你好了。"卫老太道："他要想去才怪——这些地方啊，只有你们外地人才感兴趣——"卫老太说溜了嘴,瞥见姚虹一副干巴巴的神情,忙掩饰道:"这个,其实好多地方,上海人自己都没去过,现在外地人一个个混得都比上海人好,有钱的都是外地人——"自己讲着都觉得不伦不类。

姚虹晕车,车子开出不久便说想吐。卫老太问司机要了个塑料袋,一会儿,姚虹便把早上吃的东西全吐了出来。又说胃疼。前排两个女人扇着鼻翼,作厌恶状。卫老太本来也嫌姚虹麻烦,可看她们这样,又不免帮着自己人:"晕车呀,有啥大不了的,人是吃五谷杂粮长大的,又不是神仙。"那两个女人嘴里还"啧啧"作声。卫老太促狭,趁着一个急刹车,把那袋秽物往她们面前一晃,两个女人咿里呀啦地尖叫起来:"做啥啦做啥啦——"卫老太忍着笑:"不好意思哦,刹车实在是太猛——"

午饭是在城隍庙吃小笼。姚虹说吃不下,卫老太硬塞到她碗里:"你吃吃看,这边小笼很正宗的,来一趟城隍庙不吃小笼说不过去——"又倒了些醋在她碟里:"多吃点醋,胃会舒服些。"姚虹勉强吃了两个。卫老太去找领队,说:"我们小姚不舒服,吃完饭就不玩了,直接回去了。"领队提醒她,不玩门票钱也不退的。卫老太说:"我晓得,身体不舒服有什么办法。"

两人坐地铁回去。路上,姚虹抱歉道:"姆妈,对不起哦,害你也不能玩。"卫老太嘿的一声,说:"不能玩就不能玩,有啥要紧的。"姚虹还是第一次坐地铁,启动时没拉好扶手,被巨大的惯性冲得后退几步,亏得卫老太一把抓住她:"小心点。"姚虹拍拍胸口,不好意思地笑笑。

出站时,姚虹的票找不到了,上下口袋掏了个遍,像长翅膀飞了似的,没影了。卫老太摸出三块钱,又给她补了张票。姚虹跟着卫老太出站,窘得脸都红了。卫老太看在眼里,本来还要嘀咕两句,想想算了。只是告诉她,地铁不像公共汽车,票子一定得好好留着,出站还要查票呢。姚虹说:"就跟坐火车差不多。"卫老太说:"可不是,地铁说到底也是火车,在地下开的火车。"

回到家,卫老太让姚虹在床上躺着,烧了水,给她冲了个热水袋。又下了碗面条,热气腾腾地端过去:"怕你胃吃不消,也不敢放浇头——多少吃一点。"姚虹心里一暖,说声"谢谢姆妈",接过。卫老太在床边坐下来,问她:"胃是偶尔疼呢,还是一直不好?"姚虹回答:"冷天容易疼,或者吃了辣的也会疼。"卫老太又问:"到医院查过没有?"她说:"没有。"卫老太说:"那不行,要查一查。胃病这东西,可大可小的。"

卫老太也是雷厉风行,第二天便拉着姚虹去医院做了个胃镜。结果是胃里幽门螺杆菌超标,还有轻微的十二指肠炎。

医生说，幽门螺杆菌会传染，中国人不实行分餐制，很容易得这个病，没啥大事，不过还是要吃药。配了三种药，连吃半个月。

晚饭时，卫老太在每个菜盘里都放了把勺子："我们也来学外国人，先用公勺把菜舀到自己碗里，再吃。"卫兴国嫌麻烦，照样拿筷子夹菜。半空中被卫老太的筷子拦下了，两双筷子短兵相接。"说了用公勺，"卫老太强调道，"现在不像过去，要讲究些。对大家都好。"

姚虹在一旁不吭声，拿公勺舀了些青菜，就着把整碗饭都吃了。心想，卫老太是怕她传染给她母子俩呢。姚虹读书不多，听医生说幽门螺杆菌超标，一颗心便沉了下去，想胃里有细菌，那还了得。不免有些心灰意冷。洗完碗出来，见卫老太在小声跟卫兴国讲话。卫兴国抬头朝她看了一眼。姚虹猜想必定是说自己。

果然，一会儿，卫老太先洗脚睡觉了，只剩下她和卫兴国两人。卫兴国照例又往她身边蹭，手上下摸——只是却不与她亲嘴。姚虹心里哼了一声，把他推开，说："我累了，要睡觉。"卫兴国说："才几点啊，你又不是老太婆。"姚虹没好气地说："我不是老太婆，难道还是青春少女？"卫兴国嘿的一声，拿白天编的小玩意儿给她看——是辆小轿车，用极细的竹片编成，染上颜色，车尾上居然还有个"奔驰"

的标识，十分逼真。姚虹原不想睬他的，见了也忍不住拿过来看："啧啧，手倒是巧——"

卫兴国得意地说："那当然，你老公嘛。"

姚虹鼻里出气，哼道："老公？算了吧，我可高攀不上。"卫兴国道："不是你老公，难道是别人老公？"姚虹道："早早晚晚的事。"卫兴国讪笑着，又去搭她的肩膀。她皱眉，往旁边躲。他又去搭。来来回回好几趟，卫兴国说她："怎么跟泥鳅似的，滑不溜丢——"

卫老太其实没有睡着，躺在床上，外面两人的说话声都落在她耳里。她一听姚虹的口气，便晓得这人多心了。又不是什么大病，她再老糊涂，也不会计较这个。卫老太打个哈欠，忽听卫兴国"啊"的一声，似是吃痛，嘴里咝着气，直嚷"手断了断了——"又听姚虹压低了声音说"看你还敢不敢——"跟着，脚步声也有些纷乱了。应该是一个追一个逃，扶梯吱嘎吱嘎直响。一会儿，又嘻嘻哈哈地笑。卫老太晓得两人在耍花枪呢，想，男人天生都是贱骨头，给小女人这么打打骂骂，服帖得不得了。

又想到自己年轻时，和死鬼老头也有过甜蜜的光景，几十年过去了，还会像放电影那样在眼前绕来绕去。卫兴国长得像他爸，尤其是鼻子，简直一个模子里刻出来的。都说儿子像妈才有福气，他要是长得像自己，大概也不会吃那么多苦，得了那该死的病，五岁不到便瘸了腿。又碰上男人工伤丧了命，三十来岁年纪，便只剩下她一人，孤零零地带一个瘸儿子。那时卫老太真是连死的心都有了，硬生生挺了过去，脑子里只存一个念头——"别人怎么活，我便也怎么活"。孤儿寡母，好不容易撑到了今天。伤口早止了血，结了疤，厚厚硬硬的一块，倒比旁人还结实些。卫老太其实也没啥苛求——儿子找个好女人，结婚生子，安安生生地过下半辈子，那便足够了。

张阿姨几次来问消息，卫老太都说"不急，再看看"。张阿姨道："怎么不急，你们兴国都四十好几了。"卫老太说："那也急不得啊，又不是挑大白菜——是挑媳妇，是大事，要谨慎些。"张阿姨说："我晓得是大事，可再大的事情，早晚也得拿个主意不是？我倒觉得小姚这人不错。"卫老太笑笑。姚虹隔三岔五便去张阿姨家，跑娘家似的，洗衣拖地做饭，还用自己的工钱给她买脆麻花和生煎馒头——这些她都是知道的。卫老太并不觉得有多么不妥，将心比心，换了谁都会这样，可以理解。再想想，找个有点心计的媳妇也好，儿子那样的傻瓜，是该有个能干些的女人撑着才行。卫老太是想自己说服自己。如今这世道，寻个好媳妇实在不是件易事。卫老太真想两手一摊，答应下来算了。大家省心，自己也省心。

外面一点点静下来，应该是睡去了。卫老太起来披上衣服，走到外面。小间的布帘没有拉严，留道缝，透出些光来。她停下来，朝里瞥了一眼——见姚虹坐在床上写信。被子有些软，她拿本台历垫在下面，微蹙着眉，写得很慢，一笔一画的，纸上密密麻麻已写满了大半。她握笔的姿势有些奇怪，中指抵着笔杆，倒像在写毛笔字，很用力，额头上隐隐都有汗珠了。卫老太还是第一次亲眼见她写信，她白天做家务时是那样，原来写信时是这个模样。有些好奇了。灯光在她头上镀了一层澄澄的暖色，头发垂下来，遮住了半边脸。

卫老太看了会儿，正要走开，手肘不留神在墙上碰了一记。"砰！"姚虹顿时察觉了，霍地抬起头，看见她。

两个女人一里一外，对望着。

"姆妈，我、我已经好了，马上关灯——"姚虹很快反应过来，慌乱地把信放在一边，躺下来，伸手去关台灯。

卫老太晓得她误会了，连忙摇手："不要紧，你写你的，我上厕所。"

从厕所出来，见那道布帘已完全敞开了，灯关了，漆黑一片，里面静得没有一点声响，似已睡着了——卫老太一怔，在门口站了片刻，不知怎的，竟有些心酸。慢慢地走回房间，心想，要是哪天真的讨了她做媳妇，一定要让儿子好好待她。

元旦时，卫兴国给母亲买了件羊绒衫，原价两千，打六折。姚虹帮着她换上新衣，在镜子前晃了一圈。卫老太觉得挺满意，嘴上还要唠唠叨叨:"啧啧,老太婆一个,花这个钱干啥——"卫兴国说:"老太婆就不用打扮了?你儿子又不是没钱。"卫老太听了这话,心里咯噔一下,忽想起这阵子他竟不问自己要钱了,早场电影还是照看,逛过两次淮海路,上周还去了锦江乐园。工资和奖金好端端在抽屉里藏着——他哪来的钱?

卫老太反复想了两遍,竟有些担心了。怕他学弄堂口那些痞子——斗地主、二十一点、拨眼子、梭哈,没日没夜地赌。那可是要命的,弄得不好一家一当都要送进去的。卫兴国骨子里不是个让人省心的东西,读初中时跟一群坏孩子偷工厂的废铜烂铁去卖,那些人腿脚利索倒也罢了,可怜他瘸着腿,被人轻轻松松逮个正着。卫老太气坏了,也吓坏了,把他吊在房梁上,拿皮带往死里抽,一边抽一边抹眼泪,心想,要是真的走歪路,干脆打死干净,也省得操心了——总算是悬崖勒马,生生给扭了回来。

卫老太想到这些,汗毛都竖起来了。当着姚虹的面,不好开口,待她去阳台收衣服,才做贼似的问了。人家来上海是想找个本分男人,要是卫兴国真做了什么见不得光的,别说上饶女人,就是非洲女人,也不见得肯跟他。卫老太问的时候,声音都有些发抖了。谁知卫兴国听了大笑:"姆妈,你想到哪里去了——哎哟,真是天晓得了!"

卫兴国从床底下拖出一个小箱子，打开，里面都是他摆弄的那些小玩意儿。小车、小人、小动物——哗的一下，倒得满地都是。

"姆妈，艺术也可以挣钱的。懂吗？"卫兴国得意洋洋地说。

他说姚虹在网上办了个小店，专卖这些小玩意儿。起初只是抱着试试看的心思，谁晓得还真有人买。客人的意思是，东西做得不错，就是包装太老实，不上档次。姚虹便买来大红色的硬板纸，自己动手做成一只只红盒子，把玩意儿装进去，外面绑上金色的丝绸，再添上"喜"字——现在婚礼上都流行小游戏，拿这个当奖品最合适不过，价格不贵，又别致。事实证明姚虹的思路完全正确。这么包装一下，销量顿时上去不少，每周至少能卖出十来件。

"再这样下去啊，存货就不够了，非得再接着做不可。姆妈你老说我不务正业，还说要统统扔掉，嘿，亏得我们小姚识货——"卫兴国口沫横飞地说。

姚虹从厨房走出来，听见了，接着话头说："我也是随便试试，谁晓得真的行——瞎猫碰上死老鼠了。"卫兴国加上一句："关键还是你老公手艺好。"姚虹朝他白了一眼："少自吹自擂了。"

卫老太本已放下心来，但瞥见两人极有默契的模样，不免又有些酸溜溜的。"做生意啊，"她慢腾腾地道，"好是好，不过也有风险，又不是包赚不赔。"卫兴国说："有啥风险，我们这是智力投资，不用本钱的。"卫老太嘿的一声："怎么不用本钱？硬板纸不是本钱啊，上网的电费不是本钱啊，脑细胞不是本钱啊，那些小竹片不是本钱啊？"

卫兴国蹬了蹬脚："哎哟，姆妈真是搞来——"

卫老太存心触他们霉头，说完了，心满意足地去厕所了。说到底心底还是高兴的，不偷不抢，坐在家里便能赚钱。那些搞七廿三的小名堂居然也有人要，这世道是越来越让人看不懂了。卫老太想，忘记问他们挣多少了，想来应该也不会太少，又是看电影又是逛街的，偶尔还要喝杯咖啡上个馆子。谈恋爱就要花销，没有比谈恋爱更让人快乐的花销了。儿子今年四十出头，比旁人整整晚了二十年才享受到这种快乐——总算是也享受到了。卫老太坐在马桶上，浑身轻松。

卫老太问姚虹："怎么想到在网上卖这个？"姚虹回答："三楼的阿美教的。"阿美在百货公司卖化妆品，碰到商家搞活动送试用装，便悄悄把试用装藏下，对着顾客只说派发完了，然后再拿到网上卖——这已是行业里公开的秘密了。卫老太平常很看不惯阿美，好好一个女孩，头发偏要染成五颜六色，指甲却是乌黑。"那样妖里妖气的人，能教出什么好名堂？"姚虹说，一开始是借她的店做的生意，后来渐渐做大了，自己便也注册了一个小店："网上做这种生意的人不少，竞争激烈得很，亏得兴国手艺好，才做得下去。"卫兴国飞她一眼，得意道："你才晓得啊。"

卫兴国提议晚上去外面吃饭："庆祝你儿子发大财。"卫老太不肯，说钱要省着花，又说外面不卫生，家里烧几个小菜，干净又实惠。卫兴国说姆妈是死脑筋："你当然无所谓了，反正也不用你烧——"卫老太听这话不顺耳，想，还没结婚呢，就已经向着她了。

"我烧也行啊，"卫老太淡淡地说，"让她歇着吧，我来。"

母子俩还在嘀咕，姚虹已飞奔着出去买了菜，回到家开始拾掇。晚饭时摆了满满一桌。香煎带鱼、糖醋排条、蚝油西兰花、咸菜干丝，都是卫老太喜欢的。卫兴国拿起筷子便吃，大赞美味："我老婆的厨艺真是没话说。"火上煨着鸡汤，姚虹过去盛了一小碗过来，给卫老太："姆妈替我尝尝咸淡。"卫老太尝了一口，说"还好"。姚虹道："我放了点干贝，好像有点腥气。"卫老太便教她，干贝要先拿黄酒发一会儿，再一片片撕开，不能这么直接扔进去。"你当是大蒜头啊？"卫老太嘲笑她一句，姚虹笑笑，说："就是，又向姆妈学了一招。"

私底下，卫老太问儿子："到底能赚多少？"卫兴国还要卖关子，道："反正不少。"卫老太追问："不少是多少？"

卫兴国说:"不一定,要看货色,差不多一两百元上下吧。"卫老太吓了一跳,问:"一件吗?"卫兴国嘿了一声,说:"当然是一件,难不成还是一麻袋?你以为是卖给废品收购站?这是艺术,姆妈,你养了个艺术家儿子。呵呵。"

卫老太是真的有些吃惊了。一件一两百元,每星期卖十来件,那要多少钱啊?卫老太不禁感慨,自己在上海住了一辈子,都不晓得还有这种赚钱的门道。姚虹才来了几个月,已摸得清清楚楚,变废为宝。儿子原来还是个摇钱树。卫老太想到这儿,忍不住好笑。半是炫耀半是担心地说给张阿姨听。张阿姨趁势又说姚虹的好:"多机灵的一个人啊,你挖到宝了——"

卫老太说:"就怕是太机灵了,你看,小两口闷声发大财,就把我老太婆蒙在鼓里。"张阿姨说:"低调点也好,过日子嘛。"卫老太想来想去,还是那句话:"兴国是马大哈,怕是弄不过她。"

张阿姨劝她:"一个愿打,一个愿挨,你管那么多呢。再说了,兴国是璞玉,要没有她,你还不是把他当石头?门卫一个月能赚多少钱,现在可好,收入都赶上小白领了。所以说世界上的事啊,都是配好的。你们家兴国拖到这么晚没成家,大概就是在等她。命中注定的。"

卫老太活到这把年纪,也是越来越信命了。张阿姨后面那句话，倒是说到她心坎里去了。本来嘛，好不好都是相对的，只要对儿子好，那便是真的好。儿子自己喜欢，她又是实心实意为儿子打算——那还有什么话说？卫老太心底里舒了口气，嘴上却对着张阿姨叹道："早晓得兴国有这本事，又何必大老远从外面物色呢，上海女人哪里找不到了？唉。"

张阿姨听了摇头，说她："一把年纪了，还要'作'。"

姚虹怀孕了。连着几天都吐得一塌糊涂，起初还当又是胃病，卫兴国陪她到医院一查，欢天喜地地告诉卫老太："姆妈，有了。"

卫老太高兴得一颗心像刚酿好的果酒，甜汁都快满溢出来了。面上还要装老派，板着脸："这个，还没结婚呢，你们两个小孩也真是胡闹——"瞥见姚虹羞红了脸，一副无地自容的模样，忙又道："算了算了，有都有了，总不能把它再变回去，对吧——都是你这个坏小子呀。"卫老太喜滋滋地在儿子身上捶了一下："这下要命了，出事了，出事了。"

好运气似乎是接踵而来的。没几天，便传出消息，老房子要拆了。这次是千真万确，居委会告示都贴出来了，预计在明年四月，让各家各户积极配合，做好拆迁工作。卫老太心里算了笔账，要是年前给儿子办了婚事，户口迁过来，那就是三个户口两个家，起码能多分十几个平方，折成现金就是好几十万。老天爷帮忙，时机掐得刚刚好。好事成双。

亲自去江西拜访是来不及了，卫老太预备先跟亲家通个电话，或是写封信，商量一下婚事。外地有外地的规矩，时间再紧，该讲究的还是得讲究，不能让人家觉得上海人不懂道理。卫老太问姚虹："你们那里是不是流行给聘礼？"姚虹说不用："我爹妈都不看重这些，只要我自己过得好就行。"卫老太想这是客气话，总归要意思意思的。还有金银首饰，也得赶紧备好了。

卫老太带姚虹逛了趟金店，挑了一副手链，24K足金。又买了一枚钻戒，戒心是用碎钻拼成的，价格不算贵，看着倒也熠熠闪光。姚虹的手指肥肥白白，手寸快赶上男人的了。售货员夸赞说这是天生的贵妇手，有福气。卫老太想，有没有福气还不晓得，买个戒指倒是多用不少铂金，开销上去了——想归想，心里还是开心的。快七十岁的人了，总算等到给媳妇买首饰了。

穿堂风一刮，左邻右里都晓得卫家要办喜事了。卫老太不怕别人背后议论，说跛脚儿子找了个外地来的保姆媳妇。无所谓，反正各家过各家的日子，冷暖自知。将来的事情谁晓得呢，四肢健全找个上海老婆，也不见得能白头到老。卫老太是吃过苦头的人，晓得天底下顶顶要紧的，不过是"实惠"两字。兴国爸爸去世那阵，为了多得些抚恤金，卫老太也不是没豁出去过。面子是要紧，但敌不过孤儿寡母两张吃饭的嘴。倘若那时稍有犹豫，只怕就没这个家了——都是几十年前的往事了，隔了这么久，不提了。

卫老太让姚虹给兴国爸爸上炷香。死鬼老头的遗像从抽屉里请了出来，抹了灰，摆在五斗橱上。姚虹点了炷香，鞠了三个躬。卫老太在一旁说："这是你儿媳妇，现在肚子里已经有小的了，你在下面要多多保佑他们——"姚虹对着遗像，恭恭敬敬地叫了声"阿爸"。卫老太鼻子一酸，眼泪差点掉下来。

家务是不能再让姚虹做了。姚虹还要坚持，说多活动有好处。卫老太说："等将来孩子生下来，有你动的时候，现在先歇歇。"朝北的小间阴冷潮湿，卫老太把她挪到大间，宽敞，阳光也好。卫兴国直说"姆妈偏心"，说有了媳妇就忘了儿子。卫老太冲他一句："那好，今天起你睡下面，让我老太婆爬扶梯睡阁楼——"卫兴国还要摆弄那些小玩意儿，卫老太不许，说竹头木头都有碎屑，吸到气管里，要咳嗽的。"孕妇又不能吃药，万一生病了要吃大苦头。"

闲暇时，卫老太教姚虹说上海话。两个女人待在厨房里，一边剥毛豆，一边进行嘴形和发声的训练。上海话在方言里算是易懂的，入门快。但越是这样，越是难说得正宗。上海话其实是一门学问，掺杂着许多东西在里面，经年累月，像冲了几道后的茶，水浅浅绿绿，清冽得能照见人影，茶叶稳稳地落在杯底，很扎实很干净。卫老太让姚虹先别急着开口，多听别人说。听得久了，厚积薄发，自然而然就出来了。正宗的上海话，呱啦松脆，像一口咬开的小核桃，听得人浑身惬意。上海人说上海话，"人"与"话"是合二为一的。听见洋泾浜的上海话，就像看见西装下面穿球鞋那么别扭。

姚虹道："姆妈，上海话有点像日本话。"卫老太道："是吗，我可不觉得，小日本的话哪有我们上海话好听。"姚虹又道："上海的'吃饭'和上饶话差不多呢，姆妈我说给你听——"她用上饶话说了一遍："是吧？"卫老太听了，也觉得像："怪道'上海'和'上饶'只差一个字，原来还真有些讲究。"

姚虹说要教卫老太上饶话。卫老太连忙摇头："我这把年纪，脑子都生锈了，记不住。"姚虹不依，说："怎么会记不住；从今天开始，姆妈教我上海话，我教姆妈上饶话，大家一起学习。"她带着鼻音，这么撒娇似的说来，卫老太心里一动，想，嗲啊嗲啊，儿子应该就是这么被她勾了魂，所以连小把戏都勾了出来。

卫老太有些甜蜜地摇了摇头，伸手在姚虹头上轻轻抚了一下。两人还是第一次这么亲昵。姚虹条件反射似的，差点要弹开——总算是忍住了，受了未来婆婆的这一抚。有着里程碑式的特殊意义，划时代的。姚虹竭力让自己表现得自然，心里有什么东西直往上溢,一股接着一股,直冲到头上,先是脸颊,再是眼睛,都微红了一片。慢慢漾开来,浑身上下都是暖的。

除了上海话,卫老太还教姚虹怎么打扮、怎么穿衣——去书报亭买那些时尚杂志,《她》《秀》《瑞丽》等,让姚虹当成教科书看。看那些模特儿怎么搭配衣服,怎么摆弄发型。这比学说上海话还难得多,要靠天赋,不能生搬硬套。卫老太一门心思要把姚虹培养成一个上海媳妇,倒不是为了自己,老太婆了,不在乎那些虚头。这纯粹是为卫兴国。儿子年纪不大,将来的路还长。上海这个地方,有些讲不清。宽容的时候很宽容,刻薄的时候又很刻薄。许多根深蒂固的东西,像轮船靠岸时抛下的锚,牢牢在海底扎着;又似奶糖外的那层饴纸,看着无关紧要,可真要没了它,又觉得怪——这就是"体面",锦上添花的玩意儿。儿子体面了,卫老太才能安心。说到底,好像也不全是"体面",还应该牵涉到"尊严",是自尊心的意思。

卫老太的自尊心,蛰伏在体内几十年,平常没声没息,现在一点点苏醒了,像冬眠的蛇,真正是春天到了,暖意融融的。卫老太本来话不多,现在慢慢放开了。几十年的话匣子,厚实得像本日记,一页页翻过去,都能闻到淡淡的纸香了,详写还是略写,全凭卫老太的心,但到底是写了,开心的,不开心的。话题由近到远,渐渐拉长开去,那些早就淡却的岁月,像暗室里新洗的照片,景物一点点浮现出来,清晰了。

姚虹是个很好的倾听者。——原来上海的"日子"是那样的,和姚虹想象中完全不同呢。倒真有些"过日子"的意思了。原先姚虹以为,上海的"日子"是闪着光的,摆在橱窗里的那种。现在看来,好像也是落在实处的。撇去表面那层亮晶晶的东西,上海的"日子"其实是咖啡色的,沉甸甸的颜色,沉甸甸的质地,让人屏息凝神,说不出话来。上海的"日子",初尝是有些苦涩的,可慢慢地,有香甜从里面一点点渗出来。这香甜,也是要尝过苦才能觉出的。苦涩落在舌根,香甜源自心底。苦是甜的先导,没有苦,又怎会有甜呢——这道理,其实到哪儿都是一样的。

两个女人在天井里晒太阳,一个缠线,一个绕团。冬日的阳光落在两人脸上,洋洋洒洒的,很美很温柔。

领证那天,也是个阳光灿烂的日子。卫兴国和姚虹早早地便出了门。卫老太叮嘱他们,办完事就早点回家。孕妇不能多操劳。晚饭在外面吃,已订了座,就在附近新开的本帮菜馆。

卫老太把家里整理了一遍,出去倒垃圾。还没走几步,在拐角处踩到一块香蕉皮,差点滑一跤。垃圾袋脱手飞出,掉在地上。卫老太骂声"要死",正要去捡,忽地,看到垃圾袋掉出一小包东西——是块卷起的卫生巾,散开了,上面殷红一片。

卫老太一怔,下意识地,又骂了声"要死"。停了停,再去翻那袋垃圾——又发现了两小包同样的东西。卫老太站在原地,认认真真地看了一会儿,像是研究。心直直地沉了下去,秤砣似的,随即把东西捡起来。

卫兴国在民政局接到母亲的电话。

"证领了没有?"

"没,还在拍照呢。有事?"

"那就好——别领了,回家。"卫老太说完,啪地挂了电话。

三

姚虹收拾东西。衣服、裤子、鞋子,一件件地往旅行包里塞。头垂得很低,动作却很快。卫兴国在一旁看着,两人都不说话。卫老太出去散步了,临行前叮嘱儿子,把姚虹送到公交车站,也算是尽了情分。卫兴国嘟着嘴,像小孩那样不情不愿。卫老太晓得他心里疙疙瘩瘩,是舍不得小女人走。卫老太装作没看见,想,要是连这种事都不分轻重,那儿子也算白养了——故意连招呼都不打,径直出了门。

姚虹收拾完东西,朝卫兴国看,眼神像猫咪看主人,泪水在眼眶里一圈圈打转。她心里清楚这是最后一搏,其实也不抱希望。果然,卫兴国避开了她的目光,拿起地上的包:"走吧。"

两人一前一后,到了公交车站,已是晚上八点多了。这是卫老太的意思,说晚上走,人少,免得大家尴尬。卫兴国干咳一声,摸摸鼻子,很不自然的模样。姚虹想,又何必让他为难。上前接过他的包:"谢谢你送我,你回去吧。"卫兴国嗯的一声,脚下却不动。

姚虹在旁边长凳坐下,把包放在膝盖上,朝车来的方向看。卫兴国愣了半晌:"其实——"才说了两个字,便又闭上嘴。姚虹只当没听见,想,这是个没用的男人。心里忽地有些气苦,这样的男人,到头来自己竟也抓不住,难堪得都想哭了。

她又道:"你先走吧。"他说:"我等你上车再走。"她道:"你走吧,你在这里,我反而不自在。"话说到这个地步,卫兴国只有走了。本来就瘸,加上犹犹豫豫,走得一步三顾,艰难无比。好不容易转了弯,看不见人了。姚虹把头别过来。看表,快九点了。等车的人很少,路灯暗得要命,影子模模糊糊的,像鬼。

姚虹没等车来,折回去敲杜琴的门。杜琴的东家老头已睡下了,杜琴在看电视,把声音调得很轻,做贼似的。她说老头子不许她一个人看电视,费电。

她看见姚虹的旅行包,愕然:"穿帮了?"姚虹点头,随即一屁股倒在沙发上。

假怀孕的办法,是杜琴传授的:"现在万事俱备,只欠一阵东风,托你一把。"她说卫老太这把年纪了,没有比抱孙子更能让她兴奋的事了。老太婆一高兴,事就成了。姚虹还要犹豫,说肚子里没货让我怎么生。杜琴骂她笨:"怀孕要十个月呢,谁能保证当中没个磕磕碰碰?只要生米煮成熟饭,结婚证一开,她能拿你怎样?"姚虹想想也是。她不是黄花闺女,青春谈不上多么值钱,可到底也是个女人,禁不起这么拖拖拉拉。索性搏一把,成了便是一步到位,上饶人变上海人。输了也得个痛快,回老家找个本地男人,好歹总是一辈子。

杜琴内疚得要命:"早晓得就不出这个馊主意——"姚虹手一挥:"没啥大不了的,日子照样过,地球照样转。"她说先不回上饶,再待几天看看。杜琴明白她的意思,不走还有希望,走了就等于彻底放弃。

夜里,两个女人挤一张小床睡。怕吵着隔壁的老头,说话轻得像蚊子叫。姚虹说:"家里人本来都欢天喜地的,现在搞成这样,还不知道失望成啥样呢。"杜琴说:"先别告诉他们。"姚虹说:"瞒得了一时瞒不了一世,早晚会知道。"

杜琴说:"拖一阵是一阵——还没到绝望的地步。"姚虹听了不吭声。半晌,又道:"老太婆受了骗,肯定恨死我了。"杜琴说:"她要是个女人,恨归恨,恨完应该会明白的。"姚虹叹道:"女人跟女人也是不一样的,只怕她未必明白。"

杜琴又说起自己的事,东家老头查出有尿毒症,情况不大好,医生说要换肾:"肾是多么要紧的东西,平白无故的,你说谁会给他捐肾——居委会干部都找我谈话了,让我无论如何要挨过这个年,又夸我脾气好,能干,我要是不干了,这么'作'的老头子,哪里再去找保姆服侍他?嘿,再给我戴高帽也没用,过年我肯定是要回家的,都几年没回家了——"

姚虹说:"没儿没女的,也可怜。"杜琴说:"可怜的人多着呢,我们不可怜吗?一个个可怜过来,老天爷都来不及。"又说:"本来还想着沾你的光,也搭个上海亲戚,现在没戏了,转了一个圈,还是江西老表。"姚虹叹道:"没这个命。"杜琴也叹了口气,说:"就是,没这个命。"

这天晚上姚虹一直没睡着。床很小,躺两个人连转身都难。杜琴倒是睡得挺香,还打着小呼。她男人在工地上干活,夫妻俩咬紧牙关,连着几年没回老家。女儿都快读小学了,一出生便由外公外婆带着,还没见过几回亲爹妈。她男人勤劳肯干,这次升了个小工头,工资翻了倍,好心情也跟着翻倍——夫妻俩预备过年回家,再把女儿接过来,上海的房子贵是贵,可租间小屋，一家三口住在一起，划得来。杜琴说她女儿小名叫月牙儿，因为出生时一弯月亮挂在半空中，眉毛似的，很俏皮很漂亮。"月牙儿过年就七岁了，天天晚上做梦都梦见她。"

姚虹朝杜琴看，见她熟睡的脸上带着一丝笑意，应该真是梦见了女儿。

卫老太早起锻炼时在弄堂口撞见姚虹。小女人笑吟吟地叫了声"姆妈"，卫老太吃了一惊，像撞见了鬼："你——没走？"姚虹没直接回答，说了句："天有点灰，大概快下雨了。"卫老太没理她，径直走了过去。

锻炼完回到家，还没进门，便闻到一股香味，再一看，姚虹在灶台上煎荷包蛋。卫兴国坐着吃泡饭，面前放着一碟生煎，应该是她买来的。卫老太在原地愣了足有十来秒。卫兴国见了母亲，不敢说话，埋头吃东西。姚虹倒是很热情，招呼卫老太："姆妈，吃生煎，味道不错的。"卫老太看看儿子，再看看她，心里哼了一声，依然是个不理不睬。上了厕所出来，见她还在擦拭灶台。

卫兴国吃完早饭，说："我上班去了。"姚虹从抽屉里拿了把伞给他："一会儿怕是要下雨，带上伞。"卫兴国犹豫了一下，还是接了。她又问他："晚上想吃什么，糖醋排骨好不好？"这回卫兴国无论如何不敢应声了，支吾两下，开门出去了。卫老太冷眼旁观,想这个小女人也忒皮厚。耐着性子,等她把灶台擦完,说:"你可以走了。"姚虹叫了声"姆妈",要说话,她手一摆,挡住了。

"说什么都没有用,"卫老太道,"走吧,别再来了。"

姚虹嘴一扁,两行眼泪齐刷刷地落下来:"姆妈——我晓得我做错了,你原谅我,给我一次机会好不好?我保证一生一世对你和兴国好。"卫老太摇头:"不用对我们好,你自己过得好就可以了。"姚虹眼泪没命地流:"姆妈,我承认我有私心,想飞上枝头当凤凰,可我真的没恶意的,我是想早点结婚,好来服侍您老人家——"卫老太打断她:"不敢当,我没这个福气,也别说什么'飞上枝头当凤凰',是我们高攀不上,配不起你。我们兴国是草包,你才是凤凰。"

卫老太说到这里,忽想起那天张阿姨的话——"兴国是璞玉,要没有她,你还不是把他当石头?……你们家兴国拖到这么晚没成家,大概就是在等她。命中注定的。"——不禁有些感慨起来。心口那里被什么揪了一下,唉,可惜了——脸上依然是冷冰冰的,转过身,把个脊背留给她。

姚虹倚着墙,手指在墙上画啊画,眼睛瞧着地上,眼圈红通通的。不说话,也不走。卫老太等了半晌,见她没动静,心里也有些急了,又不能拿扫帚把她赶出去,左邻右舍都看着呢,卫老太丢不起这个人。可拖着也不像话,这算怎么回事。

两人暗地里较着劲,安静得都能听见挂钟的嘀嗒声了。一分一秒都是煎熬。

卫老太坐下来,打开电视。姚虹顿时也活动开来,转身便去拿拖把。卫老太坐着,见她这样,头皮都麻了。姚虹认认真真地拖地,拖到卫老太那块,还说"姆妈,麻烦你抬抬脚"。卫老太抬也不是,不抬也不是,索性站起来,到厨房择菜。一会儿,姚虹也来了。摆个小凳子在她旁边坐下,陪她一起择菜。卫老太朝她瞪眼,脸色难看得要命。姚虹笑笑,说:"两个人干快些。"卫老太心里"哎哟"一声,想真是碰到赤佬了,又不知说什么好。

两人齐齐择完了菜,卫老太打开房门,努努嘴,示意她离开。姚虹便是有这耐性,只当没看见,笑笑,又拿鸡毛掸子去掸灰。卫老太怔了半晌,只得关上门。姚虹整理房间时看见卫兴国换下的内裤,拿到水龙头下洗。卫老太一把抢过,说:"让他自己洗。"姚虹笑吟吟地抢回来:"男人哪会洗衣服,再说他下班那么晚,姆妈就别折腾他了。"三下两下便把内裤洗了。卫老太不禁好笑,看情形自己倒像后妈,眼前这位才是亲妈。

晚上卫兴国回到家,看见姚虹还在,大喜过望,也不敢多问,瞥见卫老太脸色不差,更是放下心来。晚饭是姚虹做的,味道没变,吃饭的人也没变,依然是三个人。姚虹本来不敢上桌,犹犹豫豫的,卫老太开口说"一起吃吧",才坐下了。吃完又抢着洗碗,比之前还要殷勤三分。

洗碗时,卫兴国凑到姚虹身边,问她:"好啦?"姚虹笑笑,不置可否。卫兴国又道:"姆妈好像心情不错。"姚虹还是笑笑。一会儿,卫老太过来拍她肩膀,说:"走,我们出去聊聊。"

姚虹嘴里应着,眼睛却朝卫兴国看,希望他能拦下。谁晓得这个马大哈兴高采烈:"出去散散步蛮好,外头空气好——"姚虹只得苦笑,披上外衣,跟着卫老太出了门。

两人走下楼来。遇见几个邻居,打招呼:"散步啊!"卫老太便笑一笑,点头。姚虹也跟着笑,心里又多了些底气,晓得卫老太还未把那事说开。两人缓缓走着,路灯把人影拉得一会儿长一会儿短,橡皮筋似的。风不大,却刺骨的冷,脸和手露在外面,冻得通红,都木了。

"待会儿我一个人回去,你别跟着。大家都是成年人,要晓得分寸,别做过头了。"

卫老太边走边说,并不看她。姚虹勉强笑着,脚下不停,紧跟着。

"跟着也没用,我老太婆说话算话。你知趣点,别弄得大家脸上不好看。"

姚虹迟疑了一下,顿时与卫老太拉开一段距离。她咬咬牙,又跟了上去。两人一前一后地走着。卫老太像是没看见。

189

走了一段,到了街心花园,姚虹陡地停下来。

"姆妈,我做错事情,应该要受罚。我罚自己在这里反思。姆妈你不原谅我,我就在这里坐一辈子。"她飞快地说完,一屁股在旁边的长凳坐下,两手抱胸。

卫老太愣了愣:"你别这样,我这人不受威胁。"

"我这不是威胁,"姚虹摇头,"姆妈,我是真的想好好反思。我要是想威胁你,也不会坐在这里,直接搬张凳子坐到弄堂口了。"

卫老太嘿的一声,心想,说来说去,你这还是威胁。"随你的便。"说完转身便走。回到家,卫兴国凑上来问:"姚虹怎么没回来?"卫老太积了大半天的闷气,一股脑儿在儿子身上发泄出来:"人家养儿是防老,我养儿是受气。标标准准养了个憨大儿子。我看你生出来的时候一定少了根筋,那种女人你还念念不忘,我真是白养你了,真正气煞——"卫老太捶胸顿足。

卫兴国悻悻地离开。卫老太上了个厕所,洗了把脸,坐下来。越是不顺的时候,越要保持清醒。这是卫老太几十年总结下来的道理。这当口倘若沉不下气,那就乱了。

一会儿,窗外沙沙下起雨来,雨点密密麻麻——竟真的下雨了。

卫老太猜想姚虹未必真会那样硬气,做戏罢了,怕是一会儿便回家睡大觉了。无非是心理战,谁先撑不住谁便输了。

　　卫老太想起当年那个晚上——也是个下雨天,她抱着才五岁的卫兴国,去了安徽芜湖,刚下船便直奔厂长家。男人在船上做了一辈子,被一场台风夺了性命。抚恤金是多是少,厂长说了算。轻轻巧巧报了个数目,卫老太无论如何不能接受。虽说人命不能拿钱衡量,可除了钱,又有什么能弥补失去亲人的伤痛呢?卫老太把这话翻来覆去地同厂长讲,厂长听惯了类似的话,耳朵像长了茧,刀枪不入。卫老太也是绝,抱着儿子,在厂长家门口扑通跪下了。雨哗哗下个不停,她给儿子穿上雨衣,自己无遮无拦地在雨里淋了一夜。厂长倒是无所谓,厂长女人看不下去了,对她男人说:"就多给些吧,孤儿寡母也不容易,这么跪着像什么样子。"厂长说:"我要是答应她了,以后人人都给我下跪,你叫我还怎么当这个家?"后来还是警察把卫老太给带走了。卫老太倒没指望这一跪便能让厂长回心转意——是场持久战,她有思想准备,不指望一次成功。关键要在气势上先发制人,免得厂长不把她一个女人家当回事。卫老太来之前都关照过家里人了:"这一去少说一个礼拜,弄不好两三个月也是有可能的——"她公公还算明理,说:"你就放心去吧。"婆婆承受不了丧子之痛,就有些拎不清,说她是"掉到钱眼里去了,人都没了,要钱有什么用?"卫老太不怕被人戳脊梁骨骂"赚死人钱",

嘴长在人家脸上，想骂便骂。天底下最讨嫌的东西便是嘴。骂人的是嘴，吃饭的也是嘴。骂人的时候很痛快，吃饭时却又半分耽搁不得。卫老太也想骂人，骂那场百年不遇的台风，还有铁石心肠的厂长。可她晓得不能骂——男人死了，家里老老少少，都是吃饭的嘴。

卫老太一跪便是好几天。到后来警察都烦了，一个女人加一个孩子，打又打不得，说又说不通。警察也帮着卫老太劝厂长，说差不多就算了，跟个寡妇计较什么。厂长有自己的原则，不为所动。他女人倒是给卫老太送了几次水，还给了卫兴国两块糖。厂长女人有两个儿子，小儿子和卫兴国差不多大。她劝过卫老太几回，晓得没什么用，便也不劝了。又把过年拜祖宗的垫子拿出来，让卫老太垫在膝盖下，说："地板硬，小心关节跪坏了。"她也替自己的男人讲话，说："那么大的单位，一样样得照着规矩来，你要体谅他，他也是没法子，不是存心跟你过不去。"卫老太说："我体谅他，谁体谅我？我也不是存心跟他过不去，实在是没法子。"两个女人绕口令似的说话，絮絮叨叨的，一句又一句。那几天，卫老太跟厂长女人要好得像亲姐妹似的，一个屋里，一个屋外。后来，厂长女人索性也搬张凳子出来陪她，替她抱会儿孩子，聊会儿天，夜深了才进屋。卫老太晓得她是个善人，打心底里感激她。有垫子垫着，到底是舒服多了，否则只怕不到两日膝盖便磨碎了。

卫老太想起往事,便忍不住叹气。眼睛一眨,几十年过去了,如今竟也轮到自己受人威胁了。她想去街心花园看,犹豫着,还是忍住了。不能中小女人的计,她是存心要让自己睡不好。卫老太倒了盆热水,坐下来洗脚。卫兴国在一旁削竹片,削得歪歪斜斜。卫老太晓得他心思不在这上头,魂都掉了。"她在她老乡那里,"卫老太故意道,"就是隔壁弄堂做保姆的那个。"

卫兴国没说话。卫老太嘿的一声:"要是舍不得,就去看看她好了。"说完进房了。躺在床上,听他在外面看电视,半响都没动静,便有些奇怪,想他倒也忍得住。又过了许久,听电视声依然不停,卫老太按捺不住,爬起来,走到外面——电视机开着,竟然没人。电视是掩护,人早走了。卫老太一怔,竟又有些好笑,想这个傻儿子原来也会使诈。关掉电视,重又回去睡觉。

下了一夜的雨。次日吃早饭时,卫兴国都不敢与母亲目光相接。卫老太问他:"见到了?"卫兴国讪讪地应了声"没见着"。卫老太瞥他一眼,晓得不是说谎。心里咯噔一下,想那小女人别真在花园里坐了一夜。这么大的雨,淋出病来,又是她的罪过。"大概死心了,回上饶了。"卫老太说。

买菜时,卫老太故意绕了个圈,到街心花园。远远瞥见姚虹坐在那里，一动不动，老僧入定般。不敢停留，快步走开了——这才担心起来。想，要命，来真的了。

姚虹其实并没有在花园里过夜。卫老太前脚走，她后脚便去了杜琴那里。她猜卫老太会过来查看，果然一会儿卫兴国便来了。杜琴挡在门口，说："我又不是她妈，怎么找到我这里来了？"姚虹躲在里屋，听卫兴国嗫嗫嚅嚅了半天，想这个男人对自己毕竟还是有些留恋的。等人走了，姚虹便铺床睡觉。养精蓄锐，日子还长着呢。杜琴担心卫老太会去花园。姚虹有把握："今晚不会，明晚倒是有可能。"

杜琴问："你料得准？"姚虹笑笑。

卫老太买菜回家后，一颗心七上八下，想，这下真是麻烦了，当年厂长还能报警，她连报警都不能，人家好好在花园坐着，碍着你什么事？心里存着万一的希望——小女人在耍花样。晚上，趁儿子睡熟后，卫老太悄悄去了街心花园。

路灯下，见姚虹端坐在长凳上，眼睛微闭，神情恬然，像尊菩萨。

卫老太不由得倒吸一口冷气。

弄堂里的人都晓得姚虹的事了。聪明人一想便明白了，有几个拎不清的，还要问卫老太——你们家小姚天天在花园里晒太阳，倒是蛮惬意。卫老太晓得这话是揣着明白装糊涂，存心逗自己玩呢。索性说开了:"她现在不是我家的人了,爱做什么就做什么,我管不着。"

张阿姨没料到事情会成这样:"聪明人做傻事,唉,真可惜了。"卫老太说:"我家庙小,这尊佛太厉害,留不住。"张阿姨说:"也怪你,早点定下来不就好了?"卫老太心里嘿的一声,想,不是你自己找儿媳妇,所以才说得这么轻松。

"现在怎么办?"张阿姨问,"那尊佛天天在花园里晒太阳,也不像样啊。"

"她喜欢晒,就让她晒去。"

卫老太嘴上这么说,心里还是有些抖豁的。好在姚虹只是坐坐,倒也不来烦她。街心花园离得近是近,但到底隔了几条马路。卫老太气是气的,气她把自己当猢狲耍,骗人时连眼都不眨一下,可平心静气的时候,又觉得这小女人其实还不算太过分,倘若她也在自家门口扑通一跪,那便真是糟了。

又想,她给卫家留了面子,等于也是给自己留了余地。到底不是上门逼债,真做绝了,吃亏的是她自己。卫老太想通这点,稍稍放下些心来。

卫兴国瞒着母亲,悄悄给姚虹送了几次饭,街头买的面包、熟菜之类。姚虹说:"你越是对我好,我就越内疚。阿哥你是好人,姆妈也是好人。我骗了你们两个好人,心里难受得不得了。"卫兴国满不在乎:"不叫骗,也就是耍点小手段，没啥。你要是不喜欢我，也不会这么做。"

姚虹叹了口气："阿哥你真是太善良了，怪不得姆妈不放心你。我跟你讲，以后别老是把人往好处想，会吃亏的。唉，也不晓得将来哪个小姑娘有福气，能嫁给你——"

卫兴国说："我不要小姑娘，我只要你。"姚虹低下头，眼圈都红了。卫兴国望着她，心疼得一塌糊涂："你真要在这里坐一辈子？"姚虹摇头："过几天我就走了。其实我也想通了，什么样的人，就有什么样的福气，强求不来。等我回去以后，阿哥你要好好过日子——我会经常给你写信的。"卫兴国声音都有些哽咽了："你真的要走？"姚虹说："我家又不在这里，不走还能怎的？"

卫兴国跺了跺脚，说："我不让你走。"姚虹笑笑："别像个小孩似的。阿哥我跟你讲，你人好，又会手艺会赚钱，到哪里都过得了日子，不用靠人——姆妈也不容易，你要好好孝顺她。"

卫兴国回到家，见到卫老太第一句话便是："我这辈子不结婚了！"卫老太怔了怔。卫兴国说下去："你要是让姚虹走，我这辈子就打光棍，死也不结婚。"卫老太听了心里一松："走？她自己说的？"卫兴国重重地哼了一声："她说的又怎么样？反正我是不会让她走的。"

卫老太有些好笑："你不让她走？那你把她留下来，你们两个自己买房子单过。这套房子我要留着养老,不会给你们。"卫兴国赌气说:"不给就不给,我跟她回江西。"卫老太更加好笑:"回江西?也好,好儿女志在四方——只要你们过得下去就行。"

"有啥过不下去的?"卫兴国想起姚虹的话,胸膛一挺,"我有手艺,会赚钱,走到哪里都过得了日子。不用靠人。"

卫老太一愣,瞥见他的神情,不像说笑。这才有些紧张起来。"翅膀硬了,会飞了,就不把老娘放在眼里了——姚虹教你的,是吧?"

卫兴国替姚虹说话:"小姚真的是个好女人。你对她这样,她还让我好好孝顺你,一口一个姆妈,叫得比自己亲妈还亲。"卫老太忍不住了:"我对她怎么样?她假装怀孕骗我,我是请她吃耳光了还是跪搓衣板了?我一句重话也没说,好声好气地送她走,你还想让我怎样?我叫她姆妈,跪在她面前,八抬大轿把她请回来,好不好?"卫老太越说越激动,重重地一拍桌子,啪!

卫兴国吃瘪,只有闭嘴。

杜琴给姚虹送饭。姚虹挺不好意思,杜琴这阵子家里出了大事——工地老板拖着几百号工人的薪水不发,她男人是热心人,跑去与老板理论,说快过年了,大家都等着钱回家,不作兴造这个孽,却被老板雇的人打成重伤,几天起不了床。

杜琴也是急性子，口口声声要上法院。可老板有人证，说是她男人先动手，最多判个防卫过当，打发叫花子般，扔了几千块钱当医药费。杜琴把钱狠狠摔到他脸上，说这事没完——找了律师正在谈。姚虹劝她算了，拿鸡蛋碰石头，吃亏的是自己。杜琴不依，说争的就是这口气。鸡蛋就算粉身碎骨，拼了命也要在石头上砸道印子出来。

医药费是钱。律师费也是钱。积蓄掏了个尽，连置办下的年货都拿到二手市场卖了，给老爹的烟和酒，老娘的羊毛衫，还有女儿的文具，统统卖了，还是不够花。

杜琴告诉姚虹——她预备把肾卖给东家老头："老头子缺儿缺女缺个好肾，就是不缺钱。这是笔好买卖。"姚虹吓了一跳："别瞎说！"杜琴笑笑："谁瞎说了？都去医院验过了，在排日子。"

姚虹劝她考虑清楚："你自己也说过，肾是多么要紧的东西，你以为是头发啊，没了还能再长出来。"杜琴说："我晓得肾是要紧，可这口气更要紧。我要让那王八崽子明白，老娘不是好欺负的。"她停了停，反过来安慰姚虹："人有两个肾呢，少一个没啥，照样活得好好的。"

卫兴国又来找姚虹，说要和她私奔："我妈不认你没关系，我跟你回上饶。"姚虹反对："姆妈把你当成宝，你怎么能这样做？会伤她的心的。"卫兴国坚持道："我不管，反正我只要你一个。这辈子我只要你一个。要是没有你,我宁可去当和尚——我陪你回上饶过年。"

当天下午,卫老太来花园看姚虹。姚虹有准备,连擦眼泪的纸巾都拿好了。卫老太还没说话,她眼泪便扑簌扑簌掉下来。是那种有些委屈的哭法,三分夸张七分发嗲,只有对着亲妈才会这样:"姆妈!"卫老太被她叫得汗毛倒竖,忍不住朝旁边看去——好几个人对着这边指指点点。卫老太叹了口气,想,方圆十里就属我老太婆最出风头了。正要开口说话,姚虹又是一声"姆妈",眼泪下雨似的,止都止不住。卫老太愣了愣,从口袋里拿了块手绢给她。姚虹不接,指指手里的纸巾:"姆妈,我有。"卫老太又是一愣,"哎哟"一声,把手绢硬塞在她手里。

"用这个,环保些。"卫老太话一出口,晓得这个回合是自己输了。

"谢谢姆妈。"姚虹趁抹眼泪的当口,偷偷瞥了一眼卫老太,见她也在看自己——两个女人目光相对,都停顿了一下。那瞬间完全是赤裸裸的,把外在的东西都抹去了。是互通的,直落到对方心底。姚虹稍一迟疑,愧疚从心底直逼上来,抹眼泪的动作便有些不自然,少了连贯性。卫老太看在眼里,想,你这个小女人是要我的命哩。两人都在心里叹了口气。

卫老太先开口:"你吃定我儿子了,对吧?"姚虹想,是你儿子吃定我才对:"姆妈,不是吃定,是喜欢——"卫老太一摆手,打断她:"好了,别在我面前说这种肉麻的话,我老太婆吃不消。"姚虹便闭嘴不说。停了停,卫老太又道:"我儿子吵着闹着要跟你去上饶,这下你开心了吧?"说完便骂自己是傻子,沉不住气。果然,姚虹很委屈地说:"姆妈,我也不想这样的,我劝过阿哥的呀——"卫老太嘿的一声:"是呀,你是好人,天底下顶顶好的就是你了。"

姚虹撇了撇嘴。卫老太刹车,不说了。

片刻的沉默。

半晌,姚虹轻声道:"姆妈,我不想回上饶——你应该晓得的。"

卫老太想,这倒是句实话。停了停,姚虹又道:"姆妈你要是没发现那件事,现在我和阿哥已经领了证了,就算为了我自己,我也不会对你不好。你开心,我也开心,大家都开心。所以姆妈,有时候晓得真相未必是好事。"卫老太沉吟着,想,这也是句实话。

姚虹问:"姆妈,你可不可以当那件事没发生过?"卫老太板着脸,没理她。姚虹说下去:"我看电视剧里那些人,当皇帝之前做了许多坏事,可当了皇帝之后,照样是个好皇帝,对老百姓好得不得了。姆妈,我承认我错了,错得很厉害,可我这么做的目的只有一个,就是当你的媳妇。等我当上了你的媳妇，我会对你好，对阿哥好，把家里料理得妥妥当当的。我会成为全上海滩最好的媳妇。"姚虹说到这里，胸口有什么东西直往上漾，心跳也跟着快了，眼圈也红了。

卫老太朝她看。后面这两句话讲得有些煽情了。她没想到她这么会说话，还拿皇帝来比喻。卫老太故意大声哼了一声，显得很不屑："太阳还不错，坐着吧。"说完，转身便走。

卫老太的背影渐渐远去，转了弯，不见了。姚虹站起来捶了捶背。坐得太久，腰酸背疼，浑身都麻了。下午两三点钟的太阳，倒真是不错，不刺眼，柔柔和和地落在身上，像披了条很轻很薄的毯子。太阳的味道，细细闻来，竟透着些许肉夹气。不是高高在上的，而是非常亲切。连随风飘来的尘屑都变得很温柔，像情人的手轻轻拂过。

一会儿，手机响了。是卫兴国的短信："晚上好像要下雨。我们去看电影。"

姚虹忍不住笑了笑。下雨了才能看电影，是两人之间的玩笑话。她拿出一个保温杯，打开盖子便喝——是中药，一个老中医开的方子，能提高怀孕概率。都喝了一段时间了。姚虹掐手指算日子——今天真是个很适合的日子呢。很适合看电影。杜琴跟她说过一些男女间的偏方，吃什么喝什么做什么，有些还涉及姿势，很露骨了。都是为她好。谁让女人每个月只有那一两天才能怀孕呢，错过了就要再等一个月。

本来等等也没什么，可姚虹等不起。都说时间是金钱，姚虹觉得，时间更像是支票，不能在限期里兑现，便是一张废纸。支票上的数字，倘若不能兑现，看着更像是煎熬了，是讨命的符。

中药还是一如既往的苦。好在喝下去，落到心里，便成了满满当当的希望，一层又一层的。姚虹收好保温杯，长长吐出一口气，给卫兴国回了条短信：

"我听过天气预报了，今天晚上肯定下雨。"

尾声

过完年没多久，杜琴的官司总算有了眉目。上法庭那天，她男人坐着轮椅去的。黑心老板站在被告席里，看杜琴的眼神都要冒出火来。初审没定下来，但律师说情况不坏，值得再打下去。姚虹对杜琴说："律师是为了赚钱，撺掇你一直打下去。别上当。"杜琴满不在乎，说："打就打，让那王八蛋难受难受也是好的。"又说："到上海这么多年，也没长什么见识，现在好歹上了趟法院，回江西都能跟老乡炫耀了。"姚虹说她冒傻气。她满不在乎地笑笑："我这个人什么都能受，就是不能受欺负，要是受了欺负，肯定没完没了。我男人说了，这场官司就算打赢了，在上海也待不下去了。

他吃工地饭的,这一行里谁还敢收他?只好换个地方试试。"

姚虹问她:"准备去哪里?"她说:"还没定,不是北京就是广州。"姚虹说:"都是大城市啊。"她点头:"嗯,在上海待了这么久,都养娇了,非得是大城市不可。"两人都笑。

拆迁小组决定分给卫老太一套两室户,在浦东三林。卫老太不依,说我在浦西住了几十年了,有感情了,浦东住不惯。拆迁小组说再多给她五万块钱补偿。卫老太还是不依。

于是双方陷入僵持阶段。——姚虹每天搬个小板凳去拆迁小组门口坐着。一天三餐由卫老太送。原本的计划是,卫老太静坐,姚虹送饭。姚虹觉得,还是由她坐比较合适:"我一个大肚子,谁敢碰我?谁碰我就是自找麻烦。"卫老太一想不错。相比老太婆,怀孕的妇女显然更有优势。

姚虹的肚子一天天显山露水起来。居委会的人都找过卫老太几次了,说这样下去对孕妇没好处。卫老太说不会:"现在都什么年代了,大肚子不作兴一天到晚待在家里的,外面空气好,晒晒太阳还能补钙,连钙片也省下来了,多灵光。"居委会的人又说她年纪大了,一天到晚出来送饭太辛苦。卫老太说一点也不辛苦:"年纪大的人最怕懒得动,一懒骨头就僵了,散了。你们别看我年纪大,筋骨还是老好的。一天跑个七八趟不成问题——谢谢领导关心。"

补偿金都加到十万了,卫老太眼皮也不翻一下。十万块钱光吃喝是够花一阵了，可放在房子上，只能算是个屁。就算三林那样的地段，十万块也只够买个厕所。卫老太的目标是——再加一套两居室，也就勉强过得去了。卫兴国嫌麻烦，劝姆妈差不多就算了，别折腾了。姚虹坚决与卫老太站在同一战线："姆妈，你说啥就是啥，我听你的。"卫老太心里骂儿子没出息，房子是多好的东西啊，钞票存在银行里会贬值，可房子不会。房子一天天疯涨，那势头猛得吓人。多争一平方，差不多就是辛苦一年的工资。要是连这个都懒得折腾，那活着还有什么劲。干脆别活了。

天气一天天热起来。姚虹挑个树荫坐着，手里拿个竹片做的小车，在上颜料。卫兴国把雏形做好，她加工——纯手工转向流水线操作，能省下不少时间。网上的订单越来越多，卫兴国都利用上班空当赶工了，被值班长抓到过两回，弄了个警告处分。卫兴国有些抖豁，姚虹却说："怕个鬼，大不了不做了，你问问你们值班长一个月拿多少钱，我们翻他个四五倍都不止！"卫兴国得了鼓励，顿时豪情万丈，说："有手艺就是好啊，老子什么都不怕。"姚虹说："可不是，马克思都说了，技术是第一生产力。"卫兴国说："乖乖，你连马克思说的话都知道？"姚虹白他一眼，说："你以为我是你啊，除了看电影什么都不晓得。"卫兴国哧的一声，便去搂她，说："晚上好像要下雨——"姚虹一把躲开，啐道：

"你看看我这么大的肚子,就是下冰雹也没戏——"

姚虹静坐的姿势很笃定,一动不动,又是极有威慑力的。卫老太给她送饭的时候,想起几月前,她坐在街心花园里的情景。"那时是人民内部矛盾,现在是一致对外。"姚虹开玩笑。卫老太想,也好,大家都见识过这个小女人的难缠。谁都不会不当真。

那天,卫老太在花园里亲手扶起她——她的手,搭上她的手背。这一幕是有历史性意义的。扶她之前,她是江西的小女人;扶她之后,她便是上海的小媳妇了。姚虹竭力保持着平静,但也难掩心头的激动,声音都发抖了。卫老太竟也有些激动。

那一瞬,她眼前晃动的,是厂长女人的那只手——亲亲热热地搀起她来:"好了好了,这下好了,都解决了。"厂长终究还是拗不过她,抚恤金足足加了一倍。她在厂长家门前跪了三个星期。站起来时,眼睛都发黑了,脚一软,差点又要跪下去。厂长女人扶住了她。这个好心肠的女人,竟似比她还要开心,欢天喜地的:"好了好了,解决了——"翻来覆去地说着,真心地替她庆幸。卫老太——那时还是个少妇,三十出头,颇有几分姿色,皮肤很白皙,一头乌黑的头发。厂长女人不会晓得,她带着孩子回娘家的那个晚上,卫老太从地上爬起来,敲了门,趁势上了厂长的床。天下的事情就是这么凑巧。厂长女人偏偏那晚回娘家，厂长偏偏又是那晚多喝了几杯，醉了。卫老太不是没有犹豫过，可只是一念之间的事，她不会让机会白白浪费。她把儿子放在地板上，盘起头发，一条蛇似的进了房间。片刻后，她从房间里走出来，知道自己完全跨过那条分水岭了。分水岭这边，还是个羞羞怯怯的少妇；到了那边，便成了坚强的女人，比男人还有力。想起厂长女人，卫老太很惭愧，但不后悔。

姚虹的手，有些粗糙。卫老太触到的时候，不自禁地打了个寒战。有什么东西在心头流转，只一瞬，便似穿越了几千几百个日夜。原来日子竟是流动着的呢——昨天是今天，今天便是明天，明天又是昨天。日子是打着圈过的。卫老太拿自己的心，去比照她的心，明镜般清清楚楚，一幕一幕都映在上面，都是不容易呢。为了这个"不容易"，卫老太牵起了她的手，放到自己手心。

"好好过日子吧。"卫老太说。

居委会的人来了又走，走了又来，来来回回好几趟了。卫老太不会罢休，都预备好打一场持久战了。姚虹的身子越来越重，那一坐的分量也越来越重。拆迁小组成员的头都大了。姚虹坐得稳稳当当，早出晚归，上班似的，很有信心的模样。卫老太也有信心。愈是持久战，女人便愈是有优势。

杜琴终究还是没把肾捐出去。她男人用死来逼她，说要是捐了肾，他就死给她看。杜琴都在同意书上签了字了，结果还是悔约了。她男人坚持说，两个肾完完整整来的上海，走的时候也要两个肾，一个也不能少。杜琴笑说这话没道理，什么都要顺形势而变。她男人说："想想月牙儿——"这话触动了杜琴。月牙儿还小，才七岁，少了一个肾的妈妈，怎么能照顾好女儿呢。

老家的房子卖了，东拼西凑，总算是解了燃眉之急。杜琴对姚虹说："早晓得就不把那几千块钱扔了，收下来多好。"姚虹说："面子当不了饭吃。"杜琴说："就是，争口气有个屁用。饿死了两脚一伸，什么气都没了。"她开玩笑说去找那个王八蛋，把钱再要回来。姚虹笑她是十三点。

杜琴把女儿的照片给姚虹看："我的月牙儿，漂亮吧？"姚虹端详着照片，说："还是像你多一些。"杜琴得意地说："那当然。要是像他就糟了，大嘴巴，朝天鼻，将来肯定嫁不出去——"

杜琴夫妇走的那天，姚虹去火车站送他们。杜琴瞥着姚虹的大肚子，问："是男是女？"姚虹说："医生不肯说，不过我婆婆说肚子这么尖，像个枣核，肯定是男胎。"杜琴说："那你就真是好福气了。"姚虹笑道："上海人不讲究这些的，生男生女都一样。"

回去的车上，姚虹坐在靠窗的位置，想想便觉得好笑。

什么肚子尖生男胎，都是胡说——她生头胎时，肚子也是尖的，却是个丫头。生的那天刚好是十五，月亮滴溜滚圆，取个小名便叫"满月"，今年快十岁了。杜琴的女儿叫"月牙儿"，她女儿偏就叫"满月"，也实在是巧——来上海前的那个红包，替她开了路，也封住了介绍人的嘴。有孩子的女人，换了别人，自然是想都别想。可姚虹偏不。路是人走出来的，心一横，遍地荆棘都敢走。那时是豁出去了。现在想来都有些后怕。不知不觉，便已走出这么远了。

眼下自然是不行。姚虹预备再过几年，便把满月接来上海。她的孩子，怎么能不跟着她呢，娘儿俩自然是要在一起的。到那时，满月就是上海的满月了。应该会有些麻烦，但姚虹不着急，还早呢，有的是时间。将来的事情，又有谁能吃得准呢。姚虹有信心。

窗外的风，温润中透着清冽。树叶摇摇摆摆，像微醺的人。阳光淅淅沥沥地洒着，一路泼墨，留下满地金黄色的印迹，很美很美。

原载于《人民文学》2010年第5期，有改动

名家点评

《美丽的日子》，叙述沉着，结构精巧，细致刻画两代女性的情感和生活，展现了普通女性追求婚姻幸福的执著梦想，她们的苦涩酸楚、她们的缜密机心、她们的笨拙和坚韧。这是对日常生活中的美与善、同情与爱的珍重表达。名实、显隐、城乡、进出等细节的对照描写，从独特的角度生动表现了中国式的家庭观念和婚姻伦理。

第六届鲁迅文学奖授奖词 ++++++++++++++

卫老太与姚虹这两代女人,既是对立的双方,本质上又是同一类人,都是可以为了生存而果断地放弃一些自尊和道德标准的人。虽然不免庸俗,却自有勇猛顽强的力量。卫老太内心的隐秘,是她在多年前,为了多得一些抚恤金,坚决地在亡夫的厂长前下跪,在转瞬即逝的机会来临时,又坚决地向厂长献身。姚虹的隐秘,则是她一直在家乡其实还有着一个女儿,而她一直隐瞒着,并正在计划着过几年将她接到上海来……卫老太和姚虹都不以这"隐秘"为鬼,她们理直气壮地做出最有利于自己的选择——以生存的名义。卫老太的"隐秘",甚至加深了她对姚虹的认同,因为正是姚虹同样无赖式的坚韧,让她认识到她们是同一类人。……滕肖澜的小说写法,继承的是张爱玲的路数,不过同样是从庸常生活里写出人性内心隐秘的伤害,张爱玲的笔法更冷酷,更不愿意给笔下的人物留几乎任何幻想性的后路,所以她的人物更孤独,而滕肖澜则多一些温情,不愿意将她们逼上绝路。这种立场和态度,也使得她如自己笔下的那两个女人一般,不以这"隐秘"为鬼，不愿意始终为"鬼"所纠缠。她在层层剥开这两个女人内心深处卑微的阴暗时，又不断地以生存（过日子）的艰难，为之开脱、辩解，设身处地予以理解，甚至进而从她们的心计中看出一种顽强的生命力，于是那种失去自尊换来的生活便也成了"美丽的日子"。

王晴飞 ++++++++++++++++++++++++++

创作谈

相比土生土长的上海人，"上海"之于我，更像是一块瑰宝。我曾在很多场合用了"瑰宝"这个词。因为实在想不到其他词语来代替。我是知青子女，虽说生在上海长在上海，但感觉上毕竟是不同的。那层若即若离的关系，使得这座城市对我来说，更多了一份美感，还有珍惜。我父母二十岁不到便支内去了江西，直至五十多岁回沪。……

也因为这，当我书写上海时，便格外小心翼翼，诚惶诚恐，珍而重之，不敢有丝毫亵渎。很长一段时间里，上海在我心里，是闪着金光的，难以用言语形容。有幸书写这座城市，我希望自己笔下的上海，是真实的、感性的，值得尊敬的。就像我父辈心里的那个"宝贝"，她已不仅仅是一座城市，而更是一个信念、一份希望、一种精神。想到她，整个人便暖了，有力量了。我希望我能写出这种感觉，为所有的上海人，包括土生土长的上海人，以及折腾半辈子好不容易才回来的上海人。上海，真好。

……上海，之于写作者来说，往往也是隔着些什么。只不过，这隔阂不是因为离得太远，而恰恰是因为离得太近。做不到"距离产生美"，偏偏又是"灯下黑"。眼里的上海、想象的上海、笔下的上海,像酒醉后看出的世界,有叠影,灵魂出窍般,捉摸不透,难以界定,教人彷徨。上海该写什么,又该怎么写?这座不夜城该如何在我们这一代人的笔下呈现?

《上海味道要自然流露》
《上海文学》2017年第8期

上海底片

我常常想起那段岁月，其实只隔了十几年，却似完全是另一个世界了。连天空的颜色都不同，淡青色，偏暗，像蒙了层薄薄的灰，是磨砂的效果。光圈调到极低，从口径里漏些光进来，镜头上贴层膜，把光线再滤掉一层——只需在技术上稍作处理，便有了腾挪时空的功效。同样是外滩的上海总会，文艺复兴式风格的建筑，镜头下便是另一番模样，青黑色打底，六根爱奥尼克立柱顶端呈旋涡状，像女人的长波浪，还不是如今那种随意的造型，而是笔直地垂下，只在底端卷曲，直的直，卷的卷，泾渭分明——早些年曾时兴过一阵的风格。除了这，即便是在普通民居，气质也是不同，耳里听到的沪语，比现在要多得多、纯得多，触目间，衣服颜色也单调得多，不是灰便是蓝，要不就是黑色。还有人身上那种屏气凝神的态度，即便是吵架，声音也是往里收的，点到为止。那时人的经典表情是有些露怯的笑容，彼此保持着距离，客气、拘谨，透着处世的矜持，各行各路，冷暖自知。不似现在，连尘土都在拼命往上飞扬。

毛头是小开面的国字脸，大里去的单眼皮，肤色白皙，上班时三七开的发型，拿摩丝擦得油光锃亮，站不住苍蝇，闲来则是乱蓬蓬一团，手指修长，站在路边吃油墩子时微微跷着小拇指，24K的铜箍戒套在食指上。英语发音不错，词汇量很少，勉强应付一般老外。普通焦距下，山青水绿的翩翩男子，镜头一拉近，能看清脸上 T 字部位的黑头、衬衫袖口的拉丝，还有皮鞋底部的磨损。他适合稍亮一些的光线，谁能看得出，他其实是有些黯然的个性呢。光线不到位，整个人便彻底灰了。进光孔径要大一些，让自然光落到他脸上，角度也要找准。他不笑的时候透着几分痞气，笑起来反倒有些沧桑。嘴唇与下巴的弧度很漂亮，有些男生女相的俊俏，却又硬朗得多。他是个美男子，很讨小姑娘喜欢的那种。

那时，我们很亲密，称兄道弟。其实他的心思都落在王曼华身上。话题无论放得多大，扯得多远，最后总会被他有意无意地带到"曼华"左近。"曼华"是个人，也是个影子，看似跟着你，却总是留了些距离，不远不近，不紧不慢。而这段距离，让毛头费煞了心，跑断了腿，是夏日里的冰品，冬季里的暖炉，真正是贴心贴肺。他装作不知道，他与王曼华之间隔的这层，其实是孙猴子拿金箍棒画下的，一旦想越雷池，立时便能要了命。他的或是她的。他是自欺欺人呢，成日里装糊涂，浑浑噩噩的模样。——唯独我见过他的眼泪。笑容还未变僵，眼泪已流了下来。有些骇人。

我不说，他便也只当没人瞧见。

一九九三年的暑假，我初中毕业，因为顺利考上向明中学，便有了整日游荡的资本。父亲建议我可以趁此机会培养些兴趣爱好，比如弹琴、打球、书法。他以为兴趣爱好是在路边拦出租，招之即来。一个只知埋头苦读的书呆子，四百度近视加散光，十五岁不到就有颈椎病，跑一千米从来没有及格过，除了教科书之外几乎不看别的书，与一切娱乐活动绝缘。这样一个高分低能的傻子，突然被施以"培养兴趣爱好"的指令，实在有些无所适从。一段时间里，我拿出温书的决心和手段，强迫自己每周必须读三篇世界名著、打两场篮球、隔天练一次大字，还有弹琴。——后面这项有些难度，虽然钢琴是现成的，被母亲铺上一条灯芯绒布头，平坦的那头堆满杂物，整理出来并不十分费事。但弹琴的门槛有些高，不是坐下来立刻就能弹的。我连五线谱都识不全，根本不懂钢琴的基本入阶。钢琴倒是老货，解放前的古董。除了钢琴，母亲压箱底还存着几套服饰，当年的款式，放到现在并不觉得过时，只是华丽得有些耀眼。还有五根小金条，也是老货。书架上那只白玉狮子，我小时候玩耍不慎跌落在地，摔断了一只角，被母亲拽着耳朵打。后来父亲找人补好了。玻璃橱里那两瓶洋酒，酒早喝尽了，只剩空瓶，作摆饰用。——这家里散落着一些繁华的痕迹，有了年头，像破衣服上的钻饰点缀，竟看着比补丁更刺眼了。

父亲扔给我一本《西餐礼仪入门》。连着几天，母亲都煎了牛排，让我练习刀叉。大伯夫妇从美国回来，下榻希尔顿。

周末与我们约在宾馆吃西餐。为了这次碰面，父亲给我买了一条新裤子，拿熨斗烫出两条笔挺的筋，上身配白色短袖衬衫，皮鞋亮得能照出人影。他叮嘱我，多微笑少说话，刀叉绝不能碰撞发出声音，席间如果上厕所要说"Excuse me"。母亲到理发店做头发时，带上我，让我给她些意见。我坐在角落，看理发师先把母亲的头发润湿，分出发片，涂上烫发水，再将每片头发按同一方向旋转，上好发杠，套个薄膜帽子，整个放到烫发器下去蒸。完成后，我看着她湿漉漉的满头小卷，说，不灵，还不如本来呢。她说这是礼貌，赴客人的约，做头发显得隆重。我说，去外婆家吃饭，你怎么从来不做头发？她说，外婆家都是自己人。我说，大伯也是亲戚。母亲便停了停，叹道，再亲的亲戚，几十年不见，也成陌生人了。

周末，一家三口盛装出席，叫了出租车，径直到希尔顿门口。那是我第一次到五星级饭店，推开玻璃旋转门的那瞬，触目便是一片亮，每寸地方都在反光。母亲的高跟鞋踩在地板上，一路发出清脆的叮叮声。冷气很足，空气里弥漫着不知名的香水味。到处都是穿西装的人，神情闲适、优雅。不知从哪个角落传来的钢琴声，轻轻回旋着。

侍应生把我们带到座位上。大伯与大伯母站起来迎接。大伯身材高大，脸色红润，鬓角有些泛白。相比我们的正式，他们反而穿得随意。大伯是夹克衫牛仔裤，大伯母则是一套咖啡色套装，不施脂粉，只在颈里挂一条珍珠项链。大伯轻拍我的头，叫我"弟弟"，说曾经见过我的满月照，转眼就成大小伙子了。他们的上海话听着有些别扭，应该是长期在国外讲英语的关系。大伯母拿出一台理光相机给我，说是见面礼。父亲母亲使劲地推辞，但拗不过她，只得收下。又示意我致谢。我拿着相机，不知怎的，竟憋出一句"Thank you"。那场合，五星级饭店，对着两个归国的华侨，好像自然而然就说了英语。很是应景。事后父亲对我说，应该加上"very much"，那就更好。

侍应生送上菜单。我点了牛排，五分熟。端上来牛排泛着血丝，便有些后悔，该说"七分熟"才是。半生的牛排切起来有些吃力，与前几天练习的范本完全不同。我竭力保持着冷静，脸上微笑，刀下使劲。大人们有一句没一句地聊着天。母亲平常语速很快，现在则放得很慢，说一句，笑一下，再吃一块肉。坐姿优美，腰挺得笔直，微微前倾，拿刀叉的小手指稍稍跷着，咀嚼时闭着嘴，完全听不见呫巴呫巴的声音。所以母亲说的没错，大伯是客人而不是亲戚。像外婆、舅舅、舅妈、姨妈、姨父那样的，才是亲戚，团团坐一桌，热乎乎地聊天。厨房总有人在忙碌，这边叫"这么多菜，别烧了！"那边探出个头，"慢慢吃，汤还没好呢"。遇到谁的拿手菜，便换个位置去厨房，说这菜我来烧。上来一道，不管是好是坏，都会品评一番。各家的近况,工作、小孩、身体,都是话题。那样的环境,坐着、躺着、放屁、打呼都不是问题。亲戚嘛。可突然间,天上掉下个大伯,去世爷爷的长子,父亲的大哥,老法里应该算是嫡亲的,解放前跟着爷爷去了香港,辗转又到美国定居,落地生根,父亲与他差了十来岁,当年还在襁褓里,那样兵荒马乱的年代,一大家子好几十口人,难免有顾不全的,父亲便是被奶妈带大的,连亲生爹妈什么样都没见过。初时还有书信来往,越到后面就越是艰难。中间也曾托人七拐八弯带些东西进来,比如罐头、衣物什么的。再往后就彻底断了一阵。也不知是如何又联系上的。

大伯问我,平常喜欢做些什么。我正在犹豫,父亲替我回答,看书、打球,偶尔也写几笔大字。我脸上有些热。大伯指着我手里的相机,说,以后空下来,可以拿这个拍照,再把照片寄到美国给我们看,好吗?我说,好。

席间,大伯母去了卫生间,一会儿,大伯也起身去了。餐桌上剩下我们一家三口。父亲和母亲不约而同地松了口气,换个坐姿。中场休息似的。母亲把嘴里一口牛排吐掉,说,什么五星级宾馆,牛排还没我做的好吃,骗钱的。父亲做了个"嘘"的口形,示意她小声些。母亲撇嘴说,你大哥又没有顺风耳。父亲嘿的一声,摇头道,你这人啊。

一个侍应生过来为我加水。他微微侧身,右手持壶,玻璃水壶与杯子间有个很漂亮的角度。加完水后,他用英语问了我一句,我没听清:"啊?"他微笑着,用上海话又说了一遍:"菜式味道还可以伐?"我怔了怔:"蛮好的。"

"慢用哦。"他说完,走到另一桌为客人加水。那是一对外国年轻男女,他与两人聊了几句,也不知说了什么,便听那女人欢快地笑起来,那男人还在他肩上拍了一记,老朋友似的。那侍应生从口袋里掏出笔,又从旁边拿了张纸巾,在上面写字。出于好奇,我伸长脖子看去,是拼音,头一个便是"nihao"(你好),下面还有"xiexie"(谢谢)、"duibuqi"(对不起)、"zaijian"(再见)——应该是教那两人中文。便有些奇怪,想这侍应生倒也好兴致。再看下去,见他一桌桌地走,点菜或是加水,通常都会搭讪几句,客人多是老外,他英文似乎不错。角落里一个胖胖的外国老太朝他招手,他走过去,老太拿了几张人民币买单,又额外掏出一张美金给他,应该是小费。离开时,老太还和这人握了手:"Have a nice day!(祝今天过得好!)"他笑着回应"You too(你也是)"。我不由得格外留意起这人来,二十出头年纪,瘦高个,衬衫领结西装马夹,笑起来牙齿雪白。虽是侍应生打扮,人群中却完全不会湮没,上海话说就是"长得很正气"。

大伯买单时,这人垂手站在一边,大伯给了他几张整票,说"Keep the change(不用找了)",他说声"Thank

you"。我注意到他鼻尖那里微微翕动了一下,眉宇间闪过一丝淡漠,便猜测找头或许所剩不多。只是一秒钟的工夫,他立时又恢复了笑容,很热情地问我们要不要再加水。目光经过我时,他发现我正在看他,停顿一下,朝我笑笑。

"相机很漂亮啊。"他指着我手边的照相机。

"谢谢。"我答道,随即又条件反射地朝大伯夫妇看,"——谢谢大伯,谢谢大伯母。"

"我等着你寄照片给我们哦。"大伯道。

离开时,大伯夫妇送我们到宾馆门口,门童上来问我们是不是要车。父亲本来打算回去时坐公交车的,但这种情形下,便不好意思说"不要",只得点头。伯父与父亲拥抱了一下,然后我们上车,摇下车窗,与他们挥手告别。

路上,母亲便开始发牢骚,翻来覆去说着"没名堂"。她说,像去见祖宗似的,光买新衣服就花了两个月工资,没名堂,不就是吃顿饭嘛,用得着这么郑重其事吗,没名堂,真是没名堂。我想说,还有那些练习用的牛排,也不便宜。父亲初时不语,后来被她说得烦了,就说,人家大老远来一趟不容易,我们郑重一点有什么错,都是亲戚。母亲停了停,看见打表机上不停飞跃的金额,又是火起:来去还要叫差头,扎这种清水台型,没名堂。下车时,父亲口袋里只有一张百元钞票,就问母亲,零钿有吗?母亲翻了一遍口袋,叫起来,今天穿成这样，怎么会把零零碎碎再放在身上，一弯腰丁零当啷全掉出来，好看啊？父亲哎哟一声，还没说话，司机在旁边道，整钞票给我吧，我找得出。

当天晚上，我在房间研究那台照相机，隔壁父母争吵的声音源源不断地传进来。大伯的事情是根由，旁岔出去，枝蔓越生越长，密密麻麻。母亲嘴里都是委屈，说父亲这个人是虚的，空架子搭出来的，没享过一天大户人家的福，却惯出大少爷的臭毛病，二十年高中教师当下来，还是初级职称，也不晓得通路子想办法，又不肯"背小猪"，说那不是君子所为，清汤寡水硬撑着，吃不饱饿不死。突然冒出个从未见过面的大哥，倒似打了兴奋剂，其实人家也只是到上海办事，顺道来看看你，送个照相机意思意思，人家什么身家，这只是九牛一毛。你倒是劳民伤财。过日子不是做戏，面子要到位，可里子也不能太烂，这才是道理。母亲又恢复了飞快的语速，呱啦松脆。她说十句，父亲才回一句。父亲说，跟他们搭上线，你说是为什么？母亲反问，为什么？父亲问，你不懂？她道，我不懂。父亲便嘿的一声，不说话了。

母亲走出来，见我正对着墙角的鱼缸按下快门，忙不迭夺下我的照相机，但已迟了，一卷胶卷被我拍得所剩无几。她说声"作孽啊"，一跺脚，进了厕所。父亲也出来，朝我叹气："你啊你——"我识相地回到自己房间，随手拿出一本书，看了起来。

　　几天后,我去图书馆借书,父母都上班,午餐本来也是泡饭酱瓜,到了饭点,便打算买个面包将就。经过一家银行门口,听见有人大声说话:"你走你走,这种价钿没人会做,我话放在这里,随便你。"我随意瞥了一眼,见角落里站着两个男人,说话那人个子很高,有些面熟,再一想,竟是那天希尔顿里的侍应生。

　　"朋友不领行情,"这人嘴里叼烟,倚着墙,两条腿交叉站着,一会儿,从口袋里摸出几张美金,塞到另一人的手里,又从那人手里接过一叠人民币,"我天天在这里,不是一枪头生意。朋友有需要,下次再来寻我。——我叫毛头。"

　　毛头。十个上海人里便有一个小名叫"毛头",是再普通不过的。那天依稀看见他胸牌上的英文名字,好像是"Jerry",又像是"Jacky"。只隔了几天,他便似换了一个人。上海话切口张嘴便来,神情不羁中还带着几分流气。他T恤上有个玫瑰花标志,我知道这牌子是"梦特娇",父亲也买过一件,几乎没舍得穿。下身一条米色料作裤,脚上竟蹬了双拖鞋,露出脚趾。头发有些乱,不涂摩丝,发型也是完全不同。

　　他把钱塞进裤袋,立时便拱起一块。抬头看见我,先是一怔,随即"啊"的一声:

　　"是你——"

225

我不知该怎么同陌生人寒暄,便说声"你好"。他也有些不自然,瞥见我手里的书:

"借书去了?"

"嗯。"

"一看你就是读书人。"他捧了个小场。这一瞬,好像又回到了希尔顿,他是侍应生,我是客人,他满场地飞,奉承话张嘴便来。很讨喜。

"你叫毛头?"我忽道。

他又是一怔,随即笑起来:"是啊,——你呢,你叫什么?"

"董泽邦。"

"乖乖,这个名字很有气势。"他朝我竖大拇指,"将来要做大事情的。"

我不好意思地笑笑。

"小小年纪就到宾馆吃牛排,可以啊。"

"第一次,"我老老实实地道,"以前从来没有过。"

"是吗?看你刀叉用得很熟练——你大概天生就是吃西餐的人。"

我嘴巴动了动,没把之前练习的事情说出来。

旁边又来了生意,一个中年男人朝这边张望,毛头朝我点点头,走了过去。"朋友,调美金啊——"我呆呆站了一分钟,捧着书离开了。

我把从图书馆借来的《摄影技术入门》藏在枕头下，还有拿零花钱买的一卷胶卷，塞进抽屉的最内侧。照相机被母亲没收了，但找出来并不太难。东西拿走，空盒子依然放在原位。早晚会被母亲发现，但拖得一时是一时。我不是个喜欢顶撞父母的人，倒也不是孝顺到那个份上，而是性格使然，好像目前为止，并没什么事值得跟父母过不去。这次算是个例外，谈不上硬碰硬，至少也是软调脾。后来再回想到这层，觉得也是宿命的一种，大伯好端端的，偏偏送了个照相机，而我拿起照相机的那一刻，对准景物，便觉得眼前豁然不同，有什么东西从脚底直冲到头顶，脸烫得厉害，头皮一阵阵发麻，身体都不像自己的了，想尖叫，想围着操场跑上几圈。

再次遇见毛头，依然是在银行门口。我本来不必经过那里的，但不知怎么，自然而然就走了那条路。几个黄牛在门口兜生意。毛头是其中最年轻的，但架势却绝不青涩，神情里自有一番老到。再次见面，我主动与他打招呼："哎，毛头。"

他一怔，随即直呼我的名字："董泽邦，是你啊。"

因为已是第三次见面，不自觉地，我们说话随意了许多。我问他，警察会抓吗？他说，会，不过没那么容易被抓住，这点素质还是有的。我又问，多少人民币换一美金？他笑笑，怎么，你也想换点？我说，随便问问，了解一下行情，我又不出国，要美金没用。

他买来两块冰砖。我们倚着墙,小心翼翼地撕开包装纸,啜着吃。气温太高,路面腾起一层水汽,我们尽可能地靠近银行大门,好让里面的冷气透些出来。我问他,老站在这里,不热吗?他说,热也没办法啊,否则哪来的钱请你吃冰砖?

他朝我笑。我停了停,从口袋里拿出一张照片,递给他。他接过,照片上是他与一人站在角落,他手持美金,那人则拿着人民币,正在交易。毛头脸色一变,推了我一把:"朋友,啥路道啊?"

我愣了愣,随即反应过来:"不是的,你别误会,我是觉得有趣,所以才拍下来,没别的意思。"

他把照片还给我:"吓我一跳。"

我又取出一沓照片给他看,是在离家不远的街心花园,池塘、花草、鸟雀、假山……见到什么便拍什么,再偷偷冲印出来。毛头问我,喜欢拍照?我点头。他便认真地看起来,挑出一张,柳枝掩映着江边亭一角,阳光从柳枝后头漏些出来,金黄点点。他说这张最美,有些明信片的意思。

第二天我依然去找他,带了"乔家栅"的豆沙包。边吃边聊。好像一下子,我们就成了无话不谈的朋友。他问我那天买单的人是谁,我说是大伯。他便笑笑,说,你们肯定不常见面。我说,是啊,第一次见面。他说,一看就晓得,你们是两路人。

我把家里的事情告诉他。依我那时的年龄,交朋友往往要将老底交代彻底才够虔诚。家族史那段是绕不开的,我把听来的一鳞半爪凑起来,拼成一段豪门全景,吃穿用度,都往大里夸耀。他称我为"小开",要是上海没解放,那我现在就是标准的大户人家少爷。我很理智地纠正他,如果那样的话,我爸和我妈未必能遇见,不会结婚,也就没有我了。他停顿一下,说,那不一定,有缘千里来相会,世界上的事,谁说得准呢。

接下来的日子里,我们时常见面。空闲时,他带我去舞厅蹦迪,去弄堂口斗蟋蟀,去录像厅看录像,去襄阳路淘假名牌。碰上黄牛生意赚头好,就去"沈大成"吃赤豆刨冰,去"红房子"吃虾仁杯。因为他的兴趣广泛,我的生活倏然变得丰富起来。他比我大不了几岁,阅历却足够当我的老师。他说这是读技校的缘故:"技校出来马上工作,十六七岁就是大人,你三年高中再加四年大学,有得早了,不用急着断奶。"我问他工作几年了。他扳着手指,说,今年是第五年。他说他之前在太平洋百货当售货员,去年刚进希尔顿。

"你英语挺好的。"我说。

"好什么呀,——我是小学生水平,"他道,"你的词汇量肯定比我多。我除了日常那些,别的就不会了。"

"那也挺好,我是哑巴英语。"

"脸皮厚一些,别怕开口,其实老外也是人,他听你说英语，就像你听外地人说上海话，笑一笑就过去了。没事。"

我喜欢和毛头聊天。他说话有种独特的魅力，大白话里透着意味，让人忍不住想与他亲近。当我了解到他其实并不像他表现出来那样洒脱时，已经是很久以后的事了。至少在相当一段时间里，我很服帖他。那个暑假，我仿佛拿到一把钥匙，开启了一个世界，触目都是新鲜、有趣。毛头便是那把钥匙。那一阵，我到处拍照，存下的零花钱全用来买胶卷和冲洗照片。我用这种方式，窥视和记录着周围的事物。镜头下，世界其实是多棱面的，远远看着是那样，拉近了又成了另一副模样。换个角度，便完全不同。看着很亮丽的东西，镜头下未必如此，反之亦然，一些平淡的事物，搬到那个小小方格里，便似有提升的效果，整个光鲜起来，线条更加凹凸有致，像拿美工笔勾勒过的感觉。

他邀我去他家。我欣然前往。他家在杨浦区辽阳路的一处弄堂房子，走进去好大一个天井，住着十几户人家。头顶晾衣竿横七竖八，角落里斜卧着刚洗好的马桶，地板上被小孩用粉笔画上了一格格的"造房子"。男人们打着赤膊走来走去，女人们倚着墙边吃瓜子边聊天。我小时候也住过石库门，后来父亲学校分房，很早便搬进了新公房。因此这里对我来说也是新奇的。毛头的父亲去世多年，他还有个哥哥，成家后便出去单过，只剩下他与母亲两人住着。一间房隔成两间，前面作客厅，放五斗橱和一张餐桌，后面只够放他母亲的一张床，上头再搭个阁楼，打个铺盖，毛头便睡那里。他母亲五十来岁，人生得很瘦小，毛头或许是随他父亲，个子才那么高。

毛头向他母亲介绍我："新轧的小朋友，是个乖小囡。"他母亲话不多，寒暄两句，便进厨房端了碗银耳莲子羹出来："随便吃点。"她上海话里夹着浓重的苏北口音，看人时眉眼低垂，倒也不全是自卑自谦的意思，而是差在精神头上，整个人似没什么力气，少了股劲道。说话间，外面进来个女人，邀她去打麻将。她说不去。那女人说"三缺一"，一副让她去救火的神情，毛头也在旁边撺掇，说"输了算我的"，她嘟哝着"又不是怕输钞票"，才不情不愿地去了。

我打量着这个家，与原先想象中的毛头家完全不同。谁能猜到毛头那样的人，会住在这样逼仄的地方呢。倒不是嫌弃人家，只是觉得，人的个性应该是与他生长的环境有关的。比如像我，被父母管得严严紧紧，学校家里两点一线，除了读书别的统统忽略，不准乱说乱动。这种流水线操作下，自然只能出我这样的产品。而毛头则不同。他像万花筒那样丰富多彩，可这里的环境，却似是老旧的黑白照片，单调、简陋。很不相称。当然，我会这么想，是因为我年纪还小，等我再长大一些，就明白人是再精细不过的东西，每根神经都是牵一发而动全身，像巨型计算机的内部线路，每一步细小的动作，都会影响最终的结果。根本无法估测。也很难总结。某某某是怎样一个人，某某某又是怎样一个人，别说一两句话，即便是写篇几万字的论文，也不见得能说清。当我明白这个道理时，已经在社会中浸淫许久，早学会穿上一身铠甲，把自己裹得严严实实，与人交往时小心翼翼，场面话说得滴水不漏，为了实现心中所想，拼尽全力去争取。当别人对着"董泽邦"三字竖起大拇指时，我脸上越发谦逊，作出平和的神情，仿佛一切都是顺其自然。

离开时，天井里那桌麻将打得正酣，毛头妈不输不赢，坐下首的那个胖女人似是赢了不少，脸色绯红，见到毛头便叫："毛头我问你，——前天，你跟我们曼华去什么地方了？"

"去啥地方？"毛头两手一摊，"啥地方也没去，就在房间里，排排坐吃果果。"

"放屁！"女人撇嘴，"毛头我跟你讲，曼华看不上你的，你省省，太平点。"

毛头嘿的一声，没说话。

我瞥过他的脸。那瞬，我第一次在他眼里看到有些愁苦的表情，像晴朗的天空中一朵乌云飘过，整个黯淡下来。他别过头，与我目光相接，应该是想笑的，肌肉却没跟上，这使得他看上去别扭无比。

第一次见到王曼华，是在希尔顿大堂。那天，约好等毛头下班后一起去打羽毛球，我早到了一会儿，便在大堂等他。趁势上了个卫生间，走出来，远远看见大门处站着一个年轻女孩，旁边还有个四十来岁的老外。女孩扎个马尾，穿一袭白色长裙，很漂亮，是那种夺人眼球的漂亮，五官精致，妆也恰到好处。站在那里回头率相当高。我也忍不住走近了，朝她看。她用流利的英语与老外聊着天，不时微笑，露出两个酒窝，更增甜美。

　　毛头换好衣服出来，叫我："小鬼！"不知什么时候起，他便这么称呼我了。上海话"鬼"读"ju"，听着多些俏皮的意味。我朝他挥手。他正要过来，目光却在半道被什么截了去。

　　"毛头！"门口那女孩高声叫他。

　　我有些意外。没想到他们认识。毛头快步朝她走去，两人应该很熟，女孩一见面，便在他胸口上抡了一拳，嘴里不知说了句什么，毛头夸张地抱住胸口，弯下腰去，装着很疼的样子："死人了死人了——"皱着眉，神情却很是受用。

　　两人聊了几句，他才想到我："小鬼，过来！"我兀自站在原地，有些羞涩，被叫了两声，才缓缓上前。毛头替我们介绍。女孩叫王曼华，毛头的邻居。我低着头，由着毛头把我说成是"小开""爷爷是旧上海的大亨，跟黄金荣一个

233

级别的",也不澄清,就那样傻傻站着,瞥见王曼华足上一双粉色的高跟凉鞋,鞋跟又细又高,便想,穿这样的鞋子还怎么走路啊。依然是不敢正视,及至听见她说了句"你好啊",才回道"你好",抬头见她一双眼睛黑如点漆,潭水般深不见底,肤色却是胜雪,当真是黑白分明。我从没见过这么美的女孩,思路有些跟不上,她问一句,我答一句,也不记得自己说了些什么。依稀听见她说"晚上一起吃饭吧",心里一动,朝毛头看去。毛头问我:

"行不行?"

我想也不想便答应了。借口上厕所,跑到外面拿公用电话打回去,说"同学过生日,留我吃晚饭",放下电话心怦怦直跳,第一次对父母说了谎。

晚饭是王曼华买的单。说要谢谢毛头。事后我问毛头,她为啥要谢你?毛头没告诉我,只说大人的事你别管。我摸不着头脑,后来处得久了,渐渐就明白了。毛头在希尔顿上班,有的是认识老外的机会,老外来上海,除去公干,自然也要吃喝、玩乐。王曼华替他们当翻译,做导游,买机票,赚些劳务费。我问毛头,她没工作吗?毛头说,工作是有,不过外快也要赚。我以前也常听母亲说起"外快",她劝父亲找学生补课,也就是"背小猪","弄些外快贴点小菜铜钿也好啊——"但都被父亲拒绝了。父亲每月的工资都按时上交,放在一个信封里,母亲清点几遍,再塞进抽屉,等凑到一定数目就存掉。我跟他们去过几次银行,一叠淡青色的老人头,这边数了又数,柜台里头也是数了又数,最后钞票收走,再扔张单子出来。回到家,母亲郑重地在一本簿子上登记好,再放进抽屉上锁。我曾经问她,家里一共有多少存款。通常情况下她都不正面回答,偶尔心情好时,就会告诉我,这里头是你的学费,还有我和你爸爸养老的钱。我很难想象父母工作之余再去赚外快的情景,他们和毛头、王曼华是两种人。"我们这样本本分分的人家——"这话偶尔从父亲嘴里蹦出,用来指摘那些他看不上的人,比如时常出入饭店、舞厅、股市,心思不在正经活计上的人。父亲说的"本分"与"正经",与通常的含义略有不同,还多了几分"贵重"的意思,是打上历史烙印的。母亲私底下同我发过牢骚,说分寸要是把握不好,"本分"等于就是"呆板"。董师母做了二十来年语文教师的家属,措辞有时候也相当犀利。

吃完饭,王曼华说要再逛会儿街。毛头说,小鬼早点回家,我反正没事,陪你逛逛。王曼华撇嘴说,你怎么晓得人家要早点回家?说不定人家倒很有兴致呢——是不是啊,小弟弟?她看向我。我被她看得脸红,也不经大脑,便顺着她的话头说,是。

两个男人陪一个女人逛街,架势是有些奇怪,她前面走,我们后面跟着,像两个保镖。趁王曼华试衣服的时候,毛头劝我先回家:"你一个学生,逛商场不合适。早点回去,省得你爸妈担心。"他很贴心地提醒我。后面半句有些震慑力。我正要离开,王曼华从试衣间出来,穿一袭粉红色的网球裙,标牌垂在裙子外面。裙摆在她膝盖上两寸处。我只看一眼,便把目光移开。相当地不好意思。她问我们,怎么样?毛头说,蛮好。我也跟着点头。她说,从来没碰过网球,爱德华偏要我陪他,没办法。她问毛头,打得太臭怎么办?毛头说,外面找个网球班,先练练。她便皱眉,说,这礼拜天就打,来不及了。毛头便不吭声了。我旁边插嘴进来,说,我隔壁邻居是大学体育系毕业的,会打网球,我帮你去说说看。王曼华眼睛一亮,说,真的?毛头一旁道,没几天工夫了。她道,练一天是一天,总比不练好。

那天晚上,我做成了两件大事。一是跑去敲邻居的门,很唐突地说:"爷叔帮帮忙,有个朋友想练网球,越快越好,学费按外头行情的两倍给。"邻居一脸诧异,但还是应允下来。还有就是在父母面前继续圆"同学生日"的谎言,父亲是不拘小节的个性,母亲则有些生疑,说同学过生日吃晚饭,怎么不早说?我说,本来打算吃块蛋糕就回来的,同学父母太客气,硬要留饭,推不掉。母亲又问,哪个同学?我说,汪晓芸。——这也是事先想好的,必须是知道名字的,而且也一定要是班上的好学生，但不能太熟悉，尤其彼此的父母不能有交集，住得也要远一些，让他们打听不到。母亲咕哝一句，和女同学倒走得蛮近的嘛。我说，封建。母亲说，这一阵玩得也够了，收收心，没几天开学了。父亲听了也说，我们不来催你，你自己要生性，该看的书要看起来，该做的功课要做起来，都是高中生了。我心不在焉地点着头，心里雀跃不已，想象着王曼华说"谢谢"的情形，脸不自禁又红了。

毛头怪我不该给王曼华介绍网球教练。"是我的朋友，又不是你的朋友，"他道，"你瞎起劲啥？"我挺纳闷，也有些委屈，嘴上却还逞强："你的朋友，就是我的朋友。"他嘿的一声："你懂个屁。"我问他什么意思。他又摇手不答了。我发现，只要一涉及王曼华，毛头就会变得欲言又止、阴晴不定。不像刚认识时的他。

连着几天，我都没去找他。一半因为生气，一半也是要替开学做准备，"心"未必能收，但"身"无论如何要先抽回。捧着高一的教材看了两天，便觉得无趣。忍不住又去找毛头。毛头看见我，没事人似的，邀我去吃火锅。同去的还有他的几个朋友，有技校同学，也有宾馆的同事，有男有女，都是嘻嘻哈哈的张扬个性。喝酒、吃肉。没几分钟，十几瓶啤酒便只剩下空瓶。有个痴头怪脑的女的，硬要让我喝酒。旁边一人说，还是小男人呢。女的说，小男人也是男人，有啥要紧啦。我僵在那里,不知该如何应付。毛头替我解围,一把将酒杯拿走,说,别欺负小朋友,我替他喝。说着,仰头一饮而尽。

结束时,我送毛头回家。他喝得不少,但还没到醉的地步,脑子并没完全失控,翻来覆去地对我说,皮夹在他后裤袋,出租车钱由他来付。一路上,他喋喋不休,口齿不清,嘴里像含了个梅子。话题从王曼华嘴里的"爱德华"开始,他说,外国瘪三一个,就晓得骗上海小姑娘,会打网球了不起啊,我看跟羽毛球也差不多,让他跟我打一局试试,还未必有我打得好呢。又说王曼华拎不清,天天跟这些外国巴子混在一起,陪吃陪玩,贴身丫头似的,想不通。我忍不住问,她为什么要这样?他道,想出国。我一怔,又问,为啥想出国?他嘿的一声,道,不想待在上海,不是自己家,没劲。我问,那她自己家呢?他回答,在安徽。

那天我从毛头嘴里了解了许多关于王曼华的事情。所以说人不能喝醉,一喝醉便容易被乘虚而入。我猜毛头清醒时是不可能对我交代那么多的,比如他对王曼华的感情。他说他从初中起便开始暗恋王曼华。王曼华是知青子女,父母在安徽,十六岁时返沪,与叔叔、婶婶住在一起。王曼华比毛头还大了三岁,现在看着并不明显,那时完全是大姐姐的模样了,后面总跟个小尾巴,便是毛头。她身上有股磁力,吸引着他如影随形。弄堂里无人不晓,都说王曼华要是哪天结婚,毛头就要去上吊。毛头说倒不至于那样,但伤心是肯定的。王曼华的名声有些不好,比如说她跟外国人什么什么,为了赚美金什么都肯。毛头说,女孩漂亮些外向些,总会引人非议。他说他不管别人怎么诋毁她,在他心目中,她就是最好的。谁也比不过她。

我送毛头回到家,她母亲初时很紧张,以为毛头在外面打架受伤了。我再三解释,没有打架,只是喝多了。毛头妈这才松了口气,又说深更半夜看到有人送毛头回来就害怕。见我愣了一下,便说,他爸爸就是一天晚上突然间走掉的。我依然是不明白,却又不敢细问。毛头妈这天兴致倒好,与我聊了一会儿。她说毛头爸以前在化工厂上班,一天晚上锅炉爆炸,当场便送了命。因为是工伤,厂里便给了个指标,无论毛头还是他哥哥,有一个可以顶替进去。毛头妈是吓破胆了,说无论如何不敢让儿子再进化工厂。毛头哥哥读书不错,没了父亲,家里也没人教他,竟也顺利考上了财经大学,当了会计。毛头却不是让人省心的孩子,三教九流什么都感兴趣,唯独对读书没一点意思,成绩总是班上倒数。毛头妈见他这样,倒又动起了化工厂的脑筋,想去求求人,看是不是可以让他进去,好歹是个铁饭碗。毛头死活不肯,说整天闻那股味道就要短命的。毛头妈说,厂里每天发一瓶牛奶,解毒。毛头说,这种毒法，用牛奶洗澡还差不多。毛头妈拗不过他，只能由他去。好在毛头后来也考上一所技校，毕业后分配站柜台，虽说不是什么好工作，但总归饿不死了。后来又进了希尔顿，上班还要穿衬衫戴领结，开口闭口甩两句英语，口袋里美金比人民币还多几张。外头人反倒艳羡起来，说毛头不得了啊，档次上去了。毛头妈并不懂什么，听人这么夸儿子，心里总是高兴的。唯独毛头哥哥每次回来，要泼几桶冷水，说毛头："你这是吃青春饭，懂吧？你见过谁五六十岁还在那里端盘子的？趁年轻早做打算，别整天稀里糊涂，希尔顿上班又怎么了，你是当服务生又不是做总经理，有啥好神兜兜的。"理科生讲话就是一板一眼，刻薄得让人受不了。毛头妈这么听着，便又担心起来，也跟着劝毛头。毛头当面不与他们顶撞，只是从不理睬。

毛头妈竟然问我：宾馆里面端盘子，到底好不好的？我一怔，说，挺好的吧。她说，我也不指望他赚大钱，只要有个安稳的工作，吃得饱穿得暖，就可以了。我点头，心里有些好笑。这个暑假对我来说是个转折。之前还是书呆子一个，两耳不闻窗外事的那种，自从认识毛头后，像是一下子跌落凡间，沾了满身的烟火气，连朋友妈妈都开始向我咨询儿子的前途了。我看着床上已经睡着的毛头，忽然说了句，毛头很厉害的。毛头妈显然有些意外，问我，他怎么厉害了？我停顿一下,说,讲不清楚,反正就是觉得他厉害。

其实我真的讲不清楚什么是"厉害"。肯定不是"凶狠",而是偏向于"见多识广"那种意思。对于一个初中生来说,很容易被一个经历丰富的人所吸引,觉得那是了不起的本事,一辈子过了别人几辈子似的。当我经历过许多事情之后,才逐渐体会到,所谓"见多识广"其实只是披了张五彩斑斓的外衣,里面往往是空的、虚的,不值得艳羡。但有什么办法呢,谁都是从那段痴痴懵懵的青春岁月走过来的,看着爱憎分明,好像什么都敢做,却又瞻前顾后,没经验,也没胆识。只有把事情一桩桩经历个够,才是真正成熟起来。

我请毛头去我家玩。礼尚往来,他都请我去过他家了,不请他来我家好像说不过去。父母那边打了招呼,只说是朋友,在希尔顿上班。母亲追问我,什么朋友,怎么认识的。我拿出事先想好的措辞,说,那天到静安面包房买面包,忘带钞票,人家帮我付的——就这么认识了。母亲说,那倒要好好谢谢人家,现在这个世道,不容易。

周日,毛头带了一篮水果上门。很有些做客的意思。一起吃的午饭。母亲擀了面,自己做锅贴,配上冬瓜扁尖汤。毛头连声称赞,说阿姨的手艺真是好。他与我父母亲切地攀谈,主要是聊在希尔顿的见闻。我父母显然对此很感兴趣,我不晓得原来他们也喜欢听这些光怪陆离的事情,尤其是父亲,我以为他只关心教书育人，他甚至比母亲表现出更大的热情，几乎是全神贯注地聆听每一个细节。我猜想这是对一种截然不同的环境的好奇，或许潜意识里还有些别的因素——大伯夫妇下榻在这里，这是他们的圈子，对父亲来说，本该也属于这个圈子，现在却隔着十万八千里。别样的情愫。

毛头走后，母亲夸奖他很有礼貌，五星级宾馆出来的，到底不一样。父亲说我，人家大不了你几岁，看着比你懂事多了。我说，那就放我出去，我想干什么就让我干什么，不到半年，我保证比他更懂事。父母听了一怔。我也怔了怔，好像很少用这样的语气跟他们说话。母亲说，怎么没放，都放了一个暑假了，再放就要野性了。我嘿的一声，所以说呀，人家是放养，我是圈养，没得比。父亲听出我话里憋的那口气，温言劝我，你和他不一样的，不是一个层次。这话让我气平了些。又有些好笑，像在跟谁较劲似的。

几天后，毛头邀我出去，没头没脑地，也没说去哪里。顺着淮海路走了一段，拷机响了，是留言。他看完对我说，走，喝咖啡去。我跟着他进了一家咖啡店。刚进去，便看见王曼华和一个男人坐在靠窗位置。男人三十来岁，在为王曼华的咖啡加糖。我一愣，还不及反应，身后被什么推了一把，跟跟跄跄就往前冲了过去，正好撞在那男人身上。那男人猝不及防，脑袋撞上勺柄，立时便是一个红印子。与此同时，毛头在身后叫了声:"老婆,你在这里做啥?"噔噔噔冲上前,便要拉王曼华起来。王曼华一把甩脱:"你不要发神经!"那男人看得云里雾里,问王曼华,怎么回事?王曼华说,这人脑子有毛病。毛头脚一跺:"老婆,你不要这么薄情好吧?"王曼华朝他看,来了句:"又没领证,叫什么老婆。"毛头又是脚一跺:"光屁股时候就认识了,二十年都不止,叫声老婆怎么冤枉了?"王曼华便不吭声。我一旁看得呆了。那男人脸色红一阵白一阵,扔下一张五十块钱,匆匆走了。

王曼华坐姿不变,拿起咖啡喝了一口。毛头在她对面坐下来,问她,怎么样,还可以吧?她斜睨他一眼,睫毛像扇子那样忽闪一下,唇膏印在杯子上,一个浅红的半圆。

"等着我婶婶收你骨头吧。"她朝他笑,一边嘴角微微上扬,眉毛也跟着轻轻抬起,俏皮中带着妩媚。毛头说:"不怕,只要你称心如意。"她嘿的一声,笑容更甚:"你破坏人家相亲,还说称心如意,不作兴的。"他道:"那我再去把那家伙叫进来,你们继续喝咖啡。"王曼华在他胸前推了一把,说:"你去呀,去呀,不去你就不是人。"

我看着两人打情骂俏,猜想刚才那个留言必然是王曼华拷的,让毛头过来搅局。类似的事情后来还有过几次,差不多都是咖啡喝到一半,毛头冲进去"老婆""老婆"一通乱叫,把人吓走。我有些想不通,既然不愿意相亲,那不去就行了,又何必多此一举。毛头说王曼华也是没办法："被她婶婶逼着，不去不好交差。"我问，她婶婶为什么一定要她去相亲？毛头说，鸽子笼大的房子，她早点出嫁，才好腾地方。

我建议让我也试一次，叫王曼华"老婆"。毛头说，你不行，都可以当你阿姨了，你当人家傻子啊？我有些不舒服，但也只得作罢。本不想再跟着毛头蹚浑水的，但搅乱王曼华的相亲，无论如何是件有趣的事情，便一次次地跟着。后来王曼华也腻了，说毛头，你能不能搞点新鲜花样啊，每次都是老婆老婆的。毛头说，那就叫你老妈，孩子都一把年纪了，还出来相亲。王曼华朝他白眼，又问我，小阿弟也想想。我便真的动起脑筋来。后来一次果然推陈出新，由我扮演王曼华的弟弟，过去问她，阿姐早上吃过药了吗？她一拍头，糟糕，忘吃了。相亲那男人问怎么回事。我说，阿姐天天要吃三顿药，一顿都不能忘，刚才出门急，姆妈让我过来问一声，免得出事情。那男人紧张起来，问，会出什么事情。我便吞吞吐吐，说，也没什么事情。王曼华拿咖啡过药，男人看那药瓶，标签上印有"神经内科"四个字，匆忙找个借口，溜了。王曼华夸我点子想得妙，说读书人到底不一样。毛头一旁说，他把你编成神经病了，你还高兴。王曼华又从瓶里拿一颗药放进嘴里，边嚼边对我笑，麦丽素，味道灵的。我得意扬扬，人来疯地表示，下次还会换花样，保证不重复。

之后毛头再邀我出去，我会挑挑拣拣，有的答应，有的拒绝。每次我都先探听一番，王曼华会不会来。如果她来，我一定到场，否则就未必。毛头有些轧出苗头，他说小牛想啃老草，又不是浦东人，难不成还想讨大娘子。我知道他是故意把语气放得轻佻，好让我看不出他的心思，像动物的保护色，把自己藏个严严实实。酒醉那天他对我说的话，我一句没提，装糊涂。他以为我不知道。其实就算他不说，我也看得出来。关键是眼神，只要王曼华在，就一直跟着，还有里面透着的意思，一圈又一圈，像高度近视的镜片，啤酒瓶底似的，深不见底。王曼华在的时候，他话反而少，还常说傻话，素质比平常差了一个档次。一次王曼华想吃紫雪糕，他立刻冲出去买，等买来时，王曼华却说不想吃了。他问，怎么不吃？她道，不晓得，突然就不想吃了。他怔了怔，蹦出一句，那，烊了怎么办？她笑，你没有嘴啊？他应了一声，便剥开包装纸，退到旁边吃了起来。吃到一半，王曼华又说想吃了，他便拆了另一边包装，送到她嘴边，说，这头没碰过。王曼华看他一眼，凑过去，嘬了一小口。头发丝擦到毛头脸上，我瞥见毛头神情局促起来，呼吸都不自然了。不期然地，又打了个喷嚏，唾沫星溅到王曼华脸上。王曼华嗔道，脏死啦。他竟来了句，你不打喷嚏啊。王曼华把紫雪糕往他怀里一推，不吃了。毛头怔了一下，手摊开：给钱，你说要吃的。——

这便是不折不扣的傻话了。王曼华拿出一张五块钱，"啪"地交到他手里，说，拿去，阿姐请客。毛头又掏出四张一元钱，给她，找头。两人没来由地，在那里一来一去，撒娇不像撒娇，赌气不像赌气。莫名其妙。有时候也惹上我。比如王曼华常拿我与毛头做比较，说我读书多，家境又好，为人行事便不同，而毛头呢，总是带着些市井气，不登大雅之堂。我倏然被戴上一顶高帽，惶恐之余，却也晓得我是外头人，对外头人说话总是客气些，毛头才是自己人，想怎么说便怎么说。从我的角度看，王曼华和毛头的关系其实是有些微妙的，肯定不是男女朋友关系，但比普通朋友又多了些暧昧，因为女大男小，所以多少还有些戏谑的意思，拿"阿姐"和"阿弟"这种话挡在前面，像是更加安全，彼此不用负责似的。而像我这样的观众，也是恰到好处的，一是年纪小，不用太当回事，二来又是似懂非懂，不至于完全不解风情。分寸刚刚好。

一天，趁着父母上班，我把毛头和王曼华一起带回家。王曼华参观了一遍房子，说，蛮漂亮的。我晓得这话是客气。我家顶多称得上是"干净"，跟"漂亮"搭不上界。唯一值得称道的是阳台，本来面积就大，又是顶楼最靠南面，没有遮拦，阳光很好。种满了各种花草。母亲每天打理，俨然是个小小花园。旁边放张躺椅，闲暇时泡杯茶坐着看报纸，感觉还是蛮惬意的。王曼华看到角落里那台钢琴，问我，能弹吗？

我说,当然。

我把钢琴上的杂物拿开,打开琴盖。她走过去坐下,停顿一下,便弹了起来。《致爱丽丝》。听到琴声的那瞬,我先是一怔,随即朝毛头看去。他应该是听过她弹琴的,所以并不惊讶,只是静静听着。我没想到王曼华琴弹得这么好,十指在琴键上欢快地跳跃着。钢琴如果有灵性,那此刻它一定是愉悦的,因为遇到了一个真正懂它的人。琴声在房间里回旋着,时而轻快,时而低沉。弹琴时的王曼华,比平时显得恬静。长发披下来,遮住一小半脸颊。手指像葱管那样白皙纤长,指甲是淡淡的粉色。窗帘拉着,阳光从外面透进来,她整个人沐浴在光雾里,还不是那种耀眼的光,而是哑光,往里收的质地。我有种感觉,仿佛此刻的她,才是真正的她。不像平日里那般张扬。她又怎么会是别人嘴里那个轻浮的女子呢?看她弹琴的模样,完全是一幅画啊。鼻子里都能闻到淡淡的草木清香了。那么清新优雅。我从床底下摸出照相机,对准她,按下快门——"咔嚓!"

第二天,母亲回到家便问我,昨天家里谁来过了。我心里一跳,猜想必然是邻居听到琴声了,便说是毛头。母亲问,他还会弹琴?我嗯了一声,说,你不要小看人家。母亲说,你有整天闲逛那个工夫,也老早练出来了。她说着又问我,毛头家里也有钢琴?我含糊应了一声,心想王曼华家也不像有钢琴,不晓得她钢琴是怎么练的。

去问毛头。毛头有些奥妙的神情:这叫吃饭本领,晓得吧?靠它吃饭,不好不练的。我懂他的意思,却故意问下去:她是钢琴老师?毛头笑起来,在我头上捋了一把,你怎么傻乎乎的。我索性装傻到底:你们在谈朋友,是不是?毛头依然是笑,只是笑容像脱水的花瓣,渐渐枯下去,干巴巴的:"她看不上我的。"他说这话时,一边嘴角歪了歪,像开玩笑的样子。我记得王曼华婶婶也说过这句话。那时,他的脸色像被点了死穴那样难看。

你卖相很好,很灵光。我拍他的马屁。

男人光靠卖相不行。他摇头。

你还赚美金。我加了一句。

他嘿的一声,这话你去跟她说,算是帮我个忙,替我加点分。

他是开玩笑,而我也不会真的去跟王曼华说。话说开了,我们便真正像两个男人那样交流。他说,她很漂亮吧。我说,嗯。他问我,你也有点动心,是吧小鬼?我不否认,说,漂亮嘛。他点头,是啊,男人都喜欢漂亮女人。我停了停,问他,她什么时候出国?他先是不吭声,随即道,要先嫁给外国人,再出国。

之前的爱德华,几周前便已吹了。据说此人是个骗子,谎称自己开了家酒庄,其实只是爿杂货店。王曼华与他交往一个月,学会了打网球,总算不至于全无益处。她约我和毛头一块去打网球。可怜我们两个球盲,只有满地找球的份儿。她兴致很好地教我们打球,纠正我们的姿势,还有发力的位置。她说上次我介绍的那个老师很棒,技术好,脾气也好,两三次便让她入了门。她说趁势想把壁球也学了,上海这两年很流行。毛头冲她一句,你干脆直接学高尔夫吧。她说,好啊,反正早晚总要学的,有钱人都打高尔夫。毛头点头,说,没错,必修课嘛。

两人说着说着,味道又不对了。我闪在一边,做出没有察觉的样子。毛头其实心里已经后悔了,嘴上还不依不饶,惯性似的,把话往狠里带,使出吃奶的劲,非要把王曼华说成一个无比虚荣的女人。王曼华也不疾不徐,顺着他,宁折不弯,一条路走到死。这场景我早见惯了。总结下来其实也是打情骂俏的一种,都有些暧昧意思,不说破也不否认,半是真心半是嬉皮。便成了眼下这幅局面。我撺掇毛头向王曼华表白,他沉默了半天,说,她不会肯的。我说,你怎么晓得?他道,我就是晓得。我说,你早晚总要问的,伸头一刀,缩头一刀。他朝我看,小鬼,想看好戏是吧?我被他说中心思,笑笑。其实我倒没什么恶意,就像电影开了个头,总想快点看到结局,讨个说法。不成当然挺好,谁愿意漂亮阿姐被人抢去呢，成了也没啥坏处，你好我好大家好，一团和气大团圆结尾。至于毛头后来有没有表白，我不清楚，他也不会告诉我，反正他与王曼华那种夹缠不清死样怪气的情形，一直持续了许久。毛头曾经对我说，他觉得这样也挺好，至少还能做朋友，天天看见她。我觉得这话里透着心酸，还有无奈。虽然那时我年纪尚小，却依然觉得他窝囊。从希尔顿遇见，到后来，我觉得自己在慢慢成长，而毛头不是，他是往后退的。细细想来，我与他相识的过程，就是一点点"看透他"的过程。他外皮一层层剥落下来，露出光溜溜的身子，被我看个精光。想，不过如此。当然这话我没有对他说过，连一丁点意思也没露过。从某种程度上讲，小小年纪的我便遗传了我父亲的个性，走儒雅路线。肚皮里做文章，很给人留面子。总的来说，在我与毛头相处的那段时间里，我们关系还是相当不错的。

唯独一次，我们差点闹翻。那是高一下半学期，大伯的儿子，也就是我的堂哥到上海出差，托我找个导游。我想也没想，便推荐了王曼华。那几天，王曼华陪他逛遍了上海的大街小巷，两人从早腻到晚，形影不离。堂哥向我致谢，说这个导游请得好，很周到。而王曼华也表示满意，说你堂哥挺大方，小费给得不少。我以为这是件皆大欢喜的事，谁知毛头不高兴了，说我，这么小就开始拉皮条了啊？我没头没脑，问他，什么意思？他说，没什么意思，表扬你呀。王曼华说他，毛头你不要莫名其妙。毛头嘿的一声,是呀,我莫名其妙,天底下最莫名其妙的就是我了。那几天,毛头基本不理我,而王曼华却一直跟我套近乎,询问关于堂哥的事情,喜欢什么,不喜欢什么,家庭背景、兴趣爱好,等等。我猜她是对堂哥有点动心。堂哥二十多岁,供职于华尔街某银行,中国人的面孔,美国人的做派,家境好,长得也不难看。我应承她,去试探堂哥的心意。事实上,我和这个所谓的堂哥根本不熟,见过几次面,加起来也没说到十句话。我拐了老大一个弯,先是问他有没有女朋友,喜欢什么样的女孩,准备几岁结婚。对于一个彼此疏远的亲戚兼十七岁男孩来说,这些问题实在有些奇怪。好不容易绕到王曼华身上。我羞羞答答地问他,对王曼华是什么感觉,有没有那种意思。堂哥倒是很直率,说,上海话是不是有个词叫"拉三"?我不明白,再问他,他便笑而不答了。

我把堂哥的话转述给毛头和王曼华听。"拉三"这个词,我完全不懂,连听都没有听过,否则也不会告诉他们。王曼华听了,脸一阵青一阵白,转身便出去了。毛头倒是很平静,还问我,可不可以叫你堂哥一起出来吃顿饭?我有些意外。他补充说,想找他多换点美金。我给堂哥打了个电话,他说可以。我便带了毛头去他房间。结果房门一开,毛头便疯了似的冲过去,把堂哥摁在地上,劈头盖脸便是一顿打。堂哥应该是吓傻了，完全无力招架，只是叫"Help"。我也彻底没了方向，直到堂哥整张脸变成猪头才想到上去把人拉开。毛头一边打，一边喊：你这只假洋鬼子，上海话倒不错啊，还晓得"拉三"，那我问你，你晓得"宗桑（畜生）"是啥意思——我来告诉你，"宗桑"就是你这种人，占了人家便宜还讲龌龊话，别看你长了一副人面孔，肚肠全是狗肚肠猪猡肚肠，宗桑！

几名保安冲过来，把毛头带走，又叫了辆救护车，将堂哥送进医院。我迟疑着，不知是该跟毛头走，还是跟堂哥走。保安提醒我，要到派出所做笔录。我便跟着毛头去了。生平第一次进派出所，做贼似的，都不敢抬头了。警察问我，你们啥关系？我半天蹦出一句，朋友。警察又问，怎么打起来的？我想了想，说，关系好，开玩笑，开着开着就打起来了。警察斜眼看我，不要瞎三话四。我有些讪讪地，兀自道，是的呀是的呀——

毛头在派出所拘留了三天。他哥哥过来看过他一次，把他骂个狗血淋头，说他做事完全不经大脑，二十多岁的人，整天浑浑噩噩也就罢了，现在还有了案底，档案里记上一笔，这辈子就抹不掉了。他问毛头，你脑子里到底在想些什么？毛头反问，妈晓得了吗？他哥哥嘿的一声，说，你现在才想到妈，她为了你这个宝贝儿子，都上门去求过人家了。毛头急了,问,求谁了,干吗要求人?他哥哥说,不求人,你老早就判刑了,你也是会挑,什么人不好打,偏偏要挑个美籍华人,连美国大使馆都惊动了,人家要是铁了心告你,你三五年牢省不掉的。毛头怔了半晌,整张脸黯淡下去,一句话也说不出来。

其实毛头妈找的是我。她托王曼华带信,约我出来:"小阿弟,毛头打的那个,是你堂哥对吧,你们是亲戚,请你帮忙多说几句好话,就说他大人有大量,别跟我们毛头一般见识,等我们毛头出来,赔钱也好,赔礼也好,只要他一句话,我们肯定照办。——求求你,一定帮这个忙。"毛头妈说着,脚一软,整个人便跪了下来。我哪里见过这个阵仗,扑通一声,也跪了下来,说"你别这样别这样"。当天下午便去找了堂哥。堂哥一张脸还是五颜六色的。我谎称毛头是母亲一个表姐的儿子,说都是自己人,这件事就算了吧。堂哥问我,他是不是喜欢那女的?我点头,嗯。堂哥嗤的一声,说,你们中国人就是这么莫名其妙。这话听着有些不顺耳,但我没吭声。临走时,他对我说——转告那家伙,这件事就算了,不过医药费要他出。我连声称谢,赶到毛头家,把消息告诉毛头妈。她自然是千恩万谢。两天后,毛头便放了出来。当天晚上,我去找他,他不在。家里没人,也没上班,打拷机也不复机。我心神不宁了几天,又不敢频繁出门。因为堂哥的事,让我父母的忍耐找到了一个爆发口。他们觉得我是轧了坏道。其实他们早有所察觉，邻居应该向他们说过王曼华学网球的事情，母亲那样敏感的一个人，三下两下便摸清我的现状：整天游荡，混迹于社会各个角落，而且还对某个女青年心存绮念，成天想着如何讨好她。母亲甚至从我床底下翻出一堆照片，糟蹋胶卷浪费钱这些就不提了，关键是里面还有几张王曼华的照片。从面相上看，母亲把她归为"女流氓"那种，惹得小男生想入非非，不是"女流氓"是什么？——但她忍着不提，一半是因为父亲劝她低调，另一半也是找不到由头，至少表面上，我还是相当端正的一个学生，成绩保持在班上前十名，守规矩讲礼貌，尊师爱友。他们在等待一个合适的时机向我摊牌。堂哥挨打后，他们劝我跟毛头绝交，说交朋友也要挑人，毛头不适合你，会把你带坏的。我说，你们不是挺喜欢毛头的嘛。父亲便笑笑，说，喜欢不代表欣赏，他跟你是两种人。我追问，怎么是两种人，他是什么人，我是什么人。父亲反问，你说呢，他是什么人，你是什么人？我觉得这个问题有些讲不清楚，便沉默着。他们以为我想通了，都松了口气。其实我是又展示了一把"软调脾"的本事，等他们放松警惕，隔天便去找了毛头。倒不完全因为交情好到能让我冒顶风作案的风险，而是总觉得要对毛头说些什么，有些话哽在喉口，不吐不快。

我在毛头家弄堂口堵住他。他正向小贩买油墩子，一手付钱，一手抽了张纸去拿滚烫的油墩子。他还穿着希尔顿的工作服，衬衫马甲，只在外面套一件夹克衫。怕油滴到皮鞋上，他身体前倾，微微佝偻着。空气里弥漫着油墩子的香味。

我叫他，毛头。他瞥我一眼，并不作声，继续吃。只是咀嚼动作放慢了少许。我说，毛头你没事吧，前两天都找不到你。他问，找我干吗？我说，不干吗，就是想看看你。他嘿的一声，说，我有什么好看的？我一时语塞，停了停，道："晚上找王曼华一起出来吧。"

"绝交了。"

我一怔。他给我看拷机上的留言："毛头，你给我滚得远一点，别再让我看见你。"

我有些糊涂——毛头是因为她受辱才去打的人，她不该是这个反应啊。瞥见毛头的神情，随即猜到，这两人多半已见过面了，必定又是你一句傻话，我一句狠话，越说越僵，结果走远了，弄得不可收拾。我摆出和事佬的口气："我出面约她，她会来的。"

"你面子比我大。"他迸出一句，"——托你的福，我才不用坐牢。"

"没有，"我忙不迭地摇手，"本来也是小事情，又不是杀人放火。没那么严重。"

"小鬼,"他朝我看,"我发现你越来越成熟了,像个小大人。"

我对王曼华说,毛头要去日本打工,晚上一起聚聚,算是告别。王曼华果然来了。她问毛头,真的要去日本?毛头停顿一下,硬邦邦地回答:不去。王曼华怔了怔。毛头继续道,小鬼骗你的,你要是想走,现在还来得及。我一旁看得无语。以我一张白纸的高中生的青涩阅历,也觉得毛头实在太不给女孩台阶下,简直可以说是存心惹怒人家。王曼华显然有些生气,但当着我的面,忍住了没动。可见关键时候女人往往比男人更沉得住气。当然毛头这种男人也属于极品,脑子里想的和嘴里说的完全是两码事,中枢神经出了问题,大脑控制不了全身。

我们到小吃店,各人叫了碗柴爿馄饨。馄饨端上来,王曼华说太多了,吃不下。毛头自觉把碗递过去:"拣给我。"王曼华也不看他,筷子一拨,半碗馄饨拣了过去。毛头面前鼓鼓囊囊一碗馄饨,边吃边说,我是猪猡。王曼华回他一句:你刚刚晓得你是猪猡啊?毛头无言以对,埋头吃馄饨。王曼华问他,再来两个?他嘿的一声,再来就真成猪猡了。

吃完饭,我说,要不再逛逛?王曼华说,好,去外滩走走吧,好久没去了。我们叫了辆出租到南京路外滩,沿着江边一直往北走。两男一女。王曼华走在中间,我和毛头忽左忽右,变换着队形。一路上几乎没说话。这和我的初衷有些不同。我本来以为这次出来,大家都会有许多话要说。诉苦、感慨,或是骂人。事情的起因是我,如果我不把堂哥的话说出来,也不会有后面那场风波,所以我是有些愧疚的。我想对王曼华说声"对不起",又怕着了痕迹,反而让大家尴尬。

"你堂哥回国了?"毛头问我。

我嗯了一声。

"就算你不开心,我也要说,"他道,"——这只假洋鬼子不是东西。"

我没吭声。王曼华旁边来了句:"人家放过你了,你嘴还硬。"

"就算时间再倒回去,这只假洋鬼子我还是照打不误。"毛头道。

"不怕死。"王曼华说他。

"有时候想想,还不如死掉算了,活着没啥劲。"毛头叹了口气。

"脑子进水了。"王曼华把头别向另一边,皱着眉。

我上了趟厕所,回来时,远远看见毛头和王曼华倚着栏杆,隔着一米距离,像说话,又像生闷气。毛头拿出烟,点上火,抽了两口,王曼华不知说了什么,他便把烟掐灭。看嘴形,两人像在交流,眼睛却又瞧着别处,自说自话似的。王曼华微低着头，风吹得她头发一阵阵扬起。一会儿，毛头凑近了些，与她说话。再隔几分钟，又凑近些。他握住栏杆的手，与王曼华的手只差几厘米——却终是隔了那么几厘米。王曼华的长发，扬起来飘到他脸上，他拿手去拨，只拨了几根，又有新的飘过来，怎么也拨不干净。王曼华拿出发卡，把头发捋成一团盘到头顶。毛头轻轻摇了摇头，又重新倚着栏杆。

两人的背影都有些瘦削。王曼华是苗条，毛头则多少显得单薄，高是高的，骨架子也摆在那里，可空落落的，完全靠衣服搭起来的。我看着他们，脑子里倏地蹦出一个词：可怜巴巴。也不知怎的，俊男靓女，又是青春好年华，竟会让人有种萧条的感觉。像走在深秋大街上，踩着满地落叶，鼻子里满是带着水门汀味道的冰冷的风，忍不住就想叹息。

我走近了，瞥见王曼华脸上隐隐有泪痕，神情倒是舒缓了许多。毛头说想吃"沈大成"的条头糕和鲜肉糯米团，问她，去不去？她说，你请客，为啥不去？毛头嘴角一撇，露出些许笑意：走，吃冤家，不吃白不吃。

一切都恢复到从前那样，像是什么事情都没发生。王曼华依然整天围着各色老外打转，而毛头也依然当她的中间人，把希尔顿的顾客介绍给她。我隔三岔五便溜出去与他们厮混，用各种理由搪塞父母，比如，到同学家做作业、同学过生日、去图书馆看书等。母亲通常会盘问几句，但一般不深究。这主要还是父亲的缘故。多年来父亲始终在探索一种比较开明但有效的教育方针，针对我这样的乖小囡，因材施教，不轻易打骂，温和说教，借以培养我的自信心和高贵气质。这阵子父亲常对我说的一句话是："你自己要晓得，你是不一样的。"他像放味精一样，把这话往我头上一撒，指望我这道菜能立刻提鲜，上个层次。我知道父亲在我身上寄予的希望，几乎是承前启后的，层层叠叠加起来便是一本历史书，有生不逢时，有委曲求全，还有展望未来。只是我看不出这与我偶尔出去闲逛有什么矛盾。那时已经开始流行"高分低能"的说法。我不想成为这种人。

王曼华与我谈过心。那次让我受宠若惊。可能相比毛头，我这个介于陌生人与朋友之间的家伙，能给她一些更客观的意见。她向我诉说她的童年是在安徽度过的。她父母在合肥郊区的一家工厂上班，家里讲带安徽口音的上海话，外面讲带上海口音的安徽话。上海人在外地总有些格格不入，倒不是自己有什么想法，而是别人看你的眼光不同，害怕从低往高，便额外地昂起脖子，从高往低看你。骨子里忌惮着你，面子上压着你，嘴上还说你"老茄"。其实上海人真正是低调到极点的，哪里都不张扬，本本分分干活，老老实实做人。她说她父亲本来有机会升到科员，辗转了一圈，依然在下面车间打混。从二十来岁混到五十出头，还是个小工人。异乡的小工人。王曼华说她倒不怎么喜欢上海，"上海有什么好，房子像鸽子笼，马路又挤又窄，人又多，乱哄哄的"。她说"上海"在她父母这代人心中，已经不仅仅是"家乡"了，而是一座闪着金光的宫殿，因为离得远，便尤其觉得贵重，像凡人与天堂的距离。照她自己的意思，是想在安徽待一辈子的，倒不见得多么喜欢那里，而是与"上海"并无感情，从小便不在这里长大，爷爷奶奶、外公外婆、叔叔婶婶，讲起来是嫡亲的，但其实与陌生人也没什么两样。那种纯粹概念上的"亲戚"，是最要命的，相处起来完全是煎熬了。十六岁那年，她与许多知青子女一样，回了上海，落户在爷爷奶奶家。起初还好，没几年二老去世了，她跟着叔叔婶婶，那便有些艰难了。出国的念头，也是这时候一点点萌生的，先自己出去，隔几年等父母那边退休了，再把他们也带出去。"上海"对她而言，更像是块跳板，不是长久之地。

我说，挺好的。——这个时候，我发现自己还是个孩子，听她说了许多，只是感慨，却完全不会用言语表达。我朝她看，又加了句：真的，挺好的。

她笑起来，在我肩上一拍。我本能地身体一颤，脸都红了。她说，小鬼，你还小呢，是小鬼不是大鬼，等你变成老鬼的时候，就什么都懂了。我傻傻地来了句：其实我懂的不少。她哦的一声：说说看，你懂什么？——这话多少有些轻蔑的意思。

我挺了挺胸膛：你问呀，看我懂什么。她便问我，你是不是喜欢我？我一怔，随即整个耳根都发烫了，一句话也说不出来。她嘿的一声，在我头上捋了一把，笑道，所以说呀，你还是小鬼呢。

比较出格的一次，我们三人去看通宵电影。一共四部电影，其中一部是《唐伯虎点秋香》，很有意思，我在影院里笑得前仰后合，毛头完全没反应，我朝他看去，见他搭着王曼华的手，两人虽是面朝屏幕，看神情却是心思不在上头。我忙把目光收回来。脑子里冒出"电灯泡"三个字，又有些不甘，酸溜溜的，故意拿出手帕，重重地擤了擤鼻涕，余光瞥见那两只手倏地分开了，忍不住暗自得意。这次着实有些夸张，我长到十七岁，从来没试过在外面过夜。借口是与两个同学去黄山旅游。着实有些风险，母亲若是较起真来，事情败露只是早晚问题。——这天是毛头生日，这家伙别出心裁想看通宵电影。朋友生日一年只有一次，冒着被母亲斥责的风险，也要相陪。

熬到第三部电影时，已经是支撑不住了。我耷拉着眼皮，见周围人皆是东倒西歪，哈欠连天。我应该是睡着了一会儿，再睁开眼时，电影里刚好放到一段安静的场景，台上台下俱是鸦雀无声。我下意识地朝旁边看——王曼华已是睡着了，头歪在毛头肩上。因为反方向的缘故，看不见毛头是睡是醒，只觉得他睫毛好像在动。接着,他缓缓朝一边倒去,只转头颈,身体却不动,机器人似的,这个动作有些别扭,我正纳闷他想干什么,忽见他凑近了王曼华的唇,似是想亲下去。我心扑地一跳,连忙闭眼。——并未完全闭合,留了一条线,见那两片唇相距半寸左右,便停止不动。王曼华的脸,白得像瓷器,没有一丝瑕疵。唇是淡粉色多褶皱,上唇尤其的薄,据说生这样唇形的人,都是口才极好的——他终是不敢亲下去,那个动作维持了足有半分钟。与其说是亲吻,更像是在研究她的脸。我等了半晌,索性真的闭眼。很快又沉沉睡去。再醒来时,天已蒙蒙亮。周围人都在伸懒腰,大梦初醒的模样。毛头说我和王曼华,票子一半被你们睡掉了,不划算。我脑子兀自不太清醒,张嘴便是一句"睡着了才好啊"。毛头一怔。我朝他吐了吐舌头,又朝王曼华笑笑:"阿姐,你有没有梦到一只小狗舔你啊。"毛头应该是意识到了,堵我的嘴:"小鬼,紫雪糕吃吗?"我说:"吃。"他便忙不迭地拉我的手臂:"走,阿哥请你吃紫雪糕。"

倘若那时的科技像现在一样发达,手机也能拍照,我一定会拍下那瞬。有无穷的意思,不只是面上那样。若是旁人看了,也许只想到"吃豆腐"三字,可真正晓得那层关系的人,比如我,即便只是个孩子,也忍不住会叹口气,有话就在嘴边,却又不知该怎么说,如鲠在喉。心里又是别扭,又是难过。

接下去，王曼华连着大半个月没露面。我问毛头。他说她病了。我问什么病。他停了停，对我说是流产了，在家坐小月子。我怔了一下。这个层面的话题，我完全插不上嘴。毛头说，是前面那个英国赤佬的，这女人自己不当心，老鬼失匹。我似懂非懂。只是毛头的语气，平静得过了头，竟还带着三分笑。我有些骇然，那天他冲过去打堂哥之前，情形与这便差不多。我以为接下来会发生什么。——结果并没有。毛头还很贴心地提醒我，下次再见到她时，别提这事，省得她难堪。我拼命地点头，当然，当然。

后来我才知道，毛头之所以关照我别提，倒不是怕她难堪，王曼华也是老江湖了，不至于脸皮薄到这个地步。毛头是怕她伤心——医生对她说，这辈子怕是很难再怀孕了。这对于一个女人的打击是巨大的。等我知道这事时，已经是好几个月以后了，那时完全是另一番景象了。我曾经想过，这么私密的话题，王曼华倒是会与毛头探讨，性别不对，关系也不对。但再一想，毛头之于王曼华，其实像一棵树，随时随地能倚着靠着，像男朋友，又像女朋友，还有些阿姨妈妈的意思，为她张罗这个张罗那个。

王曼华或许流产不止一次了。这也是我后来自己瞎猜的，并没向谁求证过。要是问毛头，弄不好要吃拳头。我从少年的世界走进所谓成人的世界，最强烈的一点感受便是，人都是有多个层面的，比如王曼华，弹钢琴时完全是个公主，讲到她父母时眼里还蕴着泪水，可谁能想到她会因为流产而导致不孕；还有毛头，希尔顿里八面玲珑的一个人，私底下却又倔又痴，尤其对着女人。当我彻底脱离他们之后，曾经与父亲探讨过这方面的问题。父亲说，这很正常，否则就不是人了。言下之意，就是每个人都是矛盾体。

不久，毛头因为倒卖外汇被公安抓住，进了拘留所。公安通知了他的工作单位，他被希尔顿扫地出门。毛头在拘留所那几天估计想了很久，把未来好好地规划了一下，出来后，很快便另拓新路——先是卖盗版录像带，就在离他家不远的马路上，别人下班他上班，一到天黑便出来活动，头子活络口甜舌滑是他的长处，没多久就积攒了人气，有了一批固定客户，赚了些钱。然而他并不满足，拿第一桶金买了辆小货车，又跑起运输来。风里来雨里去的，不到半年，小白脸便熬成了"闰土"，黑黑红红的那种。三七开的小分头也变得乱糟糟的，不打理，鸡窝似的。说话倒是底气足了许多，关键还是身体壮实了，中气上去了。一只手伸出来，青筋沟沟壑壑地浮在面上，手心里都出老茧了。我问他："是不是发财了？"

"发什么财，"他道，"混个温饱而已。"

事实证明他这是谦虚——他提出在希尔顿请我和王曼华吃饭。就在他原先工作的地方。多少有些衣锦还乡的意思。

吃饭那天，他穿一套登喜路条纹西装，手拿 LV 的大哥大包，头发齐齐地向后捋去，涂了摩丝，光可鉴人。我是一套学生装上阵，王曼华却是精心打扮过的，一袭红色连衣裙，将身型勾勒得极好，鞋子和包都是配套的红色，头发烫成长波浪，垂在一边，戴米粒大小的钻石耳环，胸前是一条玛瑙吊坠项链。妆上得有些厚，嘴唇鲜红欲滴。走的是妩媚路线。毛头亲自为她拉开椅子，很绅士地，待她往下坐，轻轻往里一送。这本是他驾轻就熟的。连脸上的笑容都刚刚好，少一分太冷，多一分则太假。牛排上来时，他拿过王曼华的盘子，熟练地将牛排切成小块，再递还给她。王曼华起身上卫生间，他抢在前头起来，为她挪开椅子。他聊这阵子的见闻，挑有趣的加油添醋，逗王曼华高兴——他把王曼华当成过去的客人那样服侍，看家本领都拿出来了。其实越是这样，便越能觉出他的拘谨，像把什么东西一股脑儿往外端，都露出窘态了。

　　毛头放下刀叉，朝后一仰，说，在这里上了几年班，还从来没有坐下来吃过饭，感觉蛮好。他问我，照相机带来了吗？我说，带来了。他让我替他和王曼华拍照。我挑了个角度——镜头下两人真是很漂亮呢，王曼华捋了一下头发，动作优雅，下巴微微朝毛头那边倾斜，笑不露齿，嘴角上扬的弧度很美，亲切又不失矜持。毛头伸过手去，扶住她身后的椅背，看着像是揽住她的肩——我按下快门，"咔嚓！"

毛头送了王曼华一件礼物——一副黑珍珠耳环。王曼华说声"谢谢",把原先戴的耳环除下,戴上珍珠耳环,问我,怎么样?我说,蛮好看的。

那晚我们聊了很久。事实上,是毛头与王曼华聊了很久,他们说话的音量刚好让在场第三个人听得模模糊糊,只是几个词,无法凑成句子,"现在可以了"……"你自己考虑"……"不在乎"……我觉得我的地位有些尴尬,像跟着哥哥姐姐来蹭饭的小不点儿,又像随侍在旁负责拍照的助理,更像个摆设,放在那里给当事人提个醒,好好说话,保持风度,别激动别犯傻别无理取闹,省得给小鬼看笑话——我应该是很好地发挥了这种作用,所以那天两人谈话的气氛特别好,说话细声细气,自始至终都面带微笑。环境应该也有一部分原因。都是毛头的老同事,王曼华他们也是见过的,称得上半个熟人,就是硬撑也撑过去了。

但也有美中不足的地方——毛头后来喝得有点多。一瓶红酒几乎都是他喝完的,喝得又有些急,慢慢地,酒劲就上来了。好在是文醉不是武醉。他握着王曼华的手,正色道:"这是第一次,我们两个到这么高级的地方吃饭,像谈恋爱一样。"

"小鬼也在呢。"王曼华想转移话题。

"小电灯泡一个。"毛头一锤定音,又问她,"——你怎么想?"

"什么怎么想？"

"你现在的想法。"

"现在？"她怔了怔，"没什么想法啊！"

"一点想法也没有？"他朝她看。

她摇了摇头。

"真的？"他有点急了，大着舌头鼓励她，"说吧，说出来没关系。"

"说什么呀？"她也有点急了，脸上还兀自镇定，"你想让我说什么？"

"你晓得的，我想让你说什么。"他的声音突然间变得异常温柔。

王曼华先是一怔，随即脸倏地红了。这是我第一次见她脸红。连眼圈也跟着红润起来，鼻尖那里亮晶晶的，反着光，喘气都有些不自然了。她飞快地朝我看了一眼，又别过去。

"绕口令啊——"她嗔道，"我又不是你肚子里的蛔虫，怎么晓得你想让我说什么。"

"你晓得的，你怎么会不晓得？"他摇头，"你嘴一张，那句话就出来了。"

"你既然晓得，为什么非要我说不可？——奇怪。"她不看他，反而朝我笑笑。

他叹了口气："你不说，我总不能拿支手枪逼你说。"

买单时,毛头将几张钞票交给侍应生,说声"不用找了",去替王曼华拉椅子。王曼华一让,他扑了个空。

"好了,结束了。"走出来,王曼华忽地说了句,也不知是对谁。

毛头说,我送你回去。王曼华摇头,说,你醉了,我送你回去还差不多。毛头便笑起来,说,好啊,那你送我回去。

王曼华拦了辆出租,我坐前排,她和毛头坐后排。司机问,到哪里。她先说了我家的地址。我把头靠在椅背上,听见毛头嘴里絮絮叨叨,报了一连串的数字,初时有些纳闷儿,后来听清了,这是他这阵子赚的数目,卖录像带多少,跑运输一天是多少,扣除路上的成本,赚多少,一月是多少,半年又是多少。他翻来覆去地对王曼华说"没问题的""没问题的"。王曼华始终沉默不语。一会儿,车子到了我家,我走下车,朝他们瞥了一眼,毛头坐得趴手趴脚,西装滑到一边,眼神迷离。王曼华的坐姿不变,模样也与来时相差不多。

"再见哦。"我对王曼华挥了挥手。

"今天是啥,到同学家做作业?"她开我玩笑。

"给校刊写稿子,还有,出黑板报。"我老老实实地回答。

出租车开走了。我转过身正要往前走,忽地,停下脚步。父亲站在路灯下。黄澄澄的光芒落在他脸上,像童年时看的旧连环画里那些人物,皮肤的纹理都扩大了,又是油浸浸的,比平日里显老不少。我脑子里嗡的一声,还没想好该怎么办,父亲已慢慢地踱过来,停顿一下,手朝我眼前伸来。我下意识地一避,以为他要打我。——他只是接过我背上的书包,嘴一努:

"兜兜。"说完,转身便走。

我哦了一声,跟上去。

印象里上次与父亲这么肩并肩地散步,好像还是四五年前的事。那时尚需仰视,现在完全不必了,我甚至比父亲还高出两三厘米,加上年纪轻,站得直,更是显高。父亲说下午刘老师来家访过了。刘老师是我的班主任。我闻言,心跳加速。父亲说,别慌,人家没告你的状,说的都是好话,说你人聪明,有上进心,跟同学也合得来。

我兀自有些发怔。父亲随即又换了话题:

"大伯来了封信。"

"哦。"我不明白他为什么说这个。

"他说你要是去美国,他来办,问题不大。"

我很是意外:"去美国?我为什么要去美国?"

"你说呢,"父亲反问,"去美国不好吗?"

我犹豫了一下。这个问题有些深奥,很难回答。好像,从来都没往这方面想过。

我们往回走。快到家的时候,父亲把书包还给我:"有股酒味。"他皱了皱眉头。

我忙解释,不是我喝的,是朋友身上的。父亲没再多说,只是关照我,下次放学后就直接回家。我应了一声。父亲好像还有话要说,我朝他看,他又停下了。我继续往前走,听见他叫我的名字:"泽邦。"

我转过身,迎上他的目光。有什么东西从父亲的高度近视眼镜里透出来,经过折射,愈发的曲折深邃,重重叠叠,几乎都把眼睛给遮住了。他的声音也像是从很远传来:"你也晓得,我这代呢,是断档了,——希望你能接上去。"

我忘了自己是怎么回答的。只记得那晚回去后,我到父母房里坐了许久,聊到快半夜才回房睡觉。父亲从床底下翻出那些老照片,泛灰泛黄,一大家子的全家福,正中那个穿长衫戴眼镜的,眉宇与父亲有几分相似的,是我爷爷;旁边是他的正室夫人;前排靠边端坐的那个女人,瘦瘦小小,细眉细目,父亲说这是我奶奶;大伯站在第二排正中,那时他还是个七八岁的孩子,白衬衫背带裤,奶油小包头,两颊肥嘟嘟的。父亲扳着手指算日子,说拍这张照片的第三年,我奶奶就生下了他。之后不久便去了美国,留下奶妈把父亲带大。奶妈是宁波人,从小到大我一直叫她"阿娘",直到她去世,墓碑上刻的也是"母亲大人",落款是"子、媳",跟着我父母的名字,还有"孙:泽邦"。关于那个家的所有讯息,几乎都是通过"阿娘"而获知的。"阿娘"掉了几颗牙,说话有些漏风,含混不清,这更为说话内容增添了几分古老神秘的色彩。很长一段时间里,她叫我父亲"少爷",叫我"孙少爷",后来在父母的强烈要求下,才改称名字。"阿娘"其实是个很会生活的人,她识字,爱看书读报,喝茶只喝二道,吃锅贴只吃靠近馅的那层焦皮,定期去理发店弄头发,穿着得体,连母亲也时常向她讨教如何搭配衣饰。最艰苦的那段日子,亏得她操持,家里才得以维继。她生过三个孩子,却只活下来一个,是女孩,脸上有块指甲大的胎记,比父亲大两岁,"文革"时插队落户去了青海,在那里结婚生子,扎了根。"阿娘"去过她那里一次,回来便直呼"这如何是人待的地方",眼泪止不住地流。印象最深的一次,她抱住我,让我好好读书,将来能过好日子。我问,怎么样才是好日子?其实我是有些明知故问的,以为她会说"吃得好穿得好",便可以跟着索要一根绿豆棒冰。谁知她想了想,回答:做自己想做的事,不受外界的牵绊。——这话与我的想象有些远。那时我才六七岁的光景,听了便低头不语。"阿娘"的语气,有种催人入眠的魔力,让人不自觉地安静下来。"阿娘"见我这般,又补充了一句,其实就是开心,天底下开心顶顶要紧。这话顿时又让我活络起来,说阿娘,我想吃绿豆棒冰,吃棒冰顶顶开心。

我不知道那晚回去后，毛头与王曼华又聊到了什么地步，一个半醉的男人，一个装糊涂的女人，别又说僵才好。毛头其实把所有的东西都摆到桌面上了，他的人，他的钱，还有他的心。整个打包成箱，一股脑儿塞给她。连我都看出来了，王曼华自然更不用说。我不晓得女人心思，但总觉得，与其长途跋涉找一个外国人，不如嫁个知根知底的中国人。毛头的缺点，五根手指数得过来，毛头的优点，五根手指未必数得过来。这番话我很想替毛头说给王曼华听，但王曼华不见得肯理我，还有毛头也从没露过这个意思。在他眼里，我是小鬼，而且该怎么说呢，我们之间好像总隔着些什么，就算看着再亲再好，也越不过这道沟去。

又一年的暑假到了。我拿到了护照和美国的签证。大伯打来长途电话，关照说少带些行李，那边什么都有。我把护照拿给毛头看。之前我们已经有将近一个月没联系了，他没找我，我也没找他。他翻看护照的神情有些古怪，随即扔给我："哦，美国签证就是这样子的呀。"

我想着该如何搞个告别仪式，再叫上王曼华。他告诉我，王曼华也要去美国了。我听了一怔。他说她准备嫁给一个底特律的保险经纪人，手续都办得差不多了，过一阵就走。

毛头讲话的神情异常平静，好像在说一个无关紧要的人。我停了停，也不晓得说什么好。毛头说那个美国人他也见过：

"四十多岁,长得不难看,人看着挺正气,不像坏路子。蛮好。"我再次朝他看去。他竟然还对我笑了笑。"早点晚点的事。——走了也好,省得我揪心。"我默然,觉得这好像是句实话。

"好啊,都要走了,奔赴远大前程去了。"他说,"替你们高兴。"

他说完,长长地呼出一口气。低下头,又笑了笑。我瞥见他脸上什么东西闪了闪,跟着掉落下来,他飞快地拿手抹去。一片湿。我立刻把目光移开去。

我到他家,向他母亲告别。也算相识一场。其实更重要的原因是想看王曼华。毛头说她这阵子一直在家。我过去的时候,她正在天井里晒衣服,冬天的大衣,黄梅天里积了一些淡淡的霉点,拿小板刷轻轻拭去,再晾起来细晒。她婶婶好奇地朝我看,问,你找谁?我说,我找阿姐。王曼华上前,对她婶婶说,我一个小朋友。她婶婶便嗯的一声,走开了。

毛头知道我找王曼华,缩在家里不过来。王曼华也不问,径直与我聊天。她说她这两日在整理衣物,平常不觉得,到这时才发现乱糟糟的东西实在太多,不可能都带走,扔掉又舍不得,到那边再买也贵。伤脑筋。她神情淡淡的,看不出心情好坏。旁边走过一个人,问:"曼华,要去美国啦?"她便笑笑,点了点头,说:"下个月就走。"那人道:"灵光的嘛。"王曼华又笑笑:"有啥灵光的,美国又不是没穷光蛋。"

说是告别,我却一句话也说不出来,就那样傻傻地在边上看着。离乡背井,到另一个陌生的国度,将来如何还不可知。这情形多少有些心酸,也不知是为她,还是为毛头,抑或是为我自己。我忽然有种想哭的冲动。莫名地,被什么撩拨着,胸口堵得厉害,想找个无人的地方放声宣泄。我甚至想,早知是这样,当初不认识他们倒好了。

她说,现在我能体会我爸妈当年去安徽的心情了。我说,那是去安徽,你是去美国,不一样的。她点了点头,道,也是。我问她,你爸妈知道你去美国,是不是挺开心?她说,他们还不知道呢,等我晒完衣服就去弄堂口打电话。

我们又聊了一会儿,毛头依然是不出现。平静得有些突兀。

王曼华拿了钱包,预备去打电话。她问我去不去。我说不了,我找毛头去玩。她停了停,问我,他还好吧?我说,还可以。我们经过毛头家的时候,王曼华下意识地朝里望了一眼。我叫声,毛头,出来。她拦住我,问,叫他出来干吗?我说,去玩呀,让他请我吃油墩子。王曼华说,那我先走了。我问,你不吃油墩子吗?她摇头道,你们吃。

她刚走,毛头便从里面出来了。手插在裤袋里,趿拉着拖鞋,模样似没睡醒。我提醒他,王曼华刚过去。他哦了一声。我道,她去弄堂口打电话。他又哦了一声。我停了停,说,我想吃油墩子。他说，那走，去吃。

经过公用电话亭时，王曼华正倚着窗打电话。声音很轻，眼睛看着地下，嘴角微微上扬，蕴着些许笑意。电话那头此刻应该也是欢喜的。毛头悄无声息地走过去。她瞥见他，停顿一下，但只是两秒钟的工夫，很快又把话头接上去。眼神却有些不自在起来，拿舌头去舔上唇，一遍一遍地。又下意识地去摸耳朵——黑珍珠耳环散发出温润的光芒。

毛头给我买了两个油墩子，说，多吃点，将来到美国吃不到了。我说，我吃一个就够了，那个给王曼华。他朝我看了一会儿，说，随便你。

油墩子吃到一半，便听有人尖叫："死人啦！"

我怔了怔。毛头停下咀嚼动作，朝声音方向看。

"死人啦！——花瓶落下来，砸死人啦！"

好几个人奔过来，脸上都是惊骇的表情。

"谁啊？砸死谁了？"有人问。

"王曼华，两号里的王曼华。"一人回答。

我呆住了，全身的血一下子冲到大脑，几乎站立不住。与此同时，毛头一把扔掉油墩子，便往弄堂里冲过去。我跟上去。老远便看见地上一摊血，旁边俯卧个人，长发散落，一动不动。周围已站满一圈人。毛头拨开人群，上前就要扳她身体。有人拦他，说"救护车没来，不好动的"，他重重一推，把那人推出五六米远。直直地，又要去扳地上那个身体。"毛头你做啥——"几个男人费了很大劲，才把他弄走。他喉头发出野兽般的低沉的音，一边挣扎，一边死死地瞪着地上那个身体。眼珠几乎都要迸将出来。

一只黑珍珠耳环跌落在角落里，离阴沟只差几厘米。我捡起来，放进口袋。

远处传来救护车的鸣笛声，一阵一阵的，与现场的嘈杂声融在一起，听着像一支杂乱无章的交响乐。还有雨声。不知什么时候，竟下起雨来，淅淅沥沥的，却掷地有声。世界瞬间笼罩在一片薄雾中。山水画的效果，放在镜头下就是加一层膜，多了些质感。

王曼华的追悼会上，我哭得一塌糊涂。毛头竟是一滴眼泪也没有，就那样木木站着。向遗体告别时，王曼华躺在那里，妆化得有些浓，两颊像生了癣那样红。看着都不像她了。大家排成队，依次过去。大厅里徘徊着低低的抽泣声。轮到毛头，他缓缓站定，看她。看了许久。后面的人跳开他，继续往前走。唯独他不动，也不哭。我注意到他的嘴，微微动着，像是念念有词，又像是颤抖，中风那种。接着，我发现他浑身都在抖，都听到牙齿打战的声音了。六月里的天气，他竟似冷得厉害。我上前，扶住他。

他问我，是第一次参加追悼会吗？我说不是，参加过"阿娘"的追悼会。我也想问他这个问题,好分散他些注意力,再一想,他自然参加过他父亲的追悼会。他说,人都有这么一天,早早晚晚的事,到了这个地方,就什么都想通了。他越是说得豁达,我便越是没底。我想起"阿娘"去世的时候,父亲说她"走得蛮顺当,没吃啥苦",便搬过来劝毛头:至少她走的时候,是说着开心的事,她一直想出国,终于如愿了,没留啥遗憾。毛头不语。我又加了句,天有不测风云。——有些不伦不类。半晌,他朝天叹了口气:"认识她这么久,一张合照都没留下来。"

我回到家,把照相机里的胶卷拿去店里冲洗,这里头有毛头和王曼华的合照,本想前一阵就去冲的,因为办美国签证,事情比较多,就耽搁了。

几天后,我带着冲洗出来的照片去找毛头。敲了半天门,没人应。邻居告诉我,他搬走了。我问,搬到哪里去了?邻居都说不知道。我打毛头拷机,也是不回。

一下子,毛头这个人就从我的生活中消失了。连个招呼也没有,就那样纵身跳出了我的世界。去美国的飞机上,广播里一直在放钢琴曲《致爱丽丝》。我微闭着眼,仿佛看见王曼华那双手在琴键上跃动,她的侧脸很美,轮廓柔和。笑起来像是罩着一层薄雾,看不甚清,便又添了几分想象空间。我猜出事那瞬,她正向她父母描摹出一片天,张着翅膀,朝看不见的远方进发。她那样铁了心地拒绝毛头，是不想留下来，又或许，太知根知底的人，她不敢接纳。她终究不是一个自信的人。毛头也不是。这么久以来，其实两人始终在较量、权衡着。倾慕心、自尊心、上进心、猜忌心……各种情感纠结。后来再大些，我觉得，毛头比她更惨。她走便走了，一秒钟的事——毛头的煎熬却是无休无止的，像香烛燃尽后那缕烟，苍白无力又延绵不绝，直看得人心头一阵阵凄楚，却又无计可施。

一行泪从我眼中慢慢滑落。邻座的美国老太太朝我善意地笑笑。我戴上眼罩，把自己投入到黑暗中，睡意终于渐渐靠拢。

2013年秋天，我回上海举办个人摄影作品展。来去匆匆，只几天便要返回美国——新成立的摄影工作室还在起步阶段，离不开人。除了摄影展，也顺便帮父母整理行装，他们的绿卡已经办下来了，这次与我一同走。此外，还有个原因——去见毛头。

这些年我来回上海许多次，一直在寻找毛头，但始终未果。直到上个月，助理告诉我，有下落了。我按捺不住心头的激动。这几乎是我此行最迫切的事情。

临回美国前一天，我来到毛头的家。一个身材微胖有些谢顶的中年男人开的门，我愣了足有三秒钟，才认出他就是毛头。他显然也没有马上认出我来。虽然事先打过电话，我们依然需要一段时间适应彼此的生疏。都有些手足无措。他现在是一家小型旅游公司的经理了，据说经营得不错。他妻子长得十分温婉，为我泡了茶，还端来几碟干果。"随便吃吃。"她应该不太年轻了，声音却像少女一样甜糯，看人时先微笑一下，再低下头去，不与你目光直视，是小家碧玉的模样。我说，谢谢，阿嫂。这声"阿嫂"有拉近距离的效果。她看了看我，又道，这么年轻就是大摄影师，不得了啊。我连忙摇头，说，淘淘糨糊，淘淘糨糊。

毛头嘿的一声："小鬼，你人不在上海，上海话的切口倒还晓得啊。"

我笑笑。二十年没听他叫我"小鬼"了，像被点中穴道，又酸又麻，一时竟说不出话来。他应该也有些意识到了："喝点茶。"又替我剥了两个开心果："没啥东西，招呼不周。"我说："哪里，已经很周到了，是我来得唐突。"——一时又客气得过了头。

一个十四五岁的少年从房间里走出来，见到我，微微一停。毛头唤他："小明，叫人。"少年便叫声"叔叔"。我朝他点头，说声"你好"。儿子的长相与毛头年轻时十分相似，是个俊秀的孩子。我给他带了见面礼，一支万宝龙金笔。

少年望向他父母，毛头点了点头，他才收下，对我道声"谢谢"。看得出，毛头把儿子教育得很有礼貌。他说这孩子明年便要中考了，成绩在年级排在前五，重点高中是不在话下的，就看比分数线高出多少了。毛头的话里透着满满当当的自豪。一会儿，少年过来向他请假，爸爸，我跟同学出去打会儿羽毛球。毛头看墙上的挂钟，说，去吧，早点回来。少年应了，朝我微微颔首，开门出去。

"这孩子很乖巧，毛头，你好福气。"我捧场。

"马马虎虎——我们这种人，一生一世混日子，全指望小孩。希望他能像你一样争气就好了，"毛头说着，也捧我场，"你爸妈才是好福气呢。"

接下去，我们絮絮叨叨聊些琐事。他问我，上海一年回来几次。我说，不一定，有时候多一些，有时候几年也不回来一次。他点头说，是啊，你现在是美国人了，事业都在那边，也不用常回来。我问他，你母亲身体还好？他回答，一年不如一年了，还算过得去。他又问我，成家了没？我说，有个同居的女友。他怔了一下，随即道，哦，蛮好。

谈话并非我之前想象中的气氛。二十年不见，似乎不该是现在这样。看着没有冷场，彼此也还亲切，但实际是有些乏味了。又坐了一会儿，我便起身告辞。毛头说送送我，我没有拒绝，是想找机会把照片给他。

我们一前一后走下楼梯，随意聊着闲话，我想着该如何把话题带到"王曼华"身上，否则突然间拿照片出来，有些突兀。又走了几步，他手机响了，他接起来，似是公司有事，需要长谈的架势。我只好说，毛头你接电话，我先走了。他很抱歉，示意有旅客投诉，比较麻烦："不好意思啊——下次再来上海，记得找我，我请你吃饭。"我连连点头："好，你来美国也是一样，找我。"我给他名片，很郑重地握了手。告别得很是仓促。

出租车上，我缩在后座，莫名地，情绪有些低落。那张老照片被我放在裤袋里许久，都焐热了。拿出来，只瞬间，腾云驾雾便倏地回到二十年前——王曼华一袭红裙，艳丽不可方物。相比之下，毛头虽然笑着，神情中却总有几分局促，倒不是因为希尔顿，而是因为她。在她面前，他永远露怯。那天晚上气氛已是难得的好了。毛头说的没错，他与她，这么煞有介事地吃饭，好像仅此一次。要是我不出席，那分数还可再高些。

刚才毛头问我成家的事，我说与女友同居。其实他不知道，我女友是韩国人，我与她一见钟情，若说她什么地方最打动我，那就是容貌——她酷似王曼华。后来处久了，我晓得她其实整过容，眼睛、鼻子，还有下巴，都动过刀。女友是个大大咧咧的人，她竟还拿她整容前的照片给我看。她问我介意吗，我告诉她没关系。我甚至还庆幸她整过容,否则我未必能碰到一个这么像王曼华的女人。我把那只黑珍珠耳环拿到珠宝店,配了副一模一样的,送给她。她戴上很漂亮。王曼华对我的影响力是一点一点显现出来的。我本以为自己很容易将她淡忘,但事情不是这样。这可能与她的逝去有关,如果她还活着,我不见得会一直惦记她。有时候想想也觉得有趣——我找了一个那么像王曼华的女友,而毛头,却完全按着我父母之前的教育方法,培养着他的儿子。

我觉得,毛头或许不再需要这张照片了。我甚至冒出个想法,可以把照片放在我的个人作品展上,下面注明:一段似是而非的爱情故事,一个挥之不去的人生定格。

车子在淮海路陕西路路口停下,等红灯。我下了车。走过去不远。刚下过雨,难得凉爽的天气,不如散会儿步。旁边是"红房子"西餐厅。隔着橱窗,我看见一个八九岁的男孩在用刀叉吃牛排,他动作十分稚嫩,应该是才学不久,好几次牛排都差点被他弄飞。旁边一个四十来岁的女人,应该是他妈妈,不断地纠正他的姿势,后来也烦了,索性由他去。男孩拿手一把抓起牛排,大口咬下去。忽然,他触及我的目光,或许是觉得不好意思,便放下牛排,重新用刀叉吃起来。我朝他微笑,想起当年第一次在希尔顿吃牛排的情景,好像还是昨天的事情。

"小鬼!"有人叫我。

我回头。——二十多岁的毛头在朝我招手,登喜路的西装,头式清楚。旁边,站着一袭红裙的王曼华。王曼华的手,放在毛头臂弯里。两人都朝我笑。

"油墩子吃吗?"毛头问我。

我说不出话来,久久站着。竟是痴了。照片从我手中滑落,被风吹得轻轻飘起,越飘越远,像刻录岁月的明信片,随性得很,不知寄往哪个年代。

原载于《上海文学》2013 年第 9 期,有改动

名家点评

滕肖澜试图改写与颠覆都市中的"金钱爱情",因此她所创作的都市小说中的爱情几乎与金钱无涉,与物质主义切割。只谈纯醇的感情,不谈冰冷的物质;只要悸动的感觉,不要冷静的算计;只要火热的激情,不要冷漠的理性。……《上海底片》一方面展示了大都市上海小市民阶层的梦想与无奈,另一方面也歌赞了情义的无价。"毛头"执著而痛苦地爱着美丽又气质不凡的王曼华,虽然自知并非她的理想人选,但他还是认真而艰难地爱着她,甚至容忍她出格的行为。王曼华当然知道"毛头"深深地爱着自己,既不忍伤害善良的"毛头",又不想让他抱持太大的希望。经过漫长的苦苦等待,她寻觅到了在底特律卖保险的美国人。在她将要远赴大洋彼岸,美梦即将成真之际,却死于非命——被从楼上掉下来的花瓶击中,之后"毛头"也失踪了,从此,音信杳无。滕肖澜的都市小说中,爱情每每面临着各种各样的挑战与威胁,有情人未必都能成眷属。陷入爱河的两个人,因这样那样的原因可能会面对劳燕分飞的窘境,不得不分手的结局留给人的是无尽的伤感。在"金令司天,钱神卓地"的市场经济极度发达的时代背景之下,市民阶层的现实生活和价值观不免会受到金钱的巨大影响。有人动辄拿金钱说事,成了"玛门"(Mammon)神的崇拜者,更有甚者成为不折不扣的拜金主义者(Mammonist)。因此,市民社会的爱情及爱情观,往往难以避免受到金钱的熏染与影响,甚至有可能会被金钱所异化,作为其后果的"金钱爱情"及"金钱婚姻"在当下这个时代,也屡见不鲜。似乎基于情感的爱情以及基于爱情的道德的婚姻已经淡出了市民的视线,似乎成为市民社会中的神话与传奇,但滕肖澜似乎更愿向人们讲述关于爱情的传奇。爱情传奇讲述的意义不仅仅在于叙述一个个令人唏嘘不已的爱情故事,更在于对市民阶层灵魂及精神的救赎,"人类之爱的意义整个说来是通过放弃利己主义来证明并拯救个性"。

杨新刚 ++++++++++++++++++++++++++

比起外来者更是身处尴尬境地的"知青两代"也是滕肖澜持续创作的人物类型。滕肖澜出生于知青家庭，从小到大也接触了很多的知青与知青子女，故相比于其他上海作家更为关注"知青两代"的生存景象，其作品对于知青及其子女回沪后不是过分自尊就是过分自卑、敏感多疑、缺乏安全感等精神现状的刻画可谓入木三分。……《上海底片》中王曼华也表达了"上海"在她父母这代人的心中早已不仅仅是"家园"了，而是座闪着金光的宫殿，因为离得远，便尤其觉得贵重，竟像是凡人与天堂的距离！如此夸张的表述足以见得知青两代一心重返家园、落叶归根的迫切心情以及那无处安放却又异常厚重的情感寄托。

……我想作者在描写这些知青子女时一定是用再次揭露自己的伤疤来以一种切肤之痛进行创作的，足以体现出她"悲天悯人"的人文关怀。滕肖澜虽出生在上海，但户籍却在江西，十岁时离开上海，十五岁时才重返家园，从小听着父母诸如"不好好学习就留在江西乡下，一辈子做江西老表"等"督促"的话语长大，从而对于知青子女们的心理能够感同身受。她说道："'上海'——

这个词对我来说太凝重,让我诚惶诚恐,爱不释手却又感慨万分。在我眼中,它不只是一个大都市,剔除表面的华丽,它其实是一种信念、一个象征。"上海,在老上海人心中,是根,是自豪,是优越;在新上海人心中,是资源,是崇拜,是机遇……

张喜田、武雪凡++++++++++++++++++++

创作年表

2001 年

- 11 月,《梦里的老鼠》(中篇小说),《小说界》第 6 期。
- 11 月,《美女杜芸》(中篇小说),《小说界》第 6 期。

2003 年

- 1 月,《我的爱,和我一样》(短篇小说),《小说界》第 1 期。
- 3 月,《烦恼是一种感觉》(短篇小说),《萌芽》第 3 期。
- 3 月,《新上海女人决不灰心》收入《新上海女人》,孟燕堃主编,上海人民出版社出版。

2004 年

- 5 月,《十朵玫瑰》(短篇小说),《钟山》第 3 期。

2005 年

- 1 月,《四人行》(中篇小说),《钟山》第 1 期(头篇)。
- 8 月,《月亮里没有人》(中篇小说),《人民文学》第 8 期。
- 8 月,《曲线》(中篇小说),《青年文学·上半月版》第 8 期。

2006年

* 1月,《童话》(中篇小说),《钟山》第1期。
* 4月,《蓝宝石戒指》(中篇小说),《人民文学》第4期(头篇)。
* 5月,《幸福的感觉》(中篇小说),《中篇小说选刊》第3期。
* 5月,小说集《十朵玫瑰》由上海文艺出版社出版。
* 9月,《爬在窗外的人》(中篇小说),《中国作家·小说》第9期。
* 9月,《讨债》(短篇小说),《小说界》第5期。
* 11月,《叶儿随风去》(中篇小说),《小说月报·原创版》第6期。
* 12月,《你来我往》(中篇小说),《人民文学》第12期(头篇)。

2007年

* 1月,《老陶的烦心事》(短篇小说),《收获》第1期。
* 6月,《咕佬肉》(短篇小说),《青年文学》第6期(封面作家)。
* 6月,《小说如衣服》(创作谈),《青年文学》第6期。

* 7月,《我是好人》(中篇小说),《飞天》第7期(头篇)。

* 9月,《姹紫嫣红开遍》(中篇小说),《人民文学》第9期(头篇)。

* 9月,《别让好人喘不过气来》(中篇小说),《中篇小说选刊》第5期。

2008年

* 1月,《这无法无天的爱》(中篇小说),《钟山》第1期。
* 3月,《荒诞的事》(短篇小说),《小说界》第2期。
* 8月,长篇小说《城里的月光》由上海文艺出版社出版。
* 11月,《恋人》(中篇小说),《小说月报·原创版》第6期。
* 12月,《美哉人生》(短篇小说),《西部》第23期。

2009年

* 1月,《心魔》(短篇小说),《中国作家》第1期。
* 1月,《似水流年》(中篇小说),《广州文艺》第1期。
* 3月,《倾国倾城》(中篇小说),《人民文学》第3期。
* 3月,《我的宝贝儿》(中篇小说),《上海文学》第3期。
* 3月,《城里的月光》(长篇小说),《小说月报》

2009年增刊原创长篇小说专号（1）。

※ 9月，《年年岁岁》（中篇小说），《钟山》第5期。

※ 9月，《女主角》（短篇小说），《红豆》第9期。

※ 11月，《爱会长大》（中篇小说），《收获》第6期。

※ 12月，《目击证人》（短篇小说），《鸭绿江》第12期。

2010年

※ 1月，《夏天，有客到》（短篇小说），《小说界》第1期。

※ 2月，《小么事》（中篇小说），《上海文学》第2期（头篇）。

※ 5月，《美丽的日子》（中篇小说），《人民文学》第5期（头篇）。

※ 7月，《快乐王子》（中篇小说），《北京文学》（精彩阅读）第7期。

※ 9月，《星空下跳舞的女人》（短篇小说），《钟山》第5期。

※ 10月，《百年好合》（短篇小说），《中国作家》第10期。

※ 10月，《人间好戏》（短篇小说），《作品》第10期。

2011年

※ 1月，《美丽的日子》入选中国小说学会2010年度中国

小说排行榜。

* 1月，获上海首届"锦绣文学大奖"银奖。
* 4月，《天堂再见》（短篇小说），《作品》第4期。
* 4月，《天堂必定再见》（创作谈），《作品》第4期。
* 4月，《拈花一剑》（中篇小说），《上海文学》第4期。
* 5月，短篇小说《寻人启事》收入《鲤·偶像》，张悦然主编，上海文艺出版社出版。
* 6月，《大城小恋》（中篇小说），《收获》第3期。
* 6月，《星空下跳舞的女人》获《小说月报》第14届"百花奖"优秀短篇小说奖。
* 6月，小说集《这无法无天的爱》由二十一世纪出版社出版。
* 9月，《正在害喜》（短篇小说），《江南》第5期。

2012年

* 1月，小说集《大城小恋》由中国工人出版社出版。
* 3月，入选人民文学杂志社与盛大文学组织评选的"娇子·未来大家top20"。
* 5月，《我与上海文艺出版社的缘分》（随笔），《小说界》第3期。
* 5月，长篇小说《海上明珠》由上海文艺出版社出版。

* 6月,《感觉一直左右着我》(创作谈),《语文教学与研究》第18期。
* 9月,《握紧你的手》(中篇小说),《长江文艺》第9期。
* 9月,《规则人生》(中篇小说),《小说界》第5期(头篇)。
* 11月,《奶妈》(中篇小说),《西部》第21期。

2013年

* 7月,《去日留声》(中篇小说),《十月》第4期(头篇)。
* 9月,《上海底片》(中篇小说),《上海文学》第9期(头篇)。
* 10月,获2013年"《十月》青年作家奖"。
* 12月,《上海底片》获第十届《上海文学》奖。
* 《美丽的日子》翻译为英文并由美国的Better Link Press出版。

2014年

* 1月,中篇小说集《星空下跳舞的女人》由中国言实出版社出版。
* 2月,《握紧你的手》入选2012—2013《长江文艺》"优

秀中篇小说奖"。

※ 8月,《美丽的日子》获得第六届鲁迅文学奖中篇小说奖。

※ 12月,《又见雷雨》(中篇小说),《人民文学》第12期。

2015年

※ 1月,《体检风波》,《小说界》第1期。

※ 1月,中短篇小说集《规则人生》由安徽文艺出版社出版。

※ 1月,《又见雷雨》入选中国小说学会2014年度排行榜。

※ 4月,《感谢生活给我创作自信》(创作谈),《解放日报》4月8日。

※ 5月,《乘风》(长篇小说),《钟山·长篇小说》(2015年A卷)。

※ 7月,被评为"2014年度青年作家"。

※ 9月,长篇小说《乘风》由上海文艺出版社出版。

2016年

※ 1月,《在维港看落日》(中篇小说),《收获》第1期。

※ 7月,《再见,青春》(短篇小说),《萌芽》第7期。

2017年

※ 2月,《城市之光》(创作谈),《小品文选刊》第3期。

※ 3月,《关于〈这无法无天的爱〉》(创作谈),《长江文艺(好小说)》第6期。

※ 3月,《都市小说与城市精神》(创作谈),《长江文艺(好小说)》第6期。

※ 7月,中篇小说集《上海底片》由北京十月文艺出版社出版。

※ 8月,《上海味道要自然流露》(创作谈),《上海文学》2017年第8期。

2018年

※ 1月,中篇小说集《四人行》由太白文艺出版社出版。

※ 1月,《城里的月光》改编为55集电视剧《我的青春遇见你》。

※ 5月,小说集《又见雷雨》由台湾联经出版事业股份有限公司出版。

※ 10月,《小说里的浦东》(创作谈),《浦东开发》第10期。

※ 12月,小说集《美丽的日子》由上海书店出版社出版。

2019年

※ 3月,长篇小说《城中之城》由安徽文艺出版社出版。

※ 12月，中篇小说集《握紧你的手》由长江文艺出版社出版。

2020年

※ 10月，《心居》（长篇小说），《当代·长篇小说选刊》第5期。

※ 10月，长篇小说《心居》由北京十月文艺出版社出版。

2021年

※ 2月，小说集《百年好合》由上海文艺出版社出版。

※ 7月，《挖掘人心深处的东西，才最有意思》（创作谈），《中国文学批评》第3期。

※ 10月，《追随鲁迅精神 书写时代画卷》，《文艺报》10月11日。

2022年

3月 《心居》改编为35集同名电视剧。